U0501566

夜

禹风 著

巡

长江出版传媒

长江文艺出版社

图书在版编目（ＣＩＰ）数据

夜巡 / 禹风著. -- 武汉：长江文艺出版社，
2021.8
　ISBN 978-7-5702-2174-5

　Ⅰ. ①夜… Ⅱ. ①禹… Ⅲ. ①长篇小说－中国－当代
Ⅳ. ①I247.5

　中国版本图书馆 CIP 数据核字(2021)第 105535 号

夜巡
YE XUN

责任编辑：杜东辉　　　　　　　　　　责任校对：毛　娟
封面设计：回归线视觉传达　　　　　　责任印制：邱　莉　　王光兴

出版：长江出版传媒 ｜ 长江文艺出版社
地址：武汉市雄楚大街 268 号　　　　邮编：430070
发行：长江文艺出版社
http://www.cjlap.com
印刷：武汉珞珈山学苑印刷有限公司

开本：880 毫米×1230 毫米　　　1/32　　印张：9.125　　插页：2 页
版次：2021 年 8 月第 1 版　　　　2021 年 8 月第 1 次印刷
字数：179 千字

定价：42.00 元

版权所有，盗版必究（举报电话：027—87679308　　87679310）
（图书出现印装问题，本社负责调换）

目 录

楔　子

跟进山收扁尖石鸡的老任跑掉的吴三妹，她本是我妈许我的女人。

吴三妹前一晚还孝敬我妈一篮子烤热的山芋，第二天一大早，她就跑了。

我表舅回村给他妈上坟，他一大早上的山，吃过山上老庙斋，下山正见我割草。唉，我当上金鹤养老会所护理工，其实是巧合，割草割出来的造化。

我本不想割那一大山坡草，可吴三妹和戴墨镜的老任据说穿过这片高草下的山，绕过了山门。

草高高旋着绿波，日头里漾起银芒，我忽就起了割草的心！

早先我做什么事都有节制。人家木楼上住家，楼下养猪，可我只养了三房间蜗牛。别人到农科站拜师，种三季稻，我宁愿在水田养田鸡；

把水牛赶下溪，我骑上去，翻凉水下圆滑石头，找红背黑肚皮蝶螺。这些东西老任他们都收，不过给不了大价钱。

何必拼命挣钱？山里大多数男人打光棍，我既已订了吴三妹，一过门合着是两个劳力，为啥去拼一腔稀血？山里过活，蚊子蚂蟥都吃血，慢慢熬是正道。

我并没立刻下到大湖般草甸子里去。磨刀不误砍柴工，我拿出青石，蹚溪，舀一大桶彻骨寒水，坐家门口柳杉墩上，慢慢磨两把旧镰刀。

表舅那时正从山尖坟地上拜了下来。我两手食指和中指按住镰刀刀刃，嗤嗤嗤下力气。刀背红锈化几股细流。刃发了白，又泛青光，成一长条带凉气的银毫。

我把两把镰刀都搁背篓里，像篓子里养了两只活兽，听见它们铮铮地撕咬。我趴在溪边，脸浸没，浑身冒冰碴；张开嘴，溪水从喉咙灌下去，压不住心头火苗。

一脚踩进齐胸口的草甸子，草笼着腥，浪头那样打过来；绿溅到额头，顺风流回去，似女人摆腰肢，勾引我看那白芒尖。

吴三妹和老任早没了影子。正午烈日下，脚印已收干，土胀了回来。此刻我才梦里醒：一个谎话戳穿了！现在，我也成了摸不到女人边边一根山中棍。

表舅从山道上逛荡下来，恰见我舞开镰刀，像只疯猴子。

我没看见任何人。我想先学猿猴啸，喉咙只滑出一咕噜杂音。于是，我扭动起来，变成石蛙，跟草尖绿流打架，蹬着草茎跳跃，时不时弯倒腰杆。除去手里镰刀，我就是一只往死里折腾的蛙。表舅喊起来："驾牛！驾牛！你发啥疯？"

如果我听见表舅的声音，也许就不会有后来的远行，就会窝在山里，眼不见为净。可惜我真没听到他！

我猛一下子低腰，真心开始割草，从草甸子边边开始，一直往东。镰刀根本没感觉任何牵扯，只见一大束一大团的绿在我眼前栽倒，甜甜的草腥腻得我喉头浮凸。

吴三妹，我割掉这草甸子，看你躲哪里？我割清光这草甸子，扯住老任，一把扒开他墨镜，看他到底多少岁？让我剃光这草甸子，叫草根上的油葫芦都藏不住身！让我一脚一脚踩死你们这些脑袋油光光的杂种！

表舅就是站在山路那黑石角上看傻眼的。他眼睁睁看我像一架联合牌收割机，标标准准、干干脆脆放倒了海一样的草甸；他看着我背上的天从青色晚成深红。

表舅后来告诉我妈说："一只蚂蚁啃死了大象！一尾柳条鱼喝干了水库！看哪，这小子不是你养的，绝对不是你养得出的！割草甸子也罢了，别人越割越没力气，第一程割最长，歇着歇着，越割越短。这小子越歇，割越多，走越远，力气长得很！不会是个外星人？"

我没留意自己怎么割的草。我割草，为恨吴三妹。吴三妹应该是我老婆，竟跟狗日的老任跑了！

割草的时候，我心麻了，只顾看草唰唰往两头仆倒，猛然，吴三妹又跳进我眼眶，我心里疼，只好站住直起腰，等疼痛过去。

割着割着，我心头的痛一点点跟着青草倒掉，扯不住我了，所以越

3

割越远。

等第二把镰刀刃口磨钝，吴三妹几乎随我的呼气跑干净了。

我用力扯住最后几捆青草，在草茎上磨刀口，甜甜草腥染我喉咙，我见血太阳落到西山巅，照得割倒的草甸子红灿灿，像太极了的打谷场。

表舅对我妈说："让驾牛跟我走，山外头有钱，山外头有老婆！"

飞机飞到天上，没啥好怕；让人害怕的是起飞前那假模假式：你又不是只山猫，跑路前头也要扭屁股？好好爬着爬着，猛一停，肚子里发出呜呜声，震聋我耳朵！它这么个铁家伙撒开脚丫子就往前奔，我怕前头要有棵树，飞机都收不住脚。照它的架势，树得叫它扯出地来，带到云里头去！

没一会儿，它倒顺顺当当起来了，通身一抖，我看着候机楼沉下去，变成胡蜂窝。云在小窗户外头飘，我指头按玻璃上，心里轻松了。

刚有点开心，有个头顶上扣小布船的女人跑过来，抓流氓一样喊我："老乡！你怎么把安全带松开了？快扣上！"

怎么了？这又不是裤带！

没飞多久，飞机冲着云下头的公路和小房子就扎下去。我看表舅，他闭目养神；再看跑来跑去送茶水的女人，她们自己跟自己在笑。我本就有点惊心，看见她们那种笑，心里更发毛了。飞机里很臭，没山的清香，人身上热气，夹杂纸头碗里撩起来那弯面条的怪味。耳朵疼得快让我听不见了。我看见飞机掉进了云，像打水桶掉井里。想对表舅喊一声,喉咙软得喊不出。要尿裤子了!咚一声,耳边响起嗡嗡的风……表舅睁开眼,看一看我,说:"飞机落地了。你比你表舅妈行!没尿!"

忘了怎么出机场,只记得身边到处是人,我像狗一样伸出舌头透气。

我没啥行李。表舅说过什么都不必带,养老院有的是!那里什么都比我用着的好。

不过我还是带上了我的狗皮袋子,这是大蛋的皮,它被黑熊坐了一屁股,死了。我扒下它皮,留着作纪念。

我搂着大蛋皮坐进接表舅的车。这车是来接表舅的,我只是件活行李,好比大蛋是死行李。开车的对表舅说:"黄老板天天问您几时回,快急疯了。"表舅笑着拍衣袖:"缺谁,地球照样转;嘴里没牙饭照吃!"

路上经过一个湖,表舅难得转过头对我开口:"看看!这是天底下最漂亮的湖——西湖!"

好一阵子,车像蜈蚣过草滩,穿过黑森森竹林,冲进一方青砖地,那里停了一排车。表舅对开车的说:"把行李推我房间去,我带小把戏吃东西。"

他拉拉我袖子,把大蛋的狗皮袋扯下来:"来!舅同你说话。"

他选了竹林一条窄路走,我跟到他后面,看他细瘦的身条子前倾着往绿荫里嵌。我盯住表舅的瘦屁股看,他坐得裤子遍是皱纹,皱纹大权小枝,走路也甩荡不开。

表舅在小路到头亮光光的石凳上坐下,跷起二郎腿,对我说:"驾牛,知道为啥带你来城里?"

"啥？"我才不知道。

"不是因为我喜欢你，也不是光为给你妈捉钱；当然啰，也不会害你。"表舅看着我，一字一句说话，嘴角挂个冷笑。

"嗯。"我喉咙里应一下，不明白他说啥。

"叫你来，是因为养老院需要你，你也需要养老院！"他像山里人打牌，打到高兴处，把黑乎乎的底牌摊开。

我抓不住他的话，它们从他嘴里蹦出来，到达我耳朵前，却被风推开。反正，也不在乎他说啥。让我来，我就来。

"记住，你不爱说话，索性就当个哑巴！成了哑巴，你日子就好过多了。"表舅伸出手，手指又湿腻又冰凉，捏住我腮帮，像拍傻瓜那样拍拍我脸。

交代过这些话，表舅让我吃上了养老院的第一顿饭。

他第一次也是最后一次和我同桌吃饭。他叫食堂师傅弄一大碗热腾腾的米饭给我，然后又送来一个圆圆的银色盘子。每上一个菜，表舅先把他的筷子伸进去，夹出猪后腿肉、鸭腿、鱼丸子和鸡蛋，放我菜盘子里。

养老院吃得真好！我立马想到我会如愿以偿成为一个身上有肉的胖子。一种幸福感油然抹我心尖上：我有希望吃到肚子肉像锅水那样荡么?!

表舅立起来："你吃相还好！给什么吃什么，也没把筷子伸出来。好吧，我直接带你去见见黄院长！"

第一章

一

　　饭是吃饱了,吃得满肚皮脂油,可惜美中不足,表舅忘记给水喝。表舅吃饭,自己喝啤酒,让我喝冬瓜肉汤,我喝了汤,更渴。

　　我没说。我用眼睛找水,可惜只有竹林、石桌、石椅和青石板路。

　　表舅咂巴着嘴,一根尖尖竹篾丝塞进牙缝剔呀剔。他长袖子跟着小风飘,我粘在他屁股后头,耷拉脑袋,渴得火急火躁。不过,我始终没开口,他身上又没水,我用自己眼睛找。

　　急着找水,没注意经过的路,等我抬头,竹林已飞走了。表舅站在一个池塘边上,脚踩草地,手往前一指。顺他指尖,我看见一排三层楼房,有些老头老太在房间里动弹。正对这些楼房,有一栋墙壁光溜溜全是窗户的大楼,比其他楼高好多,活像只倒扣的鸡笼子。大楼和楼房当中,石头小径横横竖竖割划了一块方正绿地,小径上有一排排长木椅子。没人坐椅子,我只看见灰背斑鸠。斑鸠从椅背上跳下来,啄青草。

　　正打量池塘,表舅回过身,从头到脚掂量我:"去见见黄院长。她是以后养活你的菩萨!她喜欢哑巴,你明白?"

　　我才不明白。我只想喝水,没心思想什么黄院长金院长。

　　走进鸡笼子楼,有股凉气从膝盖骨头钻进来,往上绕过我肚脐眼,叫我肋骨发凉,连打两个寒战。表舅爬楼梯,这楼梯不是木头,也不是石头,光溜溜像是冻住的灰泥做的,平整得让人心慌,踩上去怕滑跤。

表舅在半掩的门上敲几下,里头有个女人咕哝一声。他推开门,忘记我在他后头,三步并两步跑进去。我跟着进门,眼里一花,这房间着实让人眼花缭乱!一下子简直看不清楚是些啥!可我眼又一亮,在无数东西花花草草般影子里,看见一大桶清澈的水!

表舅喊我名字。我从身体的炙热里挣脱出来。我走过去,站到表舅指给我的那块地板上。眼前是个大大的暗红色木桌子,桌面上平平镶一块棕牛皮,牛皮上为啥没毛孔?桌子后头,一个大婶脸却穿姑娘衣的女人眉开眼笑看我,她圆眼睛亮得像灯泡。

"黄院长,驾牛是半个哑巴,从来不说话。"表舅站在女人桌前,背后像有风吹,把他吹成伏头的竹子,向前弓着背。他偷偷回脸向我眨眼,嘴角一丝笑纹若有若无。

"就这么个小东西?气也不喘,割倒了五个足球场大的草滩?"女人笑得咧开了嘴,圆溜溜一张鼓面的脸,突然放出了蚕丝般皱纹。

"正是力气用不完的年龄啊!"表舅叹一声,"黄老板,我已经老得做不动啦!"

"去你的!"女人撒娇一笑,眼波一转,皱纹又躲起来,"别来这一套!你是一只榨不出汁水的老柠檬,皮厚肉紧,针戳不进。别以为我傻!"

"让驾牛给我跑跑腿吧?我也好歇歇。"表舅很快活地笑着,像喜欢知道自己是老柠檬。他亲昵地看那女人,"我都该住进养老楼了呢!"

"他是不能说话,还是不想说话?"女人又把亮灼灼眼珠瞄我脸,仔细掂量我。

表舅回答说："三棍子打不出一个屁！有时也会喊一嗓子，不过，没听他说过囫囵话儿！"

"好吧。"女人收住笑脸，我这时才把她和"黄院长"画上了等号：黄院长是个女人！原来这个女人她就是黄院长。

我好渴，渴得昏头涨脑了。我转脸去看那一桶水，那桶子是透明的，倒扣在一只白色立柜上，里头水微微动。我身体随水而波，正如风中的树叶。

"你看什么？"黄院长问我。她脸上写满好奇，眼珠瞄准我左滚右滚。

我指指水桶。她一脸雾气。

"你要喝水？"表舅恍然大悟。

我点点头，大踏步朝水桶走去。表舅和黄院长还没来得及说话，我已把桶从立柜上扯了出来。不知道为啥，桶洒出一地的水。我没工夫琢磨，我举起水桶，把出水的口子放到嘴上，咕嘟咕嘟大口喝。真过瘾！这水没什么甜味，可它像月亮光，照透我身体里的黑。

黄院长狂笑不停，我放下半空水桶，瞥见她伏在大桌面上喊肚子痛，她两手抓着桌上白纸，把纸捏成了破布。我表舅也低声笑，一边说："半个哑巴，也是半个傻瓜！你自己看看合不合意思吧！"

黄院长抽出白色软纸擦眼泪，高兴得不行："我就缺驾牛这样的人手！也不能让你一人独占，这样吧，除了给你跑跑腿，他要听我使唤。还有，把一号楼的人交给他服侍，一号楼的草，我看他能割！"

我不懂表舅和黄院长说啥，我也没必要懂。很好，现在我不渴了，吃饱又喝足,现在,我的身体很满意,我心也就安稳。我站在这陌生地方,没什么不舒服。

"让驾牛像一道闪电,飞到我们这些老家伙面前,听使唤,做好事,结善缘,不枉我把他从山里带出来,一番苦心!"表舅喃喃地说。

"去你的!"黄院长又叫嚷起来,露出一圆脸的笑,"你们才老家伙呢,我还没你那么老!"

我听见她喊叫,仔细看看她脸,这会儿我看清这女人大约六十多岁年纪,圆面孔,有点儿胖,眼睛晶晶亮,可脸发灰,满脸倦容,不停有小小泪珠从她眼眶溢出来,再多笑声也掩不住她的疲困。我看见她左额头上黄豆大一颗老人斑……

我转开眼神,这时看清了一房间各种各样的高低柜、桌椅、镜框、小雕像、装订好的纸张、牛皮纸大信封、文具、蔫掉嫩叶的绿萝和凤尾竹,这些东西把黄院长埋了,只露出她亮闪闪的眸子……

"你忙!我先带他认认地方。"表舅一把扯住我肩膀,不由分说拖我出了黄院长房间。我一回头,见黄院长张开一只手掌,在脸上转圈揉,她能有多困乏呢?

二

"驾牛,你是个野人呢!"表舅带我从楼梯上下来,走过放满长椅的草地,朝对面那栋楼去,"你吃饭、喝水、撒尿,还有拉屎,都要从头学呢!你呀!"

我笑笑,不知道表舅说这话啥意思,且由他说去。我现在喝了一肚皮水,是的,我想撒尿!我眼睛找地方,难不成,连撒尿都要他恩准?

对面那栋楼楼门左边两棵大芭蕉,罩住一地淡黄美人蕉,我嘤一声蹿到芭蕉树下,扯开裤带子就射,一道水箭,畅快!烫尿敲击浓重青苔,发出一阵新鲜尿臊,一只壁虎被烫得翻起白肚子,淋淋漓漓,扭屁股钻了鸢尾丛。表舅在背后长叹:"你就野吧!越野越好!越野越合用呢!"

我看见芭蕉后头怪怪的,仔细一张眼,吓我一跳:窗户里,有好几对浊眼呆呆看我……

"这是一号楼,你仔细给我看清楚了!从明天起,你就在这楼当差!"表舅从背后推我一把,把我推进一号楼的玻璃门。眼前一个放满沙发的大房间,有一张张小圆桌子,跟山里那栋高级招待所有点像。不过这里阔气得多,低头木地板,抬头白粉顶,窗帘厚得跟被子似的……

我眼里死东西没看完,沙发上浮出活人脑袋。表舅扯住我胳膊,拖我到房中央,跟几个老头老太扯淡:"向前辈们汇报。一号楼新到服务生一位。山里孩子勤苦,这下子大家该高兴了。"

我瞪住一个戴眼镜的圆脸白皮肤老汉,他的金鱼眼凸起在眼眶里,正似笑非笑看我。他也不说什么,样貌好刁滑,像我们乡供销社柜台上的臭张。

我正把他当臭张看,表舅飞掌刮我头顶:"这是咱们院里最高级的前辈,以后要喊'廖老',不能没规没矩直着眼珠子看廖老!"

旁边一位老太太开心了,她扯扯耳边挂下的白发,像害羞姑娘扯大辫子:"哎呀,老廖有人换尿布啦!"

"讲话谨慎,"圆脸白老汉的眼珠在黄边眼镜框后瞥一眼老太太,"不要学野蛮人那种腔调!"

我来不及看清其他老头老太,表舅一把拖着我,顺屋角楼梯上楼。这铁楼梯花里胡哨,扶手拗成一只只看不亲切的圆圈,连踏脚都镂空了。一个瘦得像虾干的老头抖动尖尖下巴,抓紧扶手,蜗牛般从上往下挪。

二楼也是同样沙发房间,多一个绿色长桌子。两个老头趴绿桌子上,轮流用手里尖棒子戳一个白球,白球乱滚,撞好多五颜六色球。

表舅没去招惹戳球的老头,他拉我到窗边,那里还坐了几个老头老太,说明白点,是几个老太围着个粗脖子方脑袋老头。方头老儿脸儿黑黄,口沫四溅,吹牛吹得起劲,老太太们嘻嘻笑,模样很喜气。我听了一耳朵,这长得跟只粽子似的老头在说什么"前列县"的事情。

"施教练,现在你不需要再投诉了!这是今天新来的服务生,黄院长专为一号楼配的。他叫驾牛,手脚快着呢,有什么事,吩咐他!"

表舅一头说,方脸老头的粗脖子一头在拧紧,他放喉咙喊:"到底是给楼下还是给我们二楼配的哇?"

"所有人的事,驾牛都会及时照应!"表舅斩钉截铁,一口把女娃娃订了好几个婆家。

"受骗上当,受骗上当!退休金骗光光,平头老百姓最吃亏!"方脸老儿劲道十足,一下子从"前列县"跑出来,缠住了我表舅。

几个老太太软软笑,一点声音没有,她们发音的力似乎都让方脸老头收集到一起,用光了。

表舅推开楼道里几扇门,里面都是小小睡房,贴两侧墙有罩了白床单的单人床,一房双床。表舅又推开两间门上画男人头和女人头的门,回头问我:"见过抽水马桶不,会不会用?"

从一号楼背后出来,后面还是同样楼房,一些老头老太在楼梯上慢悠悠上下。不过,后面楼门口没种芭蕉,种的是棕榈树,上面结了黄籽。表舅说:"给个地方你当窝!"

我们左转,沿一片倾斜的青砖地往下走,潮气扑脸,霉了鼻子和喉咙。我眼前一黑,过几秒才看清一号楼和二号楼之间地底下空荡荡地大。表舅说:"这是个地下车库,暂时没启用。你先住这里头。"

我们跑下去,他摘下腰里一串钥匙,分出一枚,打开停车场口子边一扇门,啪嗒开了电灯。这原是个长方形房间,有扇露到地面斜向天的小玻璃窗。人得站桌上,才能摸到窗钩。

房里的床是大床,蒙着潮腻腻的白床单。表舅丢下一句话:"床头柜有闹钟。今天你自己混吧,明早七点到食堂见我!"

他一走,我就关上门,房里竟是壁虎和小蜥蜴的王国,它们蹦跳着、翻滚着,飞檐走壁,叫墙壁看上去流动个不停。我听到了它们细声的喊,我耳朵竖立,像吃惊的野兔子。不过,壁虎和蜥蜴的喊叫不能盘踞我心,它像一阵云,飞过了天空。

我心头粘着的是一号楼那两个老头的眼神和声音,确切地说,是长得像臭张的"廖首长"的眼神和二楼方面老儿的嗓音。他们一个用眼神、一个用声音叫我难受了。

我累了，却睡不着。飞机像一道卷起来吞人、放下来会飞的铁门，把此时的我和以前的我隔开了。

我看着壁虎们张开的肉掌，忽想起吴三妹软软的手，想起她的手顺我脖颈往下滑，在我胸脯上停留、摸索，接着继续往下……我的心又痛一下，像鹞子放飞时打在主人脸上的最后一翅膀。鹞子飞过了飞机，飞回了飞机起飞前的时光。我站在飞机的这一边，跟吴三妹隔开了，她仿佛成了鸟，曾在我怀里温暖，啄过我掌心跟鼻尖，现在飞走了，飞到飞不回来的远地……

一时间，我很想摸摸大蛋的皮毛，可惜表舅还没把狗皮袋子还给我。我身上没有属于飞机起飞前的东西，我觉得这好比一次死亡，东西留在了死前，肉身到了死后。魂没抛开从前，也没赶上现在，它磨蹭在过去和现在之间不存在的距离里，叫我浑身不妥帖。

我如此挣扎了一回，像条从河泥里掏出来扔河岸上的鳗鱼，难受又疯狂地扭动。

慢慢我平静下来，看见白色天花板上渗水的裂缝。山里的岁月，原本光洁得如一只鸡蛋的蛋壳，现在壳子上布满颤动不已的裂缝。表舅是一枚凭空跑来的钉子，刺入我静如山中水库的十八年，连串日子破裂，敞开，露出洞，我掉了进来。

我掉在这灰白色空洞里。我一无所有，拥抱住床上厚厚的被子，心虚落落。我好比一张秋叶，在山谷打旋，被气流托起，高高低低，横竖不能落地……

娘从土坯茅草屋里跑出来,她的腿又能走了?她面对山头太阳,捋了一下耳朵上面的头发,眼睛很温存地看我:"驾牛,娘就你一个儿,盼你出息!"

我听娘说这话,已听得耳朵里外隆茧子,我从没回答过她。小时候我还傻笑一下,慢慢脸上连表情也没了。我不恼,我就是喜欢像水库,没个涟漪。湖水么,只需要倒映路过的活物和不动的蓝天。

我觉得娘瞪着我看,嘻嘻笑,有点怪。我眼皮发涩,抬不起来。我用力皱眼皮,一下开了眼,醒了。一个丰腰肥臀、脸皮像包子般松嫩的老太婆端个木盘子,站我床前,正笑我。

"起来吃晚饭!"她乐颠颠说,"你表舅是李总管?这下你掉蜜罐子了!"

我揉着眼睛,老太婆把盘子放墙边木柜子上,盘里头有各种各样的肉,还有条肥鲫鱼,满满白饭上卧着青菜和胡萝卜。

"我今天已经吃过饭了。"我说。的确,下午的饭还在肚子里舒服着。

"山里人可怜。"老太婆叹息,"到了养老院,咱每天吃三顿!"

她把大蛋的皮也给我带来了。她往凳上一坐:"驾牛,吃吧。吃饱了,我还要带你到处看看,认认人呢。"

三

天还没黑透,黄蜻蜓密密低飞,我跟着过妈妈去厨房。厨房和食堂

11

坐落在中央草地西边,横在黄院长的鸡笼子楼和老头老太们住的楼房之间。我们沿小径走,想绕到食堂后边去。我惊讶地张大了嘴巴:这时候,草地木椅子上坐满了老头老太太,乍一看,像两头鸡笼子打开,一伙老鸡全放草地上溜达!

过妈妈推开一扇往外冒油烟的小门,门上的油腻,像人的汗珠,慢吞吞往下淌。我摸了一手掌,心里一阵满足:这下天天管饱!

眼前一大溜穿白长袍戴白纸帽的男人,个个手里抄黑铁锅,就着一排排黄红的灶火,正炒菜。锅里红红绿绿往天上蹦;空气有甜有辣,香得我打喷嚏。

过妈妈回头,对我一咧嘴:"你管着一号楼,那伙子老不死,吃得最好!"

我在辣椒油烟里快活地淌眼泪。过妈妈把木盘子"哐当"一声扔一个白瓷砌的大槽子里,抓住了一个人:"王大厨,今晚开不开台子?"

"嘘!"那人肥脸上蛋大眼睛一瞪,眉毛倒竖成两只大飞蛾。

过妈妈嘿嘿一声:"这是李总管表外甥,今天刚来,专伺候一号楼。"

"一号楼?"王大厨拖泥带水哼一声,朝我转脸,越凑越近;我见他厚嘴唇充血,如憋尿山魈的红屁股。他眼珠子有粗黑眉毛保驾,像不怕猴子掏的鹞子蛋:"小乡巴佬,伺候得了一号楼?"

"他是小哑巴!"过妈妈嘻嘻笑个不停,"看那些老鬼再告状!"

"哦?"王大厨笑了,一嘴黑牙,牙缝腻着肉屑和绿菜丝,"哑巴不讲话,抓不住话柄。"

"可是,"他问我,"哑巴难道就不告密?你能写字不?"

"好!好!"他对着我脸跷起大拇指:"连我也不理!"

"今天那只粗毛猪没挑剔厨房?"过妈妈从衣兜摸出一包烟,敬了一支给王大厨,自己也叼上,点火。

"今天是三个老婆凑钱给他点的生日席。"王大厨喷口烟,"特地给了厨房一百元辛苦费,我看她们可怜,亲自炒小锅。"

"傻 X 三婆娘!"过妈妈冷笑一声,"黄老板怕心里不后悔?招谁,也不该招这只粗毛猪来!"

"也好!"王大厨咧嘴笑了,"给那廖胖一点颜色看,叫他知道:熄毛的孔雀不如鸡!见谁都放不下那架子,下台官碰上硬毛猪,才是场好戏。"

"我看,廖胖那种人,"过妈妈吐个小烟圈,"不该住到养老院。就算公司翻脸不认他,缴了他司机和车子,断他月供津贴,他也不能笨到来挤老百姓。"

"他死了老婆子,儿子不养他,住不住养老院,恐怕没得选。"王大厨说,"混了一辈子,最后不该还还?"

过妈妈递给我一瓶启了盖的东西,瓶子上贴纸,上头画个宝塔,冻手。我以前没喝过啤酒,酒覆着厚厚白沫,我啜一口,什么也没啜到,一股冰酸。

过妈妈在衣襟上擦擦手,带我穿过厨房,进食堂。

食堂奇大无比,如同一个盖上天棚的小山谷,里面爬满老人。

老人最大的特征是他们的眼光,那种眼光,可怜巴巴在空气里挪步,和你对接一眼,立马胆怯地沉到地上去,弹不起来。很多老头老太婆拄着拐走路,跟我养过的蜗牛那样不慌不忙。有些拐有三条腿,甚至镶个平底盘,比食堂柱子还稳。

我闻到浓重的老人味儿,这气味并不霸道,却令你不安。好比在水里你闻不到鱼,在岸上才闻到:鱼腥永远是不祥之兆。

过妈妈不停地跟老头老太打招呼,高兴得像只绕灯火撒欢的夜蛾。我跟定她,游动在老鱼们中间。

跑食堂外面,鼻子里还一股老人臭。过妈妈说:"现在该去一号楼了!"

天已全黑,外头草地上一个人影不见。过妈妈说:"一号楼的人是不来食堂吃饭的,你负责送。他们吃什么都拿菜单点,每人吃得不一样,不能搞错。现在这时候,晚饭吃过了,应该在喝茶。"

我们一前一后走进一号楼,底楼沙发房间,嗡嗡一片人声,老人味没食堂浓。我听见很多嘶嘶嘶的吃茶声音,还有嘀嘀咄咄的小嗓子。

过妈妈对几个端茶送水的女人说:"明天驾牛也来伺候啦!今晚我先带他认认门!"

我一眼看见那个白皮肤爆眼珠的廖老头,还有那黄黑脸方脑壳的施老儿。并非他们身材出众,是他们坐着坐着,已经坐成了阵势!

我们山里,猛兽都绝迹了。我爸妈那一辈,听从上头吩咐,挖陷阱,下绳套,枪铳药箭齐上,把大牲口赶尽杀绝。

应了"山里没老虎,猴子称大王"那话,各路猴子全活成了精,有山魈,有黑叶猴,有猕猴,也有金丝猴,早晚晃人眼。猴子最讲阵势,出来一群，王稳坐大群正中，受宠的母猴抱小猴，围住猴王捉虱子。其他公猴子充当跟班和打手。两群猴子一对面，必成阵势。猴子互相吓唬，吹胡子瞪眼，不掐架也胡闹。

现在白皮肤廖老头和黄黑脸施老儿正对上了阵势。

廖老头戴眼镜，脸上小圆腮肉一抖一抖，悄悄跟边上一圈老头老太讲笑话呢。他气度大，眼色扫过整面楼层，冷冷看定施老儿，手指笃笃在桌上敲；抖了什么包袱，周围老家伙嘻嘻笑，顺手都抄茶盏，喝茶。

施老儿的模样和廖老头不一样，施老儿的方脑壳本不寻常，恰巧又蹾在奇粗无比一管脖子上，远看是只榔头精。

榔头精恶形恶状说话，牙齿咬嘴唇，腮帮子抽风。一边说，他一边上下瞄廖老头，好比看廖老头是枚冒头钉，一榔头砸下去才好！

他狠狠说几句，也露了笑脸。他只要一笑，边上几个老妇跟着笑，不过她们笑得不自在。

我没想到自己会成为一白一黑两个老头火并的由头！

老天却正是这么安排的。

一进门，感觉廖老头眼色在我脸上一舔，他扯动脸颊笑，笑容像蜥蜴的舌信；施老儿也气呼呼瞄我，他不止一次说"小鬼头"这词，我疑心这是他对我的称呼。那些老太婆听见他说小鬼头，一个个偷偷摸摸轮流看我。她们眼神既无精打采，又幸灾乐祸。

"这小鬼头到底是配给一楼还是二楼的呀？"施老儿嘎起嗓门一声喊。

端茶送水的老婆婆都直起腰，像山里小小的獴望远处拱出土泥来的大野猪。施老儿的方头斜过来架粗脖子上，那梗脖颈的样子，真像没骟的公猪。谁也没答他，过妈妈耸耸肩，咬身边送水婆耳朵："你们就当没听见！"

沙发房间一瞬间安静，人耳朵像吃足了水的草叶子，竖起来，没人接嘴。施老儿的脖子，气愤愤来回转动，这是群猴的王试探对面猴王虚实。

廖老头低低有磁性的嗓音轻悄悄浮出来，他捡起被打断的话茬，往下讲；他边上那些老头老太低声细气，点头叹息，有滋有味像听戏。

方头老儿黄里发黑的粗脖子烦躁地来回扭。我看多了猴群，知道谁输了第一回合。

不过，胜利像只烫山芋，哪只手也捏不牢它。

廖老头边上坐一个鹅蛋面孔小眼睛老太太，她一直在看施老儿，看够了，啐一口："老杂种！"廖老头伸手拦她嘴，说："近墨者黑！你住着一号楼，也沾染野蛮人腔调！"

施老儿像被人迎面扇个耳光，他呼哧呼哧，重重喘几口气，脖子皮一拉紧，破口大骂："刮地皮的老畜生！贪官污吏！只差没拉去枪毙的漏网犯！"

他没说骂谁，不过人人一脸明白相。施老儿一桌的老太婆们扭头看廖老头，廖老头一桌的老头老太也看廖老头。

廖老头紫涨了面皮，端起茶盏喝茶，手抖了，茶水滴在桌面上。

过妈妈在一个倒水女人背上一拍，低声说："去告诉黄老板！"

女人一溜小跑去了。

我也不知道表舅和黄院长要我来一号楼伺候谁,不过我明白了这是啥差事:我很容易被两派猴子打冷拳;冷不防,他们会用任何就手东西砸我。

人老了有个好处,就是比咱年轻人有耐心,脸皮皱,没表情。施老儿骂完,廖老头不接嘴,老家伙们就能在这间隙安顿下来,吃茶的吃茶,擤鼻子的擤鼻子,不在乎怎么收场。

施老儿现在得意了。山里猴王一得意,伸开胳膊捉虱子。施老儿比猴王高级,他自由自在挖鼻孔。嘿,他真像个体面人,挖了鼻孔,用白餐巾擦手指。

"恶心死了!"廖老头身边那鹅蛋面孔小眼睛老太太发一声带川音的牢骚。

施老儿紧张起来,不是面孔紧张,面孔很放松,胀开的脖子露了他情绪。施老儿周围的老太太们低眉顺眼,不像来吵闹的。她们面面相觑,像群母鸽子咕噜咕噜窃窃私语。施老儿把手指擦了又擦,脸皮黄黑里憋出紫,眼看要动作。

一串银铃般笑声从一号楼外头滚进来,黄院长穿着粉白家居睡袍,手臂上挎一只小篮子,进来了。大家仔细看她篮子,里头是一篮子绿晶晶的葡萄。

"刚摘的葡萄。同学们,吃葡萄咯!"黄院长两眼开心得亮光四射,她把一大串葡萄放在廖老头面前,又把更大一串放在施老儿面前。

"我的老同学们,这葡萄是我自己浇水种的呀!吃吃看,甜不甜?"

她娇笑着拉了张椅子,坐在两张大圆桌交边地方,一边是老廖和她大学同学,另一边是老施和她中学同学。过妈妈嘴唇凑到我耳边告诉我这奥妙,她说:"大学同学来了,中学同学也来了,进这个养老院,同学打八折!"

黄院长及时请两群老猴子吃了葡萄。临走,她甩下一句话,让所有人听见。

这句话跟我有关。

她说:"驾牛,你手脚再快,要弄明白秩序!一号楼的服务工作,首先是服务好廖老,其次是服务好施教练,然后才是其他阿伯阿妈!"

四

我溜达回车库,山下夏天来得早,闷。我很想跳进那池塘洗澡,可过强跑着追上了我,带我去淋浴房,教我开关热水和冷水。他还给我一个手电,一条新毛巾和一块黄色肥皂。我从没用过这种有桃子味的肥皂,也没用过自来水。不过,我没告诉过妈妈的儿子我是个乡巴佬。我什么也不说,照他教的做。

洗了澡,关上房门,我躺到床上,很快回了大山。

我从娘整年躺着的那屋子后头攀藤萝,上了山道。我跑过望松亭,光脚板跳进了山溪。我脸朝天浮在溪里,顺流而下。鸟在我头顶展翅,鱼儿啄我的背,豆娘停我鼻尖上,竖起网纹的翅……我懒洋洋咬一根水草,被天上白云耀黑眼睛……

"嘀嘀嘀嘀……"有一只讨厌的翠鸟在我额头上啄。"嘀嘀嘀嘀……"它抬起头又低下头,端详我脸,喙往鼻尖上拨拉。

我猛坐起来,闹钟在响,天已露出鱼肚白。表舅七点见我,时候还早,我擦把脸,跑出去透气。

一跑出车库,就明白我不是早鸟。一长排穿白色对襟褂子的老头老太早站在草地长椅之间,半闭眼睛,伸出他们干瘪手臂,慢吞吞移动;有时还收起一只脚,脚上黑布鞋被露水沾湿发黑,身体转圈,手仿佛托支剑,推出去……我跑过草地,对面是食堂,我朝左一看,马上立定了。一群老太太,一个比一个富态,都穿红衣服,脸上还抹猪血,手里各拿一白一红羽毛扇,跟个螳螂身材的中年女人学跳大神呢!我津津有味看她们,那螳螂女看看我,又看看我,说:"看什么看?没事走远点,别妨碍我们跳扇子舞!"

那边有树林,树林后隐隐约约有怪人唱歌,我朝声音跑去看热闹,原来这林子后头是个圆地方,像打谷场,也不知道干什么用的。一群老头,怀里都搂着老太太,挺利索地转圈,我知道他们是跳文明舞。我没瞧见唱歌的怪人,树上喇叭在唱。

一大清早的,山里老人才不做这种没着落的事!爷爷天不亮就收捕兽夹子去;爹去塘边喂鱼,把牛赶草甸子;奶奶打柴;娘腿脚坏了,就在灶膛弄早饭,有地瓜烤地瓜,没地瓜煨些芋艿山药……山里家家如此,炊烟袅袅,人人忙活。

过妈妈骑着自行车从远处过来,肥腰垂一只淡绿帆布包。几个老头向她招手:"早啊!包包里啥好吃的?"

过妈妈吃力踩着脚踏,像一只坐在木板上泅渡的穿山甲,手忙脚乱。不过她还是伸手甩了一把吃的,老头们你争我夺,喊叫:"哎呀!是鹌鹑蛋!"

　　她侧过脸看我,一边用胖腿踩车,一边不容置疑命令:"过来推我一把!到食堂吃早点!"

　　我乐乐地推着过妈妈的破自行车进了食堂后门,食堂服务员都从这后门进出。过妈妈快活地说:"驾牛,想吃啥早点?油条配酥饼还是配葱油饼?"

　　我的幸福感再次止不住冒出头,我预见了自己的肚皮将沉甸甸在眼皮底下弹跳,装满实实在在的食物:地瓜、土豆、白米、油饼和鸡蛋。

　　我回答过妈妈:"好吃!"

　　"什么好吃?"过妈妈扑哧笑了,"这孩子在山里饿瘪了,什么东西听见就流口水,可怜见的!"

　　我像只真正的飞蝗,吃掉了过妈妈递过来的五只酥饼,三根牛鞭粗的老油条,一张锅盖大的葱油饼,还喝了足一斤茶水。过妈妈看着我痴笑,运饼来的人也笑,说:"这么小小个子,看不出胃口老大!"

　　表舅神清气爽在门口一露头,过妈妈拍起手来:"老李老李,扒外吃里;又来个小李,改天吃穷了你!"

　　我打着饱嗝,红了脸,表舅看我一眼:"老过,你让他敞开肚皮吃,他吃了不白吃,有很多活计等着他。我看他割一草甸子的草不眨眼,是一个能干的!"

　　老头老太都跟鹤那样颤巍巍,他们推门进来的样子像蚊虫挂在门把手上抖脚,磨蹭好一会儿。现在三三两两进门吃早饭的老人越来越多,他们那股子气味又浓起来。表舅说:"驾牛,你去看看这些人都吃些什么?"他塞把竹柄扫帚给我。

我架起肩膀,让开一只只鹤,他们伸长脖子,在找自己座位。过妈妈手下的服务员年纪有大有小,都和她同样圆润,穿红衣服绿裤子,涨紫了脸,端一锅锅白粥去一张张圆台面,放上盛黑酱菜的圆碟子。老人不吃饼,他们吃粥。每个台上也有油条,不过油条切成了块块,先浸到热粥里焐烂,才可以吃。有个老头伸出干瘪鸡爪,想吃没浸过粥的硬油条,被服务员打手:"小心又拉不出屎,护工罚你钱!"

我从没见过一大堆这么老的人,更没见过老鹤们一起吃饭。他们嘴巴是一只只垂下的小布袋,吃饭靠两颗摇晃的门牙,像蝈蝈啃毛豆。

我看得着魔,表舅手在我背上一拍:"出来,有事!"

我跟住表舅背影出门,草坪上又只剩鸟。黄院长手肘挎一只粉绿包,头上戴顶灰绿扁帽,站在长凳间,笑嘻嘻对我表舅说:"走,让驾牛去开开眼!"

我们先跑到二号楼,过妈妈已等在门口:"院长,先查这楼吧?好多只呢!"

推开门,二号楼和一号楼不一样,虽然也有放电视机的大房,却没沙发。电视机前好几排整齐的木椅,后面放几张同样木材的圆桌子,也有木椅围着。房间开着窗户,窗帘在飘。这里窗帘不厚,房里有电扇,电扇一转,窗帘飘起来。

"驾牛,看看这个,你见过这东西吗?"过妈妈端出一只脏兮兮的小炉子。

我吃不准,没反应。黄院长笑了。

"告诉你,这是电炉。"过妈妈说,"你手脚快,现在从一楼到三楼,每间房你都跟我查!我开门,你搜,搜到的电炉全放房门口!"

说起来,这是场快乐游戏。过妈妈每推开一扇上不了锁的门,就对我说一次:"床下、衣橱里,还有橱顶上!"我猫上猫下,扯住电炉尾巴,把它们从窝里拽出来。电炉并不稀奇,稀奇的是橱顶上有各种各样你站在下面看不见的东西。我一时半会儿不懂那些是什么,很多东西包裹得密不透风呢!

"每个房间差不多都有!"过妈妈和我跑下楼,她报告说,"还有'热得快'呢!"

我表舅点点头,什么表情都没有;黄院长却满脸惊讶:"这么说,三号楼、四号楼恐怕更多!"

三号楼和四号楼比一号楼、二号楼寒碜多了,连看电视喝茶水的大房也没有。进去就是一排排小睡房,每房四张床,中间一个长条木桌。睡在紧里头的老人要上床,恐怕得磨蹭一会儿;出来上厕所,不小心就会尿裤子。房里散发着酸气和尿溲。

黄院长皱眉头:"我就在外头站着,你们查房!"

我又去帮过妈妈逮电炉,每房间不止有一个电炉子。

后面五号楼是附属小医院,老头老太可以去看病,有穿白衣服戴白帽子的医生在里头转悠。黄院长说:"五号楼不用看。"

表舅和我跟黄院长走回食堂,老头老太们早喝完粥,碗筷盘盏都撒了，面前啥都没有。他们呆坐着，也不交头接耳。

黄院长跑到食堂正中，那里放了个能让她说话响亮的东西，她攥着那东西说："说过多少次？为大家生命安全，房里不允许用电炉。现在回房间，你们自己认自己电炉，每只电炉罚款一百元。如果哪间有电炉没人认，好的，那就扣掉房里所有人一百元伙食费！"

"哦！"老人们摇着头，沮丧地发出喉音。

"怎么？"黄院长的眼睛闪火星，"还不服气？"

没人接嘴，满食堂不讲话，老鹤们只磨牙齿。

"就这么办了！如果谁不服气，可以！让家属来院，办离院手续！"

五

黄院长在一号楼有间属于她的房，房在一楼最东边角落里。她把表舅和我带那间房去谈话。

"老李，眼线还是要放的。隐蔽点就好。"黄院长摘下扁帽子，甩甩头发。上次我见她，她头发是直的，今天都鬈起来，像飞机上气味重的纸碗里那些假面条。

"谈何容易？"表舅摇摇头，"不怕放眼线，就怕眼线反过来利用你，给你假情报。"

"那我怎么办？"黄院长说，"都翻了天了，我哪里睡得好觉？消防局的人来过两次，今天一查，还这么多电炉！简直让我睡火山口上！"

"他们是穷人，不怕死。你有钱，他们知道，都想折腾你呢！"表舅笑了，"这样子吧，你同意的话，我也不给驾牛派扫厕所通阴沟的笨活了。你知道他机灵，又肯做，不如让他几个楼里都走动，讲是听大家使唤，其实看个明白。怎么样？"

黄院长看看我，明亮眼睛里有点雾气，她问："驾牛话也不说，我怎么靠他？"

表舅伸手掐住我胳膊，狠狠拧一下，我"哎呀"喊一声，不懂他要干啥。

"听见？"表舅看黄院长，"是不愿说话而已，又不是哑巴！你是他衣食父母，问啥，他不回答？"

黄院长笑了，伸白手打开粉绿袋袋，掏出一只很长很大的黑皮家伙，啪一声往两边打开，露一排金灿灿银闪闪卡片。她尖起手指，沙沙地拨弄，嗖地抽出两张粉红色钞票，往我脸前一送。

"驾牛，山里出来不容易。给，买点日用家常。"

我摇摇头，推开她的钱。

"别客气，你是自己人。"黄院长这么说。

"拿上。"表舅告诉我。

我接过钱，交给表舅。表舅笑了："这钱你自己留着，黄院长赏你，就是你的。"

黄院长口气变了，现在比较轻松了："驾牛，现在起，你就是这养老院里侦察兵，白天留心，夜里巡逻。听我和你表舅吩咐，到处看着。时不时给我们提个醒，别让哪里蹿火苗！"

她笑嘻嘻带我往前头走，沙发房间里，吃过早饭的廖老头又带他那帮人聊天。黄院长远远就喊:"又搞小活动,满院老同学,只不带我玩!"

"这得了便宜的女人,又来卖乖了!"廖老头眼神撩着黄院长,突然大声喊,"欢迎典狱长!"

几个老头笑,老太们只摆出道笑纹,眯花眼儿看她。

"知道你们中间有人恨我,像互相吃醋的孩子恨娘。"黄院长洒脱地摆摆手,"我吃力不讨好呀!来,驾牛,过来认认明白,这里都是我老同学,我平日当菩萨供着,一个不敢得罪的。你给我好生服侍,只要这廖大爷满意了,我就亏待不了你!"她向廖老头猛抛一个媚眼。

我看见廖老头露个微笑,口气酸溜溜:"这么个乡下毛孩子,又不是我们一楼专用的。我们要不满意,你还准备亏待他?你厉害,我服!"

"你要是见过这小孩割草,你就不会这么讲话了。人不可貌相,有事跟他开口,用起来再看。"黄院长一甩头发,对我说,"驾牛,上楼!"

楼上那方头猴还是老模样,远远吊着眼梢看黄院长:"做啥啦?这么早跑来?"

"特程跑来看你还不好?"黄院长哆哆说。

"一楼去过啦?马屁拍好啦?"方头猴粗声粗气,"喝茶么,也要喝头泡,二泡没啥味道的。"

旁边坐着的几个老太太眯眯笑,招呼黄院长:"阿黄,别听他,这人没啥修养!"

黄院长扭腰说:"是呀!讲话嗓门大,却不像个男人!"

方头猴看看那些老太太,换了种油腻腻嗓子:"全造反啦?她请你们吃小灶的吗？"

黄院长不理他，和女同学低声叽咕什么；我站在那里，仔细看地板和墙壁。我琢磨今天可以把这里上上下下全擦一遍。

"喂，请你来，是干活还是看风景的？"方头猴对准我一声喊。

我看他，他瞪我，像从前彼此有什么过节，又仿佛他要跟我比高低。我等黄院长接他的话，转过头，不看他。

可是，黄院长和女同学们聊得起劲，像没听见方头猴。

"喂！"猴子又对我大喊一声，"你是聋子还是哑巴？"

"他是哑巴。"黄院长抬起头大声说，"以后他听一号楼使唤。你们大家有事就好好交代给他做，他有能耐的。就是不能说话。"

她看定了方头猴说："老同学，你也真是。当教练也好，当警察也罢，退休了就是退休了呀。如果还当自己是不存在了的什么角色，就滑稽了哦！"说了，她嘻嘻笑起来，女同学也跟她笑。

黄院长笑对我说："今天你先在二楼干活，施教练喊干啥，你就干啥！"

她噔噔噔噔一下楼，方头猴脸一黑，对旁边老太发话："你们给这乡下孩子做做规矩咯！我怕吓坏了他。"

他慢慢立起身，摇摇摆摆朝他卧室走进去，关上了门。

一个白净净、眼睛细长长的老太朝我一笑："你叫什么？驾牛？这名字真有田园气息。你别生气，刚才那老头，生下来就那吃相，别理他就好。"

一个戴红框眼镜的胖老太斜我一眼："要在一号楼混饭吃，眼睛看清楚,嘴巴要把得稳!"

我用眼睛找抹布,希望马上可以把周围的一切用水擦一遍。我看过沙发边的角落,又看那些小圆桌子,再去看电视机下面柜子。都没有抹布。

"我跟你讲话呢!"胖老太用圆鼓鼓的手指捅我一下,"先知道一下楼里情况,对你有好处!"

我把眼光转回来,定在胖老太鼻尖上。她眼珠在淡黄镜片后很恼怒地瞪我,像我做了对不起她的事情。

"告诉你,楼上和楼下可不是一伙儿的。"她说。

"是的。你看过电影不?"细长眼老太凑过来,笑着告诉我,"楼下喜欢的事情,楼上就反对!"

"你得告诉他为什么!"胖老太抢说,"我们的养老金是辛辛苦苦一辈子不吃不喝攒下来的。下面那伙人的钱来路不明。外头混不下去,跑里头来欺负我们。"

"一样住着一号楼,"细眼睛老太说,"凭什么吃比我们多吃,喝比我们多喝?我们吃的东西恐怕是他们吃剩下的!"

"这要看你良心了!"两个老太都用手指头指我。她们的手指很烦人,指着指着就落到我心口,戳在那里不动了。

我想到那只方头猴,想知道这些老太为啥围着他转。问题卡在喉咙口,问不出来。

我下楼去找抹布扫帚,看见廖老头朝我招手,我走过去,听他吩咐。

"小伙子很好!长得很精神!"廖老头站起来,走开了。我见他走进自己房间,关上了门。

另一个和气的小老头向我送来一串千变万化的笑,像用不停的笑容讲话。我惊奇地看他的白头发和皱纹,无论是头发还是皱纹,在他身上都软软的,一点不让人难受。他说:"小伙子,初来乍到,坐下来谈谈心呀?"

老头老太太呜呜地点头,好像他们一齐邀请我。

我放下抹布扫帚,听他要吩咐我什么。

"我们是一群老人,现在体弱多病,需要年轻人照顾。不过,我们曾为社会做过贡献!不说我们,就说说廖局长。廖局长多年来担任文化工作,他把一辈子的时间和精力都花在文明建设上。我们的城市如今花好月圆,怎么离得开他几十年如一日的努力呢?"白头发老头说到这儿,被那鹅蛋面孔小眼睛的老太太用一只白胖手拍断了。

"小孩子听不懂你文绉绉的。"老太太扭头对我说,"别信楼上那些小市民嚼舌头,廖老退下来是局级干部,对他保留些尊敬是应该的。请问楼上那些小市民,他们一辈子为社会做过什么?只知道索取!"

"告诉你吧!"她耐心等我慢慢看她眼睛了才说,"楼上那个方头家伙道德品质是有问题的,我看过他档案!"

我不知道老太太为什么激动,又为什么得意洋洋。她看过方头老汉的档啊?!我觉得好笑。

过妈妈关照过我,差不多十点光景,要把一号楼每个人的点菜单收集来,送交她本人。早上她已来过,把今天厨师愿意做的三种花式写在一楼和二楼楼梯口小黑板上。老头老太们要做的,是把自己挑好的菜式写到点菜单上,填上自己名字。

我拿着一楼填好的点菜单到二楼去收二楼的,楼梯扶手上不知给谁蹭了一大块污斑,我把点菜单放沙发上,找了抹布来擦干净,又洗抹布,晾起来。

十点整我把点菜单送给过妈妈,她问:"今天到这会儿了,一号楼还没吵起来?让你去一号楼,的确有点意思!"她一伸手,我工作服胸兜里多了堆热腾腾的鹌鹑蛋。

过妈妈和我一起推保温车,把菜和饭送一号楼。二号楼、三号楼和四号楼的老头老太互相搀扶着,正赶往食堂去吃午饭,一轮发红的日头晒得人额头发烫。

"有钱人坐在床上吃饭。"一个老头看看我们,哼一声。

"还不用亲自上厕所。"另一个老头笑呵呵,"有人递扁马桶,替你擦屁股!"

这群老家伙满怀恶意地看着我,看着过妈妈。

过妈妈看看他们,笑着挥手:"去去去!别一个个红口白牙!收掉你们电炉子是为你们好!成天偷吃,小心烧了房子,把自己烧成点心!"

"就是怕我们烧了房子呗!"一个老太婆咕哝,"说为我们好,假仁假义!"

进了一号楼,我独个儿卖力气。过妈妈省了心,只念念菜单,告诉我什么餐盘端给什么人。老头老太个个浑身通泰,坐下来吃午饭,一桌还给上一瓶红酒。

过妈妈很满意我,凑我耳朵说:"给你留了一大块走油肉,不是给你午饭吃,也不是晚饭吃,给你带回房间,半夜吃!"

我满心欢喜。半夜一块肥腻的走油肉,绝对是我走出大山的彩头!

廖老头忽然不高兴了,他那帮手下七手八脚喊过妈妈:"上错菜了!廖局说过多少次他不能吃辣椒?"

过妈妈翻出廖老头的点菜单,上面涂掉了一个菜名,重新写上了"辣椒炒干丝"。

"这是怎么一回事?"老家伙们吹胡子瞪眼望着我。

我把菜抬到二楼。过妈妈分菜,我看见方头猴笑得差点气绝而死。

六

半夜我啃着过妈妈塞给我的那块走油肉。肉喷香,往下淌没走完的油水,油水滴在床单上。我想起了山里的苦孩子。

山里长很多结果子的树,也有各样小身材野牲口。可是,这些东西不会自己走到你跟前让你吃。我爹说,糟就糟在人三百六十五天顿顿要吃,哪怕能停上一天,做人也轻松些!果子要按节气慢吞吞地熟,熟了,飞鸟先吃一大半;野牲口呢,山里人天天在那里下套子,毕竟往里头钻的是个别,这跟人里头傻瓜没那么多同一个理。指望这些肉食,人倒先饿死,喂了野物了。

山村里人勉力养一两只牛,用来耕地的,吃牛好比吃家里壮劳力。

30

养几口猪,都要拉去集子上换东西。只有过年,村里才一起杀翻两三头老猪,每家每户分点肉过年。

村东村西没几个和我年纪相仿的少年。我们没学可上,每天一起打混。那时我们都饿得慌,钻林子里想尽办法,要弄点吃的。

我记得壮青和老四常和我一起到村背山上打鸟。壮青是表舅隔壁邻居,老四是我家隔壁的幺儿。我们没铳,我们只有三只老榆木做的弹弓。

山上多乌鸦多喜鹊,你要是吃过煮乌鸦和烤喜鹊,绝对不想再试一次。所以,我们能打的鸟少,大多数鸟小得不能吃,只能看看听听。我们目标是斑鸠,斑鸠用弹弓打不下来,所以特地带个木盆,用木棍支起一边,里面撒堆小米,牵着绳子伏长草里等。没等到鸟肉,自己先喂蚊子。

吃烤斑鸠的日子,我们三个心满意足,咂巴了嘴,比画要给偶尔路过的獐子下套。獐子是大肉,要是逮到了,带回家,几家爹娘嘴里也有点腥。可没想到,我一辈子下套逮住的唯一一只獐子,让壮青和老四反目成仇。

我们伏在长草里,大气也不出,虽然从没等来过獐子,还诚心诚意等。

那獐子是我头一个看见的,我还以为灌木林飞出一只奇大无比的褐色龙蝶呢!我看见了它脊背,我把手捂在说话中气最足的老四嘴上,老四不傻,立刻明白了。我们透过长草,看见一只美丽无比的小獐朝我们很不要脸堆起来的野果靠近,它有点犹豫,有点失神,然后我们见它一跳,拼命扭动,伏在地上,被绳子吊起半个身子,惊慌号叫。

我们跑上去,在它毛皮上抚摩,像抚摩家里的牛。獐子皮更柔滑,没牛皮臭味,有一股子荤东西的暖意,暖意像酒浆灌进我喉咙。

壮青突然说他不想吃獐子,獐子太可怜,不敢吃,还是解开套索放生好。老四馋得口水直流,说到口的好肉哪能让神经病放走,三家人家老老少少都馋荤腥,放了獐子,人怎么办?壮青没再说什么,他后来也分了獐子腿和一包下水拿回家,可从此就不和我们一起出来打野食了。老四说他脑子有问题。壮青说老四没心肝。我什么都没说,看他们为一只獐子结束了童年情分。

我对城里人不了解,只听表舅描画过城里人德性模样。城里人比山里人法力大,那是没人否认的。不过,我们山里人并不想变城里人,城里人那德性,听上去有点做人做腻歪了。也许因为他们天天有荤腥吃,我们一年难得沾一次吧?

转念想想一号楼里廖老头和施老儿,两只老狲狲吵闹成精,像极山里猕猴。壮青当年和老四翻脸,也没闹出啥动静,顶多见面一低头,擦肩而过。可施老儿和廖老头吵起来像女人撒泼,又像孩子赖皮。人一老,会变怪?

我房里没水,吃完走油肉,想去洗洗沾满脂油的手。走出昏暗车库,拐到大草坪上,对面食堂还留一排白色灯,乍一看是张惨白的脸,什么表情也没有。我呼吸夜里空气,夜气没山里清冽,却比白天纯净些。我在一个水龙头上洗了手,这几天肚子积食,我得好生走走。我想起表舅和黄院长把这些楼都交了给我察看,半夜时分,倒该去逛一圈。

我从一号楼开始。楼里灯都关熄了，有股子奇特香味，沿走廊有些红点子闪，还有一阵凉气。我打开手电，看见窗户关得紧密，顺一楼走廊走，扇扇门关得严实。上了二楼，也一样，连鼾声都关了禁闭。我走出一号楼，走进二号楼，二号楼没什么香味，但也不臭，楼道里窗户开得笔直，老人味儿散尽了。一楼和二楼的卧室，大多数敞着门，我看见卧室窗户也笔直，夜风透进来，倒清凉。老人都蒙着白色薄被，睡得像一只只蚕蛹。

三号楼和四号楼吓我一跳，这里简直鬼影乱飞。走廊里白炽灯下放了好几张拼拼凑凑的方桌，有几桌麻将，几桌扑克。房门都敞着，睡觉的人在里头翻身、叹气、咳嗽、吐痰、骂娘、打呼噜；玩麻将扑克的人捏着嗓子，低低地咕哝。白生生灯火将灯泡底下蓬头散发的老头老太映得三分人七分鬼。

好几双浑浊眼睛戒备地看我。我低下头，准备回去睡觉，这时我吃一惊，相信自己看见一号楼的方头粗脖子老鬼靠在四号楼二楼男厕墙上，背对着我，不知道干啥。

第二天一大早，我跑进一号楼擦桌子拖地。干过一回活儿，微微出身汗，正舒服着，廖老头伙里那白发老家伙招呼我："驾牛，开晨会了！"

廖老头笑眯眯看着我，他周围那些老头老太满怀希望看着我，样子特友好。这多少让我有点感动。白发老头指着一个沙发位，对我说："坐下开会！"

还好这时候二楼方脑袋老头那伙起哄了。

"笑死了，"胖老太哈哈一笑，"养老养老，养神防老。以为自己是谁呀？每天吃了一顿就要开会？"

"开会要开的。"方头老儿好似帮廖老头说话，"人靠一口气活着。什么都没了，再不让人开会过过干瘾，人马上要怄死的！"

廖老头似笑非笑，瞪着二楼那一桌。他身边四川口音老太太急了："这帮人闹啥子？开晨会都好几年了，闹啥哟！"

"你坐下，开会！"白发老头伸出手，扯我手臂。

方头老儿气力很足，身板子腾地从那桌椅子上竖起来，拦住白发老汉手："你拉壮丁？"

"我看驾牛这小伙子懂道理，人家可没想参加什么晨会！"胖老太把我一把扯了过去。

我不傻，可我傻了，不知道怎么办才好。

"驾牛，"廖老头从镜片后抬起眼睛看我，"黄院长告诉我们，有事可以请你帮忙，对吧？"

我看看他，今天他眼睛不眨，于是我使劲点点头。

"那么你帮我一下，我要去房里换一下衣服。"他拄着拐杖要立起来。

"廖局，我来吧？驾牛不熟。"白发老头跟着立起来。

"总要教会驾牛的，不可能老烦你。你也做不动啦！"廖老头说。我上前一步，扶着他，慢慢往他房间移步。

"这不是？"二楼胖老太吧嗒嘴巴，"都这样了，整天还盘算什么开会？开会是琢磨整人的。养老院就该取消会议。"

我觉着廖老头拽住我的手还很有力气,他恐怕只是腿的问题,人是健的。他的房间,只他一个人睡,另一张床上,靠墙摆满了书。

我扶他在床上坐下,看着他,等他告诉我要换啥衣服。

廖老头示意我关上房门,他叹口气:"驾牛,我得好好和你谈谈心!"

啊?这老儿是骗我进来洗我脑?这可有点不地道!我喜欢乌鸡瞪王八,当面比大小。他这一手,出方头老儿千!

还好我不喜欢那只方头猢狲。

"你们山里人实诚!"廖老头摸一下打一下,"也容易轻信!"

"我长话短说,先讲清楚谈心目的。我的目的是让你看清我和施教练之间的矛盾是啥性质,然后你自己决定站谁一边。"廖老头摸了摸下巴。

我对他这句话是钦佩的,不绕弯子,直截了当。

"你寡言少语,至少没沾染不良习气。"廖老头叹口气,"言归正传。楼上的施教练过去因为伤风败俗,被管理部门惩罚过,所以心怀不满。正巧我是文化局长,如今他借题发挥,冲我发泄怒气。

"做人,就算做到老死,也要对自己有要求,事事推敲,有商有量,不至于行差踏错!所以我们开晨会。楼上那些老人家,受了施教练影响,脚踩西瓜皮,滑到哪里算哪里,糊涂了!"

我并不太懂他意思,不过我明白廖老头想改变一下方头老儿,甚至想改变楼上所有的老头老太。他这么老,这么行动不便,还有如此雄心,叫我吃惊。我觉得他是多管闲事多吃屁的典型。

"希望驾牛你支持我们,跟你前任一样,每天坐下来参加我们的晨会。晨会上决定一号楼当天要办的大事。正因为这晨会开了好几年,所以一号楼没乱!听说别的楼里头,乱得很!"

我情不自禁对廖老头点了点头。廖老头喜出望外,拍了拍肉乎乎的手掌:"好!"

我扶着廖老头出来,两桌人还闹,你一言我一语争来斗去。廖老头坐到沙发上,板脸看看四周,说:"来!驾牛,你坐下。继续开晨会!"

我环顾四周,二楼的老头老太,尤其方头老儿,都死死瞪着我,好像我屁股一挨上沙发,他们的沙发就会在屁股下爆炸。

我看看方头老儿,不明白为啥一看他,我就会忘光廖老头的刁相。我直视方头施老儿白多黑少的眼睛,往廖老头指给我的沙发上坐下去。方头一扭,不再看我,胖老太的小眼睛,对准我喷火。

我在沙发上稳坐了三秒钟,廖老头露出得胜的微笑,他宣布:"晨会有几点讨论!"

我站起身,把拖把拉过来,拄着拖把站着,听廖老头讲话。廖老头看看我,又看看方头老儿,他低下头去看手里纸,不再计较我站还是坐。

"嘿嘿!"方头老儿劈头盖脸便骂,"不是我骂你个老瘪三,不骂你,你忘掉自己是谁!"

廖老头勃然变色:"你是野蛮人吗?能不能讲文明话?"

"什么?"方头脸憋紫,"就你这不长屁眼的,也算文明人?我也有几点要提!"

"提！"二楼的老太和几个老头一起鼓掌。

"第一条——"方头老儿说，"不许任何人把官场上那套整人的东西带进养老院来！这里是养老院，谁还以为自己是个官，差不多就是神经病！"

"哈哈！"二楼的一齐鼓掌，一楼的怒目而视。

"第二条——"方头老儿脸上露出了自信之色，"不许任何人贼喊捉贼！"

"我们可没有前科。"一楼带四川口音的老太太冷冷插一句。

方头老儿的脸不是红了，是一下子黑红黑红，我看他绝不是羞愧，他怒火熊熊。

二楼胖老太针尖对麦芒："都一个个老得摸着棺材边了，还整天琢磨人整人，为的啥？我就不明白了。有人成天泼人污水，自己倒抢别人饭菜吃，偷占人家定额牛奶，以为自己不算贼？"

"谁偷你饭菜牛奶了？"一楼老太太齐齐问。

"谁偷谁心虚！"二楼老太太齐齐答。

"所以呀，第三条就是——"方头老儿得意洋洋，"别他妈的虚伪！"

"别过分啊。"一楼的白发老头板起脸来。

"过什么分？"方头老儿大脸凑上去，"有种人是专门做这个的！"

闹得不像话了。我扔下拖把杆，往楼外头走。我的意思是，打起架来，我不能在里头掺和，我们山里就这么个规矩。否则，要不是我被夹着打死，就是两头都恨你不帮手。

方头老儿在后面哼哼："驾牛这臭乡巴佬，你去汇报吧！"

七

我娘跟我讲过："猪闹圈,先上山放羊。"

我没去二号楼,我心里想着的是三号楼和四号楼。我跑过去的时候,老头老太婆正交头接耳谈吃的事情,他们哆嗦着发青的嘴唇,嘴角冒着白泡泡,根本没看到我这个不起眼的小打杂。

"早饭根本都吃不饱!"他们这么说。

"没了电炉子,方便面也吃不了。"他们那么说。

一个老汉蹲在四号楼二楼走廊口子上,他头上顶着个肮脏的搪瓷盆,里面水蜡黄,漂的都是烟头。其他几个老头老太靠着窗户抽纸烟,把烟屁股扔这搪瓷盆里。

"孙得一。"他们这么称呼顶盘子的老头,"你贱呀!输了麻将,宁愿顶烟灰缸!"

走廊里到处是老人,逛来逛去,除了个个脚步有点飘,你根本看不明白这里是养老院。如果说一号楼住的是慢吞吞走路的羊,到了三号楼四号楼,这些人就是些不耐烦蹲笼子的狐狸和黄鼠狼,沿笼子边,不知疲倦地走来走去。

我走到二楼走廊尽头,一堆儿老太太在这里摇芭蕉扇,她们说来说去,是在数落一个没挤在她们里头的婆娘。

"就她金贵?"一个耷拉着身上所有肉肉的老太婆喷出口毒气,"别人打呼噜,她就没法睡觉?"

"瞧她那小样！每天要洗澡！"另一个肥腻腻黑婆娘拍自己破扇子，"我还没挨着她睡呢，就嫌我臭！"

"嘚瑟啥？"出坏点子的白脸婆娘冒出来了，"这是病！得治！"

"怎么治？"几个老太婆压低嗓门。

"先把脚底板上臭泥搓下来，拧巴拧巴。下午乘她睡午觉，我给你们把着门，你们喂她吃几丸！"

"嘻嘻！嘻嘻！哈哈哈！"

我慢慢往前头踱步，走廊里乱糟糟，老头老太到处扎堆聊天。我走到走廊腰眼里，有两个门对门的房间挤满了老鹤，那股老鹤味，浓得能把我掀个跟斗。好歹混了点纸烟味在里头，稍微忍得。我一听，不由佩服我表舅料事如神。

"不行，得给那姓黄的婆娘一点颜色看！"里头有个老汉嚷一声。

"每个楼层配一个微波炉！"老婆婆说。

"你们又不是不认识这黄婆娘。让她拔根毛，比要她命还难。"

"只有来点让她害怕的……"

我靠在门口墙上，有个老太婆瞪着我看，我揉揉鼻子，任凭她看。她看着我，什么也没说。

"下午就是家属接待时间。我们一起造反？"里面传来一个还有点犹豫的声音。

"吃不饱肚子。我们一起喊加餐吧？就算要来微波炉，还不是天天吃自己私房钱？"

"好！好！好！"一片叫好声。

我走出楼房，我是哑巴，我什么都不会主动说，除非人家问我是不是，我才摇头点头。那老婆子看我的眼光，仿佛知道我是三棍子打不出来屁的人。

我抬头看太阳，可不是吃饭时间了吗？我望见过妈妈在食堂门口和我表舅聊天，表舅向两边看看，牵了过妈妈的手，又放开。

我走过去，表舅看看我，问："施教练打了廖老？"

我摇摇头，又点点头。

表舅问："三号楼和四号楼去过了？没了电炉，个个在骂娘吧？"

我点点头，又点点头。

表舅点点头，说："赶紧去吃午饭，下午跟着我，替我看好家属。"

过妈妈打着响指，让人送餐到黄院长办公室去："送三份。"

我看看二号楼、三号楼和四号楼的午餐，是土豆炒肉条、葱油蚕豆和绿豆粉丝汤。

我吃了饭，上过茅厕，站在食堂门口等表舅。老头老太们又成群结伙吃午饭，现在他们一点不垂头丧气，个个眼睛发光，哆嗦着瘪嘴唇。他们走进食堂，愉快的咀嚼声顺着推开的玻璃门洒出来，跟着的是喝汤的簌簌声和吸溜粉丝的唑唑声。

表舅来的时候，太阳已越过天顶，空气在原地打旋，让我出了身水汗。表舅戴上了墨镜，头上一顶草编的礼帽。他在前，我落后一步跟着，向院长的鸡笼子楼走来。底层今天打开了门，成了个礼堂，家属到这里见老人。

"到处看看,到处听听。"表舅吩咐我。

家属陆陆续续来了一批,全是女人,面有倦容,手提花花绿绿包裹。女人一个个满头汗,排队到水龙头洗脸,坐下猛喝茶水。表舅跟那些女人都认识,他和围上来的女人彬彬有礼地说话,扬起嗓门喊过妈妈:"天热,上点西瓜!"

不一会儿,礼堂就是一幅好看图画:堆在大桌子边上的包包是一圈花花绿绿的花边,当中一片片绿皮红瓤大黑子西瓜,女人们的黑头发在空中飘,手里,片片红瓤跳舞……

老鬼头们像贼一样跑进来,对着我表舅稀稀落落喊"我们要加餐",样子别提多可乐了!一团和气的表舅就着西瓜带给家属的快乐连连答应:"加餐,加餐!过妈妈,再来几只大西瓜!"

西瓜解暑气,出来见家属的老鹤馋得忘了正事,抢吃西瓜。吃着西瓜说起在养老院吃不饱,立刻带出更新的喜气。家属看着他们笑了,他们自己也只好笑了。我表舅哈哈笑,过妈妈嘻嘻笑,大家在夏日里笑,养老院笑得一家亲。

我仔细看一个个女人打开包包,拿东西给老头老太太。饼干、糕点、蜜饯、牛肉干、巧克力、水果、蜂蜜,还有金金红红的香烟盒……表舅彬彬有礼地不断重复:"酒是不可以的!药品要经医务室鉴定!电炉一发现就没收!"

终于有个女人跑过来笑嘻嘻同表舅商量:"老头胃口大,吃不饱。电炉子没了,方便面也不能吃,您看怎么办?"

"千金难买老来瘦。"表舅压低嗓门,像接待小学生家长。

女人心领神会点点头,跑回去跟老汉说:"爸爸,打过招呼了,打过招呼了!李总管已经知道了。"

我看到一个女人悄悄递给她家老太一个小包包,包包从桌子底下递过去,老太很老到,用膝盖一夹,过一会儿,东西就到了她桌上塑料袋里。我不想知道那是什么,一个老太太能有什么?

表舅气不带喘平息了一场变乱,他挺满意地摸摸自己下巴,突然扯过一把方椅子,稳笃笃站上去:"大家静一静,我代表黄院长欢迎家属来访。为了表示院方对生活在这里所有老人的关心和爱护,黄院长决定,由她个人负担所有费用,下星期为在院老人进行全面体检。希望家属和在院老人都体会黄院长一番美意。这次体检还有美国专家参与,不是市面上糊弄人的检查,代表了金鹤的高水准!"

家属鼓起掌来,预备闹事的老鹤们苦笑了。

回一号楼去清扫,老头老太们都睡了午觉,他们似乎没和其他楼的老鹤一起见亲属。

我不知道上午如何收场的,只意识到这件事又惊动了我表舅和黄院长。正擦着想着,一只手在我肩胛上拍了拍,我回头一看,吓一跳,方头猴子对我龇牙一笑,粗头颈一甩,意思让我跟他出去。

我放下抹布走到一号楼外头,他站在那里,从衬衣口袋掏出一根烟递给我。

"抽!"他吐出大口白烟,把自己缭绕得像个托塔李天王。

我接过烟,放在手里,捏着。

"出来混,想清楚一个问题:跟谁混!"近看,方脸上全是胡茬子,皱纹因为布满脸颊,反倒看不清。

"你是山里来的,要小心城里骗子。城里的骗子一个个就跟廖老头一样,会说一套套大好话。"他说。

"再跟你说一次,姓廖的是个贪官污吏,他放的那些狗屁都是忽悠人的。"方头猴儿咂巴一下嘴,"总有一天我会逮住他。"

我把烟叼到嘴唇上,看着方头老儿。方头老儿看回我,气咻咻地,好一阵子磨蹭,才从兜里掏出打火机,啪嗒一下点着了。我没动,他也不把火往前送。灭了。

我把烟从嘴唇里拿下来,放进胸口口袋。我想我该回去擦地了,那里有一些难看的脚印。

方头老儿在我后边问:"你真是哑巴?"

我停了一停,然后我凝聚腹部的力气,响亮地对他放了一个屁。

八

院里池塘是活水塘,水是那个西湖来的,又流回西湖去。过妈妈说,塘的进水口通畅无阻,出水口下了竹篾。鱼虾进得来,出不去。院里老人可以钓钓鱼,散散心。

廖老头有套讲究的渔具,除了随意伸缩的金属鱼竿,还有一匣可挑选的大小鱼钩,一包五颜六色形状各异的假蝇,加上可折叠的帆布椅和墨绿大遮阳伞。这伞张开来,大到陪他钓鱼的老头老太都拿小凳子坐底下。

过妈妈说，廖老头一去钓鱼，一号楼就得了平安，连趴在纱窗上的苍蝇也懒得飞。大家睡午觉，看报喝茶，或者发发呆。二楼方脸老儿本不喜欢钓鱼，可廖老头钓鱼钓出影响了，施老儿也让女儿送来一根老黄竹竿，跟着跑池塘，在塘子对面，正对廖老头坐下，开钓。

听人讲，四号楼的孙得一起始是来看钓，他看明白廖老头身边人全是马屁精，又是不会服侍人的马屁精，一个个只动嘴巴，手脚不活络，身体一使劲还带喘气。孙得一便讲："后面草地里红蚯蚓好！"

他跑去找铲子，草地边一翻，没一支烟工夫，给"廖局长"送来一盆载蠕载袅的货。

廖老头夸他："老孙头懂经！"

这么着，老孙头常到塘边看钓，廖老头在，他像事先受过委托，立刻跑去挖红蚯蚓，然后坐廖老头身边烂泥地，帮着捞鱼、去钩，一趟趟跑腿。偶尔廖老头不来，只方头老施在钓，他就不声不响，冷眼看。喉咙里还哼哼，仿佛技高一筹，不屑与老施为伍。

方头老施不认识孙得一，也不理他，只和自己那伙同学说笑。钓不钓到鱼，他根本不放心上。

这天天凉快，一号楼的老头老太早饭桌上吵着要去钓鱼。等他们去了，我擦洗了房间和厕所，跑楼外抽烟。

我看见孙得一穿着蓝色横纹T恤衫，手里捧只搪瓷小碗，碗里全是动呀动的红细条，后头还跟两个老太，都反复问他："你和当官的真能说上话？"

三个一头说一头往池塘去。

我跟着孙得一跑来池塘,塘两边果然又摆开了阵势。廖老头坐帆布椅子上,端着茶缸子和边上众人讲话;方头没在钓鱼,他捋起袖子,在池塘对面跟个细杆子老头比画,白皙的老太太和胖老太太站一边。孙得一回头递眼色,两个四号楼老太齐说:"哎哟! 老施的三个老婆都在呀!"

孙得一把红蚯蚓递过去,廖老头就拈了一条,往鱼钩上一搭,鱼竿飞出去,饵落在清水里,像按了快门,人才看清红蚯蚓一眼,它就往塘底坠下去,像坏人的灵魂直入地狱。

孙得一告诉廖老头:"廖局,葛婆婆和吴姥姥有点事托您,您看我面上,管管得了!"廖老头睨了一眼两个老婆婆,笑了:"啥事呀?我糟老头一个,管得上?"

葛婆婆说:"领导,有人借了咱老婆子的钱不还呢。您给吓唬吓唬?"

吴姥姥说:"就怕给您添麻烦。这伙人凶,怕您上火。"

"怎么一回事?说说。"廖老头神定气闲,把鱼竿一举,一条小鳊鱼银光闪烁,扭头摆尾,上了草地。

"他们借的时候说得天花乱坠,现在只还本钱,把咱们利息赖了。"葛婆婆说。

"这个我怎么管得了?"廖老头把小鱼扔回水塘,旁边四川老太两只白手,捧着脸盘笑。

孙得一看两个老婆婆脸色,过来蹲在廖老头脚跟:"廖局,这个事情,跟那人有点关系。"他看看廖老头,又朝对岸方头老施撇一撇嘴。

"你和莉莉说去吧,让我钓一会儿鱼。"廖老头先一愣,随后指指四川老太,原来这老太太叫莉莉。

莉莉带上两个婆婆,回一号楼去了。

廖老头甩出第二竿,鱼钩上放了条大红蚯蚓,他说:"试试这水里有没大鱼?"

说话文绉绉那白发老头笑眯眯看鱼钩沉,又看看对岸:"廖局,大鱼只要有过前科,就一定出来咬钩。"

廖老头见我在边上听,就问:"驾牛,你们山里有啥特别的鱼?"

我摇摇头,跑开了,跑到对面方头老儿那去。这边这个细瘦老头讲话声音很厚,嗡嗡嗡嗡,声音像块布,托着施老儿劲头十足的声音。

"你放心,我们也不是第一次处理这种事。"细瘦老头满有自信地摇一摇头。

"我不是不放心。"方头老儿说,"打干架是打干架的打法;白刀子进去,红刀子出来,那是红红白白打法。不论怎么打,我随时奉陪!"

"你住老人院浪费了!"细杆子老头叹道。

"你哪知道?"方头老儿说,"养老院有养老院的好,这里场面小,天塌下来这么一块。外面场面大,人老罩不住啦。不要弄到没养老院住,去坐提篮桥!"

两个老头笑得抽风,旁边两个老太太远远看池塘边黄黄旱水仙,没听他们讲。

"乡巴佬!你站在这里做啥?"方头老儿对我喊。

我没理睬他,我看池塘,看见有手臂长的大鱼在塘底水草间游动,我指了指。

方头老儿也看见了,他调皮地挤挤眼,对那个细杆儿同伴说:"露一手?"

他们从地上麻布袋里拖出一个长杆东西,后面连着一个挺不小的蓄电池,方头老儿按了开关,然后看着廖老头笑。廖老头对岸看见他笑,阴森森回看他。

廖老头又钓到一条鱼,这次这鱼挺大,是条淡水鲫鱼,鳞片翻出细密绿光,在草地上蹦。

方头老儿嘿嘿一笑,手里长杆往池塘里点下去,只听扑哧一大声,水都震动得跳起来,一大圈一大圈的涟漪飞出去。大鱼小鱼慢慢浮了上来,像水底一瞬间放了很多氢气球出来。鱼浮到水面上,翻转白肚皮,全晕了。

廖老头大吃一惊,从帆布椅子上跳将起来,手指对岸:"你、你、你电鱼!"

施老儿方方的黑皮脑袋现在是枚快活的麻将牌,在粗颈子上抖,四个老头老太齐伸网兜,捞几条大青鱼和一只白肚皮王八。

"你可以钓鱼,我不能电鱼?"施老头得意地揶揄廖老头,开心得像打了胜架的屁孩。

"没规矩没王法了!这个违反规定的!"廖老头气得发抖,"连我们都有危险!"

"危险你个屁!"方头老施霸气十足,"我是等你钓竿上了岸才电的！"

"廖领导以后要小心了！"细杆子老头站在老施边上插话,"要适当离开我们远一点。万一漏电,你一脚去了,我们也只有过失责任。你犯不着的！"

老施和这细杆子一起大笑,边上两个老太又去看旱水仙,置身事外。

廖老头身边的老头老太人人变了脸色,说:"这事大了,不能再捣糨糊。找黄院长,请他们搬其他楼去住。"

"赤裸裸的威胁！"廖老头狠狠地说。

九

表舅坐黄院长房间小圆桌边,黄院长往后仰进她那大转椅。我站房间正中。

"驾牛,问你啥,都老实答。"表舅告诉我。我没吱声。

"驾牛,"黄院长问,"夜里有人胡闹吗？"

我不知道有还是没有,我瞪着黄院长。她一脸倦意。

"有人打麻将打扑克没？"表舅问。

我使劲点点头。

"一号楼里？"黄院长睁大眼睛。

我摇头。

"二号楼？"

我摇头。

"明白了,三号楼和四号楼。"黄院长说,"通宵在玩?"

我迟疑,略微点点头。

"施教练电鱼那会儿,你也在池塘边?"黄院长问。

我点头。

"廖局长差点被电到?"她瞪着我。

我不知道。我不懂电鱼。我不回答。

"你天天看见廖局长和施教练吵架?"表舅问。

我使劲点点头,又多点一次。

"你觉得他们能在一起住着吗?"黄院长问。

这个问题太奇怪了。鸡和鸭也能在一起住,蚂蟥和蜈蚣也常抱团,蛇和乌龟还钻一个洞呢!只有猴子王和猴子王没法处。

我抓头皮。黄院长笑了。她对表舅说:"你觉得到时候了吗?"

表舅摸摸鼻子,低着头想事,他摇摇头,说:"还开不出口跟廖局谈那个事!"

"喊!"黄院长白了我表舅一眼,"就你脸皮薄!"

表舅很严肃地说:"不是脸皮的问题,是主动还是被动的问题。人家来求我们,我们开口才有把握。"

"那你的意思是不管老施,由他闹?"黄院长露出一脸笑,笑得顽皮。

表舅也笑了,他说:"电个鱼嘛!我去把蓄电池给没收掉。何必大惊小怪?"

"不过,我有一个担心,"黄院长点点头说,"你不能由着老施,他是'横竖横,拆牛棚'的人,你手里没点把柄捏住,他疯起来,养老院可吃不消。"

"驾牛。"表舅拉下脸对我说,"从今天起,你擦擦洗洗的事别做了,给我悄悄跟着施教练,他到哪里你就想办法跟到哪里,别让他发觉。尤其夜里,你少睡点,看他到底干些什么。"

我脸上发烫。从小到大,我没想过当密探。山里人家,说太平都太平,东家有点怪癖西家有点藏掖,那也尽有!去扒人家墙缝、听壁角,伤阴德的。要我干这种,我不会!

表舅看着我说:"驾牛,你是自家人,靠得住。没让你干什么了不得的事。有些人老糊涂了,半夜火烧起来;或者欺负人,要出人命,我们能不管?另外一些肮肮脏脏的,多少心里知道一下,免得恶人嚣张。你好好给你舅张大眼睛!"

黄院长说:"不用告诉别人,只我们三个知道。"

我回想方头老儿扭着粗脖子威胁我的模样,心里有点情愿了:这下子,我兴许成了老猴子的克星?

我点点头,表舅站起来,带我出去。

我在养老院里没朋友,过强是我认识的唯一一个年龄相仿的人。他黑黑瘦瘦,眉毛像两把黑刷子,晾在眼眶上,躲眼眶里的招子很亮。路上遇见他,我总跟他点头,他每次都笑笑,还问:"吃了?"

表舅跟黄院长决定我今后不必去伺候人,每天下午睡午觉,晚上多执勤。我吃完了午饭，打着饱嗝，想到池塘逮几只青蛙，养我房间，吃掉些讨厌虫子。我走到池塘边，过强正在塘里泡着，只露一个湿淋淋的脑袋。

"吃了？"他在水里问我。我点点头，笑。

"下来泡泡？"他撩开一圈星星点点的浮萍，"这里不深，有石头站脚。"

太阳火烧火燎，我把衣服脱下来，穿裤衩，一个猛子刺到池塘中间，水里那只太阳散开了，变成很多金波纹。我试了试，踩不到水塘底。我一下子听见周围知了一浪一浪的鸣叫，人耳朵浸了水，听到的东西就不一样。

"一直没见你歇歇，老干活，你这人傻。"过强手罩额头，眼珠子显得更深了，笑嘻嘻看我。

我甩甩头上水珠，笑笑，四处找青蛙。

"你今天倒这般空？"过强咧开嘴，伸出红舌头在嘴唇上乱舔，"不是说一号楼把午饭都扔出来了吗？"

"啊？"我吃了一惊。

"不是廖局长和施教练动手，是老婆子们翻脸了。楼上的说楼下的偷她们的菜，汤汤水水往楼下扔。楼下的把桌面掀了，也不吃，要黄老板自己去看。"过强笑得像只喝水猫，舌头吐出来，眉毛上下动。

"啥时候的事？"我轻声问他。

"也才一会儿工夫。我妈跑出来去找黄院长，路上告诉我的。"过强说，"你莫去！去了保不准拿你当出气筒！"

我想了想，也对，关我屁事。我纵身起来，又往池塘中心扎一个猛子，这次我潜下去摸到了池底的软泥，手一伸，有个东西怪怪的，我顺手捞起来。

我背对过强看手里东西，那上头糊了点青苔和泥巴，模模糊糊像个竹筒，不过比通常的竹筒子沉得多，我洗了洗上头泥苔，竹面上刷过清漆，是人家用过扔掉的。

过强拿过去颠来倒去看了看，往草地上一扔，说："你小心脚，我看见有个老东西老来放生，青鱼也放，黄鳝也放，有一回还放个巴西龟，那东西可吃肉咬人的！妈的，这些老不死，说不准哪天偷偷放鳄鱼呢！"

我游到他脚下大石块上，并肩靠在一起歇歇。水宛如透明的凉气，把我们从暑热里分隔出来。进养老院以来，我第一次舒舒服服透口气，有一点回到山里的感觉。过强说得多，我只嗯嗯哈哈。不过，我觉得可以和他说说话，我很久没说话了。

"你在这里多久了？"我脱口而出。

"三年多了。"过强说，"有什么事可以问我。要办什么事我也可以帮忙。"

"嗯。"我点头。

"要不要买点便宜货？吃喝拉撒的东西都有。"他笑眯眯望着我。

我不明白，只是看看他。

"这里老头老太有个黑市。"过强跟我解释，"东西比上街买便宜。"

我们爬上岸，湿淋淋穿了衣服，我把竹筒子拾在手里，跟上过强,去逛他吹得天花乱坠的黑市。他说,那里有吃的用的,还有好玩儿的。

原来他并不往三号楼、四号楼去,我们一前一后走近二号楼,顺底楼往前走到底,过强在落底一间房门上敲敲,算打招呼:"唐阿姨,我找点东西。"

一个圆脸盘女人哎一声探出头来,我看她一只眼睛是假的,还有一只眼好奇地挖了我一眼。只听她小声问过强:"怎么乱带人来?"

过强把我扯进去,拍我肩膀:"驾牛是我兄弟,再说,他是哑巴。"

那看上去不怎么老的女人又看我一眼,笑了,眼角跑出许多纹路来:"小兄弟来了有一阵子了?开始缺东西了吧?放心,唐阿姨这里什么都有,什么都给你好价钱!"

"要什么?"她问我。

"带我们看看你的店呗!"过强央求她,"又不告诉老李!"

"喊!"唐阿姨一声冷笑,"告诉老李又怎么样?人人头顶贵人罩,他敢动我?"女人说着,一扭腰肢,从铁床架上摘串钥匙,跑出来领我们一拐弯,有个不起眼的拐角楼梯,跑下去是二号楼地下储物间,黑咕隆咚,扑来湿气和霉味。她啪嗒拉了灯绳,洒一头黄光,打开一个顶天立地的木柜。

柜子里头整理得好,真是样样有:

迎着眼睛花花绿绿都是吃的东西,有那种搁纸碗里气味难闻的面,有薯片、饼干、巧克力、牛肉干、奶粉、蜂蜜、酱菜坛子和辣酱什么的;底下两大排是酒,有泸州老窖、剑南春、口子窖和二锅头各种白酒,也有描着外国字的红酒和五颜六色的啤酒；再下头是香烟，花花绿绿我也看不明白，堆了好几排。我往下看，又是些肥皂、洗衣粉、纸尿布、扁马桶和劳防手套之类。回过眼睛看最上头，竟然一整排电炉子和热得快！……

"要啥？"唐阿姨斜着只懒洋洋又有点气愤愤的长条眼，那只假眼怔怔地自顾自直视前方，她像看着我，又像没看我，"来条烟，还是酒？"

过强看看我，又看看唐阿姨，他有点急慌慌地说："给我两包牡丹。"

唐阿姨不理他，只等我吭声，我指指那排电炉子，唐阿姨独眼越瞪越大，我又指指一双劳防手套，我就要这个。

"那个，"过强脸上有点挂不住的样子，他羞答答问唐阿姨，"有啥新碟片？"

唐阿姨咧嘴笑了，露出尖尖的虎牙和黄黑色牙垢："一个个狗崽子都不学好，来一次，买点针头线，舍不得花钱，问碟片倒起劲！"

我们慢慢逛出二号楼，过强打开烟盒，递给我一支牡丹，我放在耳朵背上。过强问："下午没事？去我房里看碟片，还是找点别的乐子？"

十

不知道是不是才吃过午饭就下凉水塘的缘故，我回房间有点头疼，累得慌。

我头疼得整个后脑勺一胀一裂,耳朵根里也发疼,我抱着湿腻腻的毯子迷糊了过去。睡过去之前,我等着气窗上一只黑色壁虎爬开,它那些肉肉的灰白爪子粘在玻璃上,让我难受。一睡过去,我又看见这壁虎,壁虎越来越大,成了大蜥蜴。

我梦见蜥蜴抓住我脑袋,它的爪子凉凉的,尾巴甩动着垂下来,像一条女人腿。蜥蜴在我头上喘气,我拼命抬起头,看见一张女人脸,一会儿年轻,一会儿满是皱纹。蜥蜴对着我张开嘴巴,我听见吴三妹对我说:"驾牛,我们一起到山外头去吧!"

是表舅用钥匙打开我房门,他恼怒地站在我床前,过妈妈跟在他身后。我想站起来,过妈妈抓住我手臂,说:"烫得像只砂锅!"我笑了一下,听见表舅威严地说:"把他抬到五号楼去!"

过强和另外一个人轮流背我,把我送进五号楼,我看见底楼全是白色的床,走来走去的人很多穿白褂子,戴圆圆白帽。有些木头一样的老头老太躺平在白色床上,他们眼睛一眨不眨瞪着天花板。一个人过来把体温计放进我胳肢窝,又一个人在我手背上扎针,两个玻璃瓶在我头上晃荡。我又睡过去。

梦里已经没蜥蜴了,不过吴三妹还在那里。她一刻不停地走来走去,打量四周的一切,脸上闪着好奇的光。我想喊她,嘴巴发不出声音。我眼睛久久跟着她,跟她坐下、立起、跟她绕圈跳跃……我渐渐跟丢了她,再没有任何人或活物打搅我梦境。

等我头脑清醒,已经两天后。我听见一大串嘤嘤嗡嗡的声音,像蜜蜂在苜蓿花上闹腾。我张开眼睛,表舅站在我床前,手里滴溜溜转两只油亮老核桃。他看着我说:"你在水里被水蛇咬了。"

我摇摇头,不明白怎么一回事。表舅点点头,又对我说:"你在池塘里被水蛇咬了。以前也有人这样子。"他又说:"现在没事了。差点让我没法跟你娘交代!"

我看见一个穿白大褂的胖子吃力地挪进来,一双忧愁的眼睛看着我表舅。表舅说:"杨医生,就让他在五号楼再躺几天吧。"

自打从娘肚子出来,我没这么舒服地躺过。

床单上有股消毒水气味,枕头不但软,而且干爽。这里的人优待我,让我躺在角落里南窗下。从我从床上抬头向四周看的一刹那起,像夏天暴雨一下子浇我头上,我被眼睛里看到的淋湿了。

满屋子半死不活的人,半死不活的老头和老婆子!他们基本静止不动,仔细看,能看出他们一个个轻而又轻地晃动着皮包骨头的脑袋,覆在胸口上的白床单过几百年会往身上微微吸附一下,证明床单下的东西有呼吸。

没一个还能说话。我努力看,看见一些灰白色的瞳孔漠然注视着走来走去的护士。这些护士优雅地、自由自在地在排排铁床间走动。她们腰肢纤细,踮起脚调节铁架子上的水袋子……

有几个干粗活的老妈子不停进出,朝床单下某些躯体塞去搪瓷扁马桶,飘来热气,夹杂粮食被消化后那种发酵的臭。老妈子骂骂咧咧地把糟蹋成黄色或褐黄色的纸尿布从白床单底下拖出来,塞进手里的垃圾袋,然后用同一块灰色布,在水里搅搅,擦老头老太婆屁股,擦床单,擦床架子,擦滴了脏物的地……

早上一般很寂静,护士来过之后,静得我又睡起了回笼觉,直到一个圆脸上有团苹果红的小护士给我送来病号饭。下午会热闹一点,每天总有几个家属,带着奇奇怪怪的东西,来看床单下活着的躯体。他们一律先放下手里东西,对着那些木头汇报自己带了什么,报完清单,加上一句永远不变的话:"都是你喜欢的!"他们回头寻找护士,当着护士的面,把带来的东西塞到床边木柜子里。有人会悄悄塞钱给护士和老妈子,有的只对老妈子说:"吃不了的您帮着吃了吧!"这些人脸上没啥表情,像在梦游,他们常常连白床单也不碰,只往床上瞥一眼,放下东西就出去找医生。或者,彼此间开始攀谈,像上了同一个艄公的摆渡船,说几句,一起过河。

老妈子个个是贼,家属还没走出院子,她们就下手。她们那般肥滚滚身子,痴怪怪脸蛋,怎么也看不出身手如此了得。塞越多钱给老妈子的病人家属,他们带来的包裹越早遭殃。人还没出大门,老妈子就往床边抢,三四个老妈子推着搡着扯出人家刚放进去的大包小包,也不管里头是啥,就往裤腰子里头塞。我看见她们一个个都在裤腿上扎了绳子呢!抢完了还撇嘴:"长得像模像样,穿得山青水绿,送的什么破烂?爹妈还不咽气?等啥哟?"

过强来得挺勤,像认我做了朋友。他带给我毛桃子和半个西瓜,是从老头老太那里倒腾来的。他问我:"好利落了?"我点点头。他又问我:"好透彻了?"我也点点头。

夜里,病房并不热,我终于明白山外头有空调这么个好东西,我们山里人怎么想得到?已经沉睡不醒的那些干枯躯体散发一种和老人味不同的气息,这气息没了酸味和臭味,却平添一股像中药的怪味,越来越像一堆割倒的灌木。

过了晚上十点,医生和护士就基本不来走动了,我闻见过酒味和鸭肉气味,听见医生护士压住嗓子的调笑。窗虽然关着,依旧听得见蛙鸣,青蛙想把夏夜喊成集市。

我等待着过强,我的心怦怦乱跳。我俩悄无声息溜出五号楼门厅,过强把手指竖在嘴唇上,让我跟他走。我跟着他,走进了四号楼。

楼里照例摆开了牌桌和麻将,一张张惨白皱脸蒙在一只只蓬松头颅上,空气散发口臭和汗酸。这楼没空调,老鬼们拍打着蒲扇,驱赶蚊子和褐夜蛾。

过强往楼上走,我跟着,低下头。走到二楼,他在落底一扇关着的门上敲敲,门打开了,伸出两张鸡婆脸,原来是葛婆婆和吴姥姥!

我有点明白,又有点不明白。不知道过强葫芦里卖的什么药。

"哟!臭小子!"葛婆婆骂道,"带小哑巴过来干啥?你他妈还欠着债,不找个有钱的替你还上!"

"他有钱!"过强往我脸上一指。

老婆子嘴角吐得全是白沫,用蒲扇赶我们,吴姥姥哼了一声,上下掂量我:"说不定小哑巴真是个有钱的,别忘了他舅是老李!"

葛婆婆对着过强摊开手:"上次和这次一起交了!"

葛婆婆跑出去,没一会儿气愤愤跑回来:"她不愿意!"

"由得她?"吴姥姥一张核桃脸黄变白,跑出门去,"欠了一屁股债,敢摆谱?人家什么时候愿意听,她就得什么时候拿琵琶唱!"

葛婆婆站起来给我泡茶,她往吴姥姥那老妖怪面前一挡,我趁机拔腿就跑,她们还没回过神来,我已跑出了四号楼,也不回五号楼,奔我自己地下车库的窝去。可是,门竟然打不开,锁头让人给换了,我无精打采地钻进一号楼,钻到角落沙发里。

黎明时分我被一阵清风吹醒,天刚刚亮,泛着鱼肚白,湖上吹来风,带荷叶的微辣。背后长沙发上有人坐落说起话来,我探头一看,是廖老头和他们那个四川老太婆。两个都打扮得整整齐齐,头发梳得溜滑透亮,看上去比四号楼那些老鬼神气多了。

"老廖,事情我基本调查得差不多。"老太婆得意洋洋,"你知道方头为啥子老往外跑? 他在三号楼和四号楼里,做开了黑生意!"

"不出我所料,不出我所料啊!"廖老头拍着四川老太婆手背,"不要惊动他,不要惊动他!"

廖老头笑起来,笑得那个畅快,好像夏热里突然盼来了秋凉。

他们互相搀扶着跑出去散步了,我揉揉眼睛鼻子,刚想站起来搞搞一号楼卫生,楼梯上响一阵脚步,一个熟悉的浑厚嗓音说起话来:"什么都可以做,只要不让人家抓住把柄。什么都不可以做,免得主动变被动!"

两个迟迟疑疑的老太婆声音问:"上次大家都掀了桌子了,老施一点面子也没给阿黄留,大家毕竟是老同学,不可以做得太过头呀!"

"压力不能减,"浑厚的男中音说,"廖老头已经受不住,只要别给他们留把柄,还要继续刺激他、上他,让他超过极限,自动滚蛋!"

原来是方头的三个老婆(我还没弄明白为什么其中一个是男的),也起得这么早,一早就打坏主意,脚步声齐往外去了。

我一骨碌跳起来,跑回五号楼去。

第二章

一

黄院长眼睛亮闪闪,脸上却刻满疲倦。她两只手是猫爪,转着圈,在脸盘上抹,想抹平皱纹。

过妈妈闲扯时告诉我,黄院长没儿没女,不过,除了这金鹤养老院,她还有更大的买卖。

她很有钱吗?没人猜得出。我听廖老头半真半假对她说过一句:"你老公是真老的老公,你又没小辈受你遗产,成天还想钱干吗?"黄院长啐一口:"算了吧你,别一脸假正经,你还成天想着乌纱帽呢!有帽不用,过期作废!"

我离开病房那天,表舅带我直接从五号楼去了黄院长办公室。我见到黄院长老公,恍然大悟为啥廖老头说他真正是老公,他都差不多上八十了!人瘦得像根芦苇,说马来西亚的中国话。

黄院长在笑,她老公和廖老头正为什么事抬杠。表舅和我一进门,廖老头就立马告辞,他朝我表舅点点头,说:"就这么商量,就这么商量。"他瞥我一眼,喉咙里轻轻咕噜一声:"病好了?"没等我反应,鹤手鹤脚从我面前过去了。

我好奇地看沙发上那干瘪老头子,这老头子喉结大得像树上挂了鸟窝,黄院长根本不提他是谁,若不是表舅事先告诉我,我会以为是她爸。

"跟他提了！跟他提了！"黄院长笑得脸滚圆，眼睛一眨一眨，老太太学洋娃娃。

"他怎么说？"表舅不露声色。

"他说，"黄院长的老公粗声插话，"只要弄服帖了施老猴子，他保证办事成功！"

"哈哈，"表舅一击掌，伸出手指点黄院长，"你厉害！想得出把两只老猴关一只笼子，你天才！"

"别这么说！"黄院长在自己面前一摆手，像远远打我表舅一下，"我可不是故意的。我只想照顾老同学。"

表舅哼一声，沙发上干瘪老头嘿嘿一声，像配合好的。

黄院长仰起脸，如山里女人熬出头要当婆婆了那样看天叹气："市里那些养老院合并过来，我得再扩二三十公顷地！"

"别光做美梦，"表舅说，"你真答应了老廖，被他当枪使？别忘记那个脑袋方方的人也不是吃素的。一不小心引火烧身！"

"所以才要你家驾牛帮忙呀！"黄院长笑着一歪头，学风骚女人朝我抛个大媚眼，麻了我整张背。

要我帮忙？我能帮黄院长什么忙？我一下子糊得像山顶起岚。黄院长是城里女人，我连个山里女人都看不透，更别提琢磨她了。不过，准定没好事！

表舅没接嘴，他斜我一眼，说："那得驾牛自己拿主意。我可没法替他作主张。"

"这好办！"黄院长那老老公嘎声喊起来，"驾牛小兄弟年轻轻，心里喜欢很多东西。讲一个条件，我们也帮你去办！"

我懵懵懂懂没听懂，表舅弯手指在我额头上啄个毛栗："傻瓜！好事敲门听不见！"

黄院长笑嘻嘻伸手拦我表舅，哄孩子那样说我："驾牛兄弟，阿姨要你帮个忙。你帮了我忙，我也帮你忙。你心里最想什么事，告诉我，我去替你搞定！"

"什么事？"我说，意思是问她，我能有啥事要她搞定？

黄院长拊掌大笑起来："谁说他傻？我一讲，他就明白，直接问我办啥事呢！"

"来！驾牛，阿姨让你做的事不难。"黄院长说，"你白天睡觉，哪里也别去瞎掺和。晚上吃饱喝足，替我跟定了一号楼的施教练，别让他发现，看他整夜在院里忙些啥！"

我摇摇头。

黄院长看着我，有丝雾气飞过她眼睛，她又笑了："驾牛傻？我看他大智若愚吧？他很知道'别人开口一概摇头'呢！"

我没说话。

表舅看看我，对黄院长说："驾牛是个粗人。不会做侦探！"

他们没再难为我，挥挥手，让我出去。表舅说："你先去食堂吃晚饭。晚上我安排你换个住处。"

我走出鸡笼子楼，哪里也没去，就坐在中间草地长椅上。

我想我娘了，我娘这个夏天没我服侍，也没有吴三妹帮忙了。她那么不利索的腿，会不会成天爬着过呀？那小黑屋子去年就有点漏，我匆忙出来,没来得及给她屋顶换干草,几场大雨她挺得过?一刹那,我想立马回山里去,山里头丢下孤老娘,虽说表舅家人讲过会照顾,毕竟不是他们亲娘!

我心里烦死。听见蝉鸣,我觉得空旷,听见斑鸠咕咕的小声音,泪水止不住在眼眶里打转。我知道想娘只是半个苦恼,那另外半个苦恼,是娘给我说的女人吴三妹!

我从山里出来,一心恨着吴三妹,恨她,远超过恨老任!老任又没把我像块破砖那样扔了,扔我的是吴三妹!是谁喊过亲哥哥亲人亲肉肉,是谁毛茸茸半夜扎进我被窝,瞒着我娘来过夜?她死了爹死了娘一个孤女,是我娘用家里羊奶奶大的呢。小时候半夜跑出去,她差点被狼叼了,我和我妈拼了性命,攥着火把在山林子里唤她。她命大,啪嗒着细腿朝我们奔来那时候,狼群就阴森森站在山坡上,望着她,看我娘,看我。要不是嫌弃我们穷人没几两好肉,早扑上来了!

她看见老任戴金戒子挂粗链子,有钱每顿吃我们一只鸡,她就迷糊了?老任是高枝呀?攀上去就有好日子?呸!这种贱女子,算我倒半辈子血霉!

我骂了吴三妹,她却依然挂在我心尖,赖着不肯去。我心又酸软起来,烦啊,烦啊!天边太阳慢慢西沉,我身上汗渐渐收了。

表舅不知道啥时候站到我身边,他仿佛永远知道我这种人心里想什么。他不看我,看着远处天上的云:"驾牛,黄院长说了,咱们简单点。你帮她逮住施教练晚上干坏事,她帮你找到老任,还有老任拐走的你三妹。"

一个炸雷打在我额心了！我眼前一黑，眼冒金星。表舅拍拍两只长长的朝外折边的衣袖，头也不回地走了。

我想找个地方，把心里排山倒海的酸呕出来。"找到老任"这个许诺吓坏了我，我其实怕见老任。一见到老任，山里老乡都会看着我，壮青和老四会在我背后转悠。只要我一个眼色，不要说青石卵，就是宰牛刀，他们也敢递给我。我不杀老任，我就不是男人！可我不想杀老任，老任拐了我女人，不过，拐和抢并不一样！

表舅一把老任找来，我就进退两难了！

其实我更怕再见吴三妹，我想杀的是她！给我手里塞一把刀，我真敢做宋江！我仿佛看见吴三妹披散了头发，浑身肉鼓鼓，被人一把推到我面前；她也许敢看我一眼，满眼睛都是求饶的泪。我、我、我！我扬起手给她一刀？我，我？算了吧，我怎么下得去手？我必要哭了，我要亲手解了她的缚，对她说："你走吧！走得越远越好，走去你喜欢的地方，永世不必再见我，永世不必记得我！"

我，只是这么个懦夫，他们砸碎我的世界，我只会摸伤口，像棵被雷劈的树，焦黑焦黑，蠢着让人指点，慢慢腐烂。

表舅给我许了个什么样的诺呀？难道，你还能叫虫蛀掉的菜叶子光鲜？

我把脸伏在池塘里哭，哭得鱼都浮起来，像被电了。

我擦干脸，夕阳把我弄得满身红。我恍然明白表舅和黄院长给出的条件，是我如何挣扎都没法子拒绝的！姜还是老的辣哟！

我要化成一只无声无息的夜蛾，绕着方头老儿施教练翻飞，把他夜里的勾当,看个麦是麦稗是稗!

二

表舅这人,爱拿主意。他说车库太潮容易生病,直接让过妈妈带我去四号楼。顶层有个小铁梯再往上,通进有老虎窗的小阁楼,这是我的新窝。这样,晚上我再在四号楼里逛,就天经地义了。一个哑巴打杂工住进阁楼,老鹤们也不在意。

不过,我不会真那么傻,伸直脖子去东张西望。我有我的法术。山里人的法道,城里人有时连做梦也想不到。而我们却天生靠这些本事过活。

说了你不会信,山里人几乎每家每户都有个会爬树掏鸟窝的。我,是我们家猴。我爬过山上每棵百年以上的老柳杉,我摸过悬崖尖尖上的老鹰蛋……

我看了看这小阁楼,窗外是四号楼红瓦的坡顶,窗嵌在瓦中央。这楼是从平顶改的坡顶,坡顶下有个封起来的大空洞。我跳出窗,找到没上锁的通气口钻进坡顶下,暗暗欢喜有了个只属于我的隐秘天地。这空洞里有股浓重的柏油味和猫尿骚,我脚下是四号楼所有顶层房间的天花板,有好几股嗡嗡的说话声从下面传上来。

养老院楼房的落水管做得很地道,不但用很厚的生铁皮,而且每隔三五十厘米就一个铁箍,根生墙上。仔细看了看,我可以不费吹灰之力在四号楼墙面上玩壁虎。我并不设想从平常角度观察方头老施和四号楼里的老鹤们,我只想窥视!只有偷看,才看得见。

真的,偷看是我认识这世界的方式。若不是躲在暗处悄悄看个明白,我简直不能理解任何事。我在山里长大,直到十四五岁还是个饭桶。十四五岁那会儿,我对自己觉得难受得很,不知道自己是什么,也不知道大山是什么。

直到那天我听见声音,鬼使神差爬上老殿的大柳杉,看见那场让我发育脑子的凶杀……

那是猴群和池塘的声音。阿爸去了山里打猎,妈妈下了地,三妹看家喂猪出猪粪。我爬上大柳杉的腰,只想看一眼猴子,打发无穷无止的寂寞。

一队猕猴比赛从树枝上跳水,它们一个接一个往池塘里跳,后一个几乎拉着前一个的尾巴,所有的屁股都像剖开的石榴,红得发艳。猴子玩得高兴,湿淋淋甩颈毛,叽叽喳喳对吼。重攀上树,再跳一次。

远远走来壮青他娘,她背了一篓子云片糕、棉花糖和猴面饼,这是壮青家开小食杂铺子进的货。壮青娘是个矮个婆娘,站起来不比猕猴儿高,背篓跑她头上去了,活像山蚂蚁背青叶子。她在山道上走,我低头看着她小影子好笑。

猕猴群不再往水里跳,它们一个个像见了鬼,也不抖颈上湿毛,也不抓耳挠腮,发亮的黑眼珠瞪着壮青妈。我不解地呆望猴群,等我看见它们变成强盗,已来不及了。

壮青妈抬起头,才一声尖叫,就被猴群拉着背篓扯翻,背篓里糕饼洒了一地,棉花糖云朵般在山路上飘。每只猴子都哇哇叫,拼命用后腿蹬地。抓到糕饼的跳到树枝上，没抓到的排队去掏竹篓子。壮青妈翻身起来，一看货被抢了，哭天抢地扯竹篓。她不扯没事，一扯竹篓，猴王就暴怒地发出一声瘆人的胸音。她第二次抢竹篓，猴王连飞两棵栗子树，直接跳到壮青妈肩上，按住了她头……

我做梦没想到猴子会杀人！猴王把壮青妈推到池塘里，不让她碰竹篓，它们绕着竹篓子转，不时掏出新的糕饼，把包装纸扯下来到处飞；它们往嘴里塞着，猴腮变了猪脸。猴王看见壮青妈从水里冒出头尖叫，就懒洋洋伸出爪子，把她细小的头颅按下去。很快壮青妈就没了声音，伏倒在水面上漂。我大气不敢出，抱着树干浑身出冷汗，头颈里竖毛，阵阵凉。等猴群呼啸散去，我溜下树，一溜烟跑回家，对谁也不敢说。

还好我是个懦夫。壮青家报了案，公安漫山遍野找抢劫杀人犯，我要是开了口，恐怕就替猴子背了黑锅。为想明白这件事，我几夜没睡着。大道理我想不明白的，不过，我弄懂了这个：为了吃，猴子和人一样，什么事都干得出。

从那天起，我就明白人生最大的成功是和和平平地吃成胖子，肉挂在腰里，谁也抢不走。

至于后来我忍不住当壁虎去偷看三妹洗澡，现在我没心情说了。我宁愿我没偷看她。

住进四号楼的第一夜，我就从老虎窗翻了出来。差不多半夜一点多钟，雾夜，空气湿漉漉，虫子都不飞了，只听见青蛙鼓噪和纺织娘断续的振翅声。我攀着落水管下楼，透过一扇扇窗户，好奇地看这些无眠的老鹤。四号楼走廊的灯不够亮,有人散放了好多只台灯在地上,光发散上去,把人脸弄青。老鹤们有的打牌,有的糊麻将,一个个像地狱里推磨的鬼,玩得停不下手。房间大多敞着门,房里人也不睡觉,有老太婆瘪着嘴吃饼干;有人前后晃动絮絮叨叨跟自己谈心;老头儿扎堆在男厕所里站着……

我仔细找了找,没找着一号楼方头施教练,连我认识的人都没见着。我在墙面上壁虎了一圈,来日方长,决定回去睡觉。我攀上屋顶,一下子还不想躺到床上去,于是我就钻到坡顶和平顶之间的夹层里,想看看黑咕隆咚的它是怎么一种滋味。我靠着墙蹲在地上抽烟,好像回到山里岩洞,有一种特殊的安全感。浑身一松,终于迷糊过去。

三

第二天白天,我醒了之后,到过妈妈那里讨点晚早饭吃。二、三、四号楼的老鹤们早吃完了饭,跑去活动室里晃悠。过妈妈心情大好,看见我,笑得像朵荷包花。

她麻利地替我弄了吃的:两只重油大葱面饼、四个白煮蛋和一大碗微波炉转热的豆腐花。过妈妈看着我吃,忽然说:"驾牛,你住四号楼了?这楼里,听见些古怪没?"

我瞪着她,不知道她对四号楼知道些什么。要知道,过妈妈过手着养老院最看重的东西——食物,她一定是个耳听八方的人。

"古怪?"我木呆呆问。

"这楼闹鬼！"她肥得像猪肉灌肠的嘴唇咧开了，笑得像个吃死鬼，"这楼里失踪过人，到现在没找到！"

"那还得了？"我半个白煮蛋塞嘴里，背上一阵寒气。

"家属没闹，就不算出事。"过妈妈深明世故地咂咂嘴，"可能自己跑出去不回来，可能掉河里塘里了，也可能跑回家了呢！反正，只要能摆平家属，就不是个事儿！"

我待要问多些，过妈妈不肯说了，仿佛这是忌讳："你个小放牛的，那些老头老妖精坏着呢，你小心，别随便上人家套！别给你舅添麻烦！馋什么跟过妈妈讲，别去吃老头老太东西，那些，都是吃了吐不出来的钩子！"

过妈妈说着，忽然冷笑一声，站起来收了盘子，也不跟我再啰唆，扭腰走出去。我想问，没得问了。

这金鹤养老会所一波又一波加给我的神秘感，现在几乎压垮了我。我是山里来的，山里只有吃惊，没有神秘。我头一回和这么多人挤在一起过活，本来只受不住老鹤们的气味，现在，我有点明白自己处境了。我从一号楼想到四号楼，一路琢磨四栋楼里满腾腾的老鹤，越琢磨越害怕。

我到处找过强，终于又在池塘里见他头仰在浮萍上，仿佛草坪上奄拉一只怪蘑菇。我在离他不远的岸边坐下，拔了根蟋蟀草咬嘴里，草香。

池塘里还有一个人在游水，是五号楼的胖秃子杨医生，他朝我看看，一个猛子扎到水里，两只胖脚丫举在水面上，立马身子又浮上来，噗噗吐水嗷嗷吸气;他不停重复这奇怪动作,在池塘里折腾,把水都搅浑了……

过强懒洋洋睁开眼睛,看我一眼:"干吗?哑巴不说话,肚里藏尴尬!"

我扑哧笑了,说:"跟你做个交易。"

"什么交易?"过强把一支青色芦管放到唇间,脸沉下塘去,只留芦管在水面。我从衬衣口袋里掏出黄院长给我的粉红色钞票,在水面上抖动。他从水里直蹿出来:"你买什么?"

"我闷得慌,想听听故事。你给我讲讲这养老院的掌故,算我听评书。"我一松手,钞票漂在水面上。

夏天,太阳毒,是蹲在阴凉地里听故事的时节。

"施教练为啥有三个老婆?为什么一个老婆是男的?"

"这个么?就是院里一个调侃,不过其中缘故也算个故事。"过强的手,每隔几分钟放到胸口衣袋上,隔着布摸摸那两张粉红纸币,"施教练可不是先来的,一号楼本来是专门装修给廖局那班同学住的,本养老院的经营执照都是廖局给黄院长办下来的呢!廖局来院的时候,还没全退,每天要去衙门里头当半天顾问。那时候,一号楼简直是国宾馆,我们整天往里头送吃送喝。黄院长还常去里头和同学唱 K 胡闹,她自己住里头呢!

"后来,黄院长的中学同学来院里聚了一次,有几个也心动了。先来一男两女,就是现在大家说的'施教练的三个老婆'。那男的挺逗的,整天和两个女同学形影不离,就差没一起上女厕所了。他两只眼睛还常常像女生那样看人,你被他看过? 瘆人不瘆人? 廖局一开始没说什么,廖局住楼上,他们几个混住楼下,鸡鸭不同笼,会有啥问题?

"老施一进来,就像来个恶鬼,成天和廖老厮拼。廖老本是香案上供着的菩萨,哪和市井泼皮打过对台? 气得发心脏病。找个机会,要叫公安拘了老施,赶他走,没想到老施也不吃素,派出所所长亲自陪着送回来,还在养老院办了两桌给他压惊。到现在呢,大家连老施的路数都没打听出来。

"老施本要大打出手给自己顺顺气的,是黄院长当了和事佬,让廖老把楼上房间让给了老施和老施的人马,廖老的人马反住到底楼吃潮气了。"

我问:"葛婆婆和吴姥姥是什么人? 我看见她俩就害怕! "

过强猛看我一眼,浓眉毛下眼珠亮了几亮:"你真不知道假不知道? 她们后台够硬。"

杨医生的白胖身子游了过来,我在过强的怪笑里落荒而逃,没地方可去,我习惯性地朝一号楼楼道里一蹿,外头亮光大,里头好似荫浓,眼睛前面一下子黑了。等我调整过来,看清眼前,恨不得又一跳蹿回去,这里今天可来不得!

每一只狼狈不堪的老鹤都抬头看着我。廖老呼哧呼哧仰躺在地板上喘气,方头老儿施教练一手摁着廖老喉咙,一手压在廖老的马屁虫老头胸脯子上;老施的男老婆满头大汗,帮着老施收拾廖老。老施的两个女老婆披头散发,和莉莉那班老女人手扭手,尖着喉咙叫:"男人动手,女人不许相帮!"

这架势,廖老吃亏吃定了!可不,施教练辣手,他不打廖老,手里不知哪来一把小镊子,正下手一根根拔廖老花白的胡子,拔得廖老忍不住嗷嗷叫,好像没烫开水活杀猪。施教练哼着小曲,喜气洋洋。

廖老像一只被粘鼠板粘住的大老鼠,突然扭动,喊叫:"驾牛!驾牛!"

"去把黄院长和你舅叫来!"莉莉尖着嗓子,发疯般一阵手舞足蹈。

"驾牛!"施教练粗不溜丢的脑袋扭过来睨我,"你跟我们一号楼已经没有关系了!"

对,方头老儿说对了!我和这栋一号楼已经解脱干系了!他们的浑水我不去掺和为好!可是,胖方头那句话让我很恼火,我一恼火,走过去把方头的男老婆从那白发老头身上扯下来。我本想说:"他都口吐白沫啦!"不过,我一看这男老婆掐人还跷着兰花指,一恶心,没说话,直接动了手。

他们看我扯人,力气大得很,全愣住了。我乘机把廖老儿从地上拖起来,方头老儿也若有所思地放开了手。

后面两三天,这件事却像没发生过,我竖起耳朵,听不到任何人提一号楼打群架的事,像我驾牛凭空做了一个梦。

四

我还是去飞檐走壁好。不过,夜色里我换个地方,不看四号楼,来一号楼。

我清楚廖局和施教练各住哪个窗户洞,不过,一号楼有空调,好命的老鹤们关着玻璃窗睡觉。我顺落水管攀上了屋顶,斜躺在朝向鸡笼子办公楼这一侧的瓦上,数天上星星。鸡笼子楼晚上没灯火,一片漆黑,像块铁板,堵在老人们房舍前。老头老太的钱在鸡笼子楼里流淌,他们吃的是那钱吐出来的碎菜末子,瘪嘴上下嚅动。

我耳朵听动静,这楼里,哪里动静稍大些,我就滑下墙壁去偷窥。我偶然看见一些画面,譬如廖老由莉莉扶着,从客厅沙发上站起来,他的手像只死鸟那样坠落下去,却蛇般翻起来,在莉莉屁股上肥的地方捏一把。莉莉只看了他一看。施教练关起门,在睡觉房间地板上做俯卧撑,一连一百多次掌上压,起身没点喘,还朝外边天空白了一眼。施教练的男老婆一直笑嘻嘻在房间看书,那本书的名字是《九命奇冤》。

我没敢去看老太太们的闺房。等月过中天,我三滑两纵,回了四号楼。我从大门进的四号楼,楼里牌局天天有,今天来个稀客,是厨房里的王大厨。

王大厨嘻嘻笑,耳朵上架几支烟卷儿,跟人打牌九。我悄无声息从楼梯上走过,进了自己阁楼,直接从阁楼窗户跳出去,又顺着墙,找个窗户,看王大厨玩牌。

一看就明白王大厨是个有钱的主,他玩牌不为赢钱,只为开开心。那群老猴子全伸手到他带来的一个钢精锅里,捞鸡爪子啃。他们捧王大厨,说俏皮话,笑得像朵朵菊花,皱纹像花瓣。王大厨输了些纸币出来,就蹲到旁边,看别人玩。

我眼睛往这窗户近处的房间看了看,一个佝偻背的老头,伏在一张旧报纸上,就着昏黄台灯看报,老态龙钟。我又把眼睛投向走廊,咦,王大厨站起来往后走了,这里来了个新人,正是我等了好久的施教练!

施教练拍了几个老头肩膀,也捞只鸡爪,啃着看打牌。我目不转睛瞪着施教练,生怕漏掉什么细节,可惜他光看不玩,只凑凑热闹。葛婆婆和吴姥姥在走廊那一端坐着,扇扇子说话,没朝施教练看一眼。王大厨从厕所走回来,站在施教练身边一起看打牌,两个人没打招呼,看样子并不熟。

我眼前房间里读报的糟老头动了起来,这一番敏捷,跟他的龙钟老态完全不相称。糟老头背对我,手里有什么东西,似乎对准施教练,像只暗里捕食的螳螂,浑身弓着。

我差点让他分了神,目光返回去一刹那,王大厨的手在背后探到了施教练伸过去的手,两手就那么一握,有一样东西放在了施教练手心。施教练打个哈哈,立马离开四号楼回去了。

我再去看房里老头,他又在低头看报,灯火阑珊,人如未尽之烛,有摇摇晃晃的模样。

我听见楼上有人拍我房门,我疾疾游壁上去,钻进窗户,打开门,是过强。

过强胡吹一阵走了,房里又剩下我一个,我觉得即便是过强这么个不光鲜的家伙在,也比我孤单单一个人强。

我一个人,夜这般长,墙壁又湿又冷,我总不能整夜当壁虎偷看这些老皱肉体。我能干什么呢?这种时候,只要一动脑子,就免不得想念大山,想老娘,想老任还没出现在山里那旧时光。

我能做的,无非是打开过妈妈送来的竹屉,取出厨房给我留的夜宵,就啤酒吃烧鸡酱鸭子;手伸到肚上,抚摸开始显相的肉褶子:做个幸福的胖子吧! 我正向我的梦靠拢……

端着残啤瞌睡,有只大灰蛾子从窗户闯进来,绕天花板上的夜灯翻飞,发出噗噗撞灯罩的声音。

我被飞蛾惊醒,看看手表,已半夜两点。那声音还在延续,我猛回头,原来有人轻轻敲门。

我诧然打开门,门外人着实吓了我一跳。这是个老太太么?她嘴唇擦得红艳艳水亮亮,眼睛插着假睫毛,身穿旗袍,手里抱着一个奇形怪状的木器。

"你找谁?"我瞠目结舌。

她抬起脸,慢悠悠看了我一眼,这种眼色我还从没见过:"过强说你闲着想听曲子,反正也睡不着,我就来唱一段。"

"听曲子?"我胡乱挥手,过强开我什么玩笑?

她明白了,她坐进我椅子,好奇地看我:"我收了钱,你总得听点什么,光弹琵琶也行。"

"你欠了人的债?"我问她。

"是的。"她回答,"可这不关你的事。"

"我想知道你欠了谁的债,谁让你这样子还债?"我问。

这奇怪的女人又露出了笑容:"小伙子,你到底要听什么? 要买情报,可不是这价码呀!"

我把身体探出窗户,想躲开她。女人踱过来,伸出一只手,我只好握住她细腻的手掌,帮她也从窗户里出来。

我们这两个奇怪的人,并排躺在小阁楼外瓦片上,不嫌弃瓦片硌腰,抬头望夜空,一支接一支抽烟。

我不说话,她也不说话。她把烟蒂扔出去,划出一条亮弧。

她请我把她的琵琶拿出窗户,她坐在瓦上,暗暗弱弱地弹奏起来,好像有无数只夜蛾在我们身边飞旋……

五

我想回大山里去,这山下的世界,我越来越应付不了。

自从老任拐走吴三妹,我的世界就蜷缩成一团,活像被卷叶蛾幼虫吞吃的蜀葵叶子。我以前是舒展的,软软有弹性的,现在变成凝固和坚硬的一根棍。哪里我都可以去,哪里我都不觉得害怕,哪里我都不感觉什么,以至于我可以做养老院一个哑巴,不说什么,不回答。这于我倒是好的。

我和吴三妹像鸟做窝那样宿在一起,尽管瞒着我娘,也瞒其他人,心里却像春天花开夏天蝉鸣,简简单单,船到桥头,削面下锅,没什么难处。心里,妥妥帖帖。对于女人,我就是一股子温热的劲头,吴三妹只要一低眉头,我就知道我的血又要滚沸一回。

老任砸了我的锅,我没热乎劲儿了,整个人冷下去,好比发僵的面团。

我想一大早就出发,回山里去。我坐着飞机来,现在我可以走路回去。我什么都不必带,只带大蛋的皮。只要带上大蛋皮,我心还是安的。别人看我的时候,我可以把脸埋在大蛋皮里面。回到家,我先不去看我妈,我直接到山脚下恒源寺后面山溪去,把自己脱精光,钻进冰冷溪流⋯⋯

我想起那些顺流而下的日子。我仰躺在溪流上,头朝后仰,故意把头发都浸没;我伸开双手,伸直双腿,犹如镇上耶稣庙里的耶稣钉在水流上,我知道水蛇和红肚皮的蝾螈在我屁股下抬头看我,我不在乎。我嘴里往天上吐偶然溅进来的山溪水,任愚笨的七彩豆娘绕着我额角飞,停栖在我鼻尖上。我将继续顺流而下,我还是清洁的⋯⋯

表舅找我来了。他穿着洗得一尘不染的褐色府绸短衫,下面露出棉布裤子烫直的裤线,他袖管永远洁白地挽起,头发整齐向后梳,却不抹油。表舅示意我跟他走,不要说话。

我默默走在表舅身后,思忖怎样跟他说我要回山。表舅带我走到竹林里,就是他把我从大山里带来跟我说话的大青石那儿,他转过身,吼道:"你要害死过妈妈吗? 谁让你给他儿子钱的?"

我怔在那里,不知道过强出了什么事。表舅指着我鼻尖:"过强要有什么三长两短,你给他抵命去!"

我没言语;他正在火头上。我说过除了偷看,我看不懂事情。不过,我看着眼前的表舅,觉得这会儿我几乎就是偷看。表舅正表达什么不同寻常的东西,而我,从他发脾气的表情,窥看到了某种秘密。

他火头过去了,静了好一会儿,哑声说:"过强拿了你的钱,就喝醉,从窗户里跌下来,跌断了大腿。你以后记得,给我好好看住这臭小子。有事跟舅打招呼,舅亏待不得你!"

我接过表舅递给我的钱,这钱,他说让我和过强一起花,不过绝不能去胡闹。我回山的话到了嘴边,嘴唇咧开了三次,都硬生生咽回去。我开不出口,本可以一走了之,可表舅硬塞的这些钱,成了我自由的负担。

"施教练有什么动静?"表舅转了话题。

我想了想,说:"他把廖老头给揍了。"

"不是问这个,"表舅腻烦,"问你他晚上干啥呢?"

我一下子不知道怎么说,暗夜里看见的那一些,走马灯般在我眼前转,忽然,我被那房间里看报的糟老头的影子吸引了,他像谁?

表舅看我走神的蠢样,不耐烦地甩甩手:"驾牛,不想回去拖地板洗马桶的话,你就加劲儿留神吧!"

我揣着表舅给的钱,直接去了五号楼看过强。过强的腿上了石膏,变成了蜜蜂后腿上的花粉袋子,笑死人!

他吸着凉气,哇哇地呻吟。过妈妈蹲在他腿边,替他揉另一条腿。我默默往他旁边一站,看着他。过妈妈直起腰,脸上心疼得没了样子。她用劲儿打了我一肩膀:"死驾牛,你有钱?有钱不给我憋着,给这不长进的!"

我喊一声大婶,从口袋里掏出表舅给的钱,全塞在她手里:"给过强。"

过妈妈吸了几吸鼻子,看着挺多的一摞钞票,狐疑地看我:"哪来的这是?你哪来这么多钱?"

我不假思索告诉她:"我舅给的,让我给过强用,只不许干坏事!"

过妈妈眼花一闪,低下头去。过强突然鼻子里嗤一声,把头扭到肩膀上了。

才出五号楼,就看见多日不见的那个孙得一从四号楼中门出来,慌慌张张,一件发黄的白衬衣反穿在身,手里捏只肮脏的塑料袋,袋里有点东西,朝二号楼小跑。我反正没事可做,就远远跟着他,看他做什么。

孙得一走进二号楼,没一会儿工夫,就兴冲冲从里头跑出来。我慢慢踱步过去,一看,他手里塑料袋不见了,变一个腌菜缸子。缸子不大,蒙着牛皮纸盖,绑着草绳。孙得一看见我,高高兴兴招呼我一声"小哑巴",从我身边跑过去了。

跟着,一个窗户里浮出一张女人脸,只有一只眼。

我还没犯困,就漫无目标在院里跑。一跑,跑到黄院长鸡笼子楼那一边去了。那一带是果园,种了一排排水蜜桃树和梨树。小小果子上,全蒙了布套子,防鸟啄。我赏玩着小梨小桃,忽看见果林里一男一女靠在一起,很亲热。躲桃树后仔细一瞧,竟是施教练和一个我没见过的城里女人。

那女人抚摩施教练肩膀,说:"爸,妈虽然不见你,她还是挂念你的。妈要我对你说,只要你在院里开心就好。若有什么不好,有人又惹你,千万别跟人动气,回家住去。咱们家不缺你那一套小房子,有你住的地方！"

"嗯。"施教练一脸温厚，简直不是那只方头猴，成了个敦厚慈祥的老农。他完全没说话的欲望，耳朵竖得像两轮雷达，等女儿继续往下说。

"爸。我讲一句，你若不想听，就告诉我，千万别发脾气。"那女人挽起长头发，在后脑勺上盘髻。施教练收起笑容，点点头。

"黄阿姨电话打给我，讲你在这院里称王称霸，连退休的官儿都打。爸呀，你这老脾气可要改改了，你一辈子吃这脾气的亏还少吗？再说，你同学也不容易呀，你以为老人院好经营呀？赚大钱呀？你得体谅体谅别人。不说咱们的费用……"

"好了，说到这可以了，"施教练警惕的眼睛到处一扫，差点把我从桃树枝下挑出来，"姑娘家别管大老爷们事。你爸心里有分寸，我不欺负人，我是不让人欺负咱们！你不知道，这院里很多蹊跷的事。别光听黄阿姨，她那张嘴，亲着人民币，怎么招钱怎么说呢！"

闺女沉吟了一下，说："当然，万事你老人家自己做主。我来，是看看你好不好，给你送点孝敬的东西，再者，该提醒你的，也不忘记说。家里，妈虽然改嫁，心里也盼你好的。"

父女俩，不说话了。低着脑袋，手拉手，像树上落下一大一小两粒悬铃木果子，掉溪水里，暂且并蒂在一起。水荡漾漾漾冲着，不知道何时一冲两散。

我猫着腰，轻悄悄跑走了，方头猴子也不是石头里蹦出来的，也有爹妈儿女！

六

接下来十来天，我白天都在阁楼睡觉，表舅让过妈妈给我送吃的来。我晚上吃得特别好，什么肉过妈妈都尽着我吃，还加一壶姜丝烫热的黄酒。

夜风凉不到我山里人。只要不下雨，我就整夜整夜在四号楼楼壁上挂着当壁虎。这是老人院，老头老太天一黑一般不出楼遛弯，很难让人发现我。

我透过一扇又一扇洞开的窗户，打量这个奇怪世界。

我看见这些老得皱皮寡肉的人，他们不愿意睡觉。他们每到夜深，终于显示出比年轻人更强的力量：拒绝做梦的力量。

老鹤们可邪乎呢，我看见有个老头抱着各种各样奖状向墙壁哭诉，整夜念叨要把谁谁谁枪毙掉；另一个老太太，暗夜倒腾衣箱，轮流摁一套套发出樟脑味的衣服在自己胸口，然后报年份：一九四五，一九五五，一九八五……天一破晓，她立马收拾衣箱，塞到床底，倒到床上就睡着了……反正，林子大，啥鸟都有。少数人热衷去讨好吴姥姥，只要讨了吴姥姥的好，多晚也能听人唱小曲……

表舅追问我的侦探功课，我没什么值得拿出来说的，只有孙得一和独眼唐的交易。

我完全没预测到表舅对孙得一的愤怒，他是个不露声色的人，他对我什么也没说，只拍了拍我肩膀："辛苦了！"

那天夜里,他们冲进去逮孙得一的时候,我正在墙上拖着肉肚子当壁虎,我还生怕这群闹哄哄的人抬头看见我。不过这些人,确切说是这些娘们,激动得要命,根本没心思看楼外风景。

灯光下看清是母大虫一般的过妈妈带着她红袄子绿布裤的手下,一个个手里拎着擀面杖,紧闭嘴不说话,扭腰摆臀往里冲。我正纳闷呢,姑奶奶们发声喊,已经踹开了孙得一的房门,打里头抓头发捏耳朵拖出老孙,叫叫嚷嚷往前头去。

我看见表舅远远站在车库那边树下,看手腕子上的表。

连夜就审孙得一。表舅敲开我的门,摆头让我跟他走。我们威风八面踱进门卫室,孙得一抱着脑袋,蹲在水泥地上。

"你听明白了,姓孙的。"表舅伸手扯下门卫室顶上电灯罩子,往孙得一两只老鼠眼一照,花了他眼光,"这个养老院是我做主,你敢在这撒野?别怪我开水烫蚂蚁,下手没商量!"

孙得一回嘴:"李总管,这养老院还没姓李吧?"

"我操你个老猴子,我知道你后台硬呢!"表舅哈哈一笑,"未必我就怕了你后台老板!"

"货,货是独眼唐给我的!"孙得一说,"她可是黄老板的姨!"

表舅嗤笑一声,摸着下巴,没接话。他绕着孙得一踱步,低着脑瓜,不停在下巴上又捏又拧,忽然抬起头,"你现在从这里出去,直接去二号楼找独眼唐。如果三十分钟里头,你们商量好收手,我就当你没干过这事。记得,三十分钟!"

孙得一扯起往下掉的裤头,一溜烟跑出去了。

我都没折腾明白孙得一是怎么个故事，第二天晚上，四号楼又乱了。

半夜一点多光景，我正趴暗影边墙上看老鹤们玩牌，过妈妈带着厨房几个打杂的，慢条斯理磨磨蹭蹭，踏进四号楼，往边站，光看不说话。老鹤们奇怪，问："过妈妈也有兴趣来两把？"过妈妈冷笑一声。

正当这会儿，我不敢相信自己眼睛，黄院长穿一身白西服从中门走进来，她身边什么人也不带，就一个女人，不用猜，这女人剩一只眼好使。

黄院长打个哈哈："谁他妈罩着你们，纵着你们哪？"

独眼唐阿姨哆嗦嘴："找！去把他找来！"

打牌的老鹤都是江湖上混惯的，一个个吊着个脸，把手拢袖管子里，打哈欠。

黄院长笑嘻嘻并不动气："金鹤金鹤，这养老院颜色明明是黄的！谁搞不明白这个，早点卷铺盖给我滚老家去！我警告你们，再让我抓着，我可就不客气啦！"

她扭身一走，独眼唐黏着她裤子腿也跑了。过妈妈摇摇头，朝牌客们笑一笑，带她的人，也跟黄院长走。打牌的老头子们抹抹嘴擦擦眼睛，该干吗继续干吗，仿佛什么也没发生过。

我在楼的这一边，看不见黄院长她们出去后干什么。我耐心等了好半天，夜越来越静，斗牌的提早收摊睡觉去了。我夜里精神长，一下子倒不知道干什么好了。想了想，忽然想去看看三号楼和二号楼。

顺落水管下到地上，正要往三号楼去，一只猫喵一声叫，我转过头，隐约看见一个背影，只一晃就不见了。这背影怎么让我心里一动？我怔怔地好一会儿，抓不住那种突然一下打寒战的感觉。我打量了一下三号楼，从缺少路灯光的一侧顺落水管攀上去。

　　三号楼我来得少，半夜更不曾光顾，这三号楼必定冷清。没想到顺着楼道窗户往里一望，完全不是我意料中那么回事！都深夜两点多啦，这里还有很多老鹤不睡觉，三三两两在潇洒呢！

　　二楼和三楼楼道两头的空余总共摆放了四个火锅。四堆儿老头老太围着那股子热气，筷子舞得像荆轲的短剑，剑剑不曾落空。

　　我看他们用的都是违禁的电炉，红得发黑的锅底冒着气泡。他们吃得可杂呢！倒没看见什么羊肉牛肉，看见的是老鹤们在吃字上头那才气：一堆黑知了挤在一个塑料丝网兜里，挤着爬着，间或吱吱一声。一个花白头发老太婆伸手进去，逮出知了来，去翅掐屁股拔腿儿，剩一块肥圈，直接扔锅里煮；那边一个老笑眯眯的老头，钓了一塑料桶金线蛙和黑带蛙，这蛙我们山里是不让逮的，全算国家的。老头皱皮粗茧的手，拉开硬纸板盖，当场一把小刀割青蛙肚子，肚肠往桶里扔回去，死尸还蹬着腿儿，往锅里一扔；还有人吃剪开屁股的螺蛳、生扯活拉的蜗牛、褐蚂蚱绿蚱蜢，竟然有个玻璃瓶子中还扭动着一瓶子白白胖胖的蛆！吃这个也都罢了，刚才听猫一声叫，原来是让个铁塔般老头逮了，正和几个老混蛋商量杀来吃，一个老太婆口念阿弥陀佛，拿一罐子午餐肉赎了那黑猫。老头在猫屁股上飞一脚，把个死里逃生的小畜生踢进了夜色……

我看看那些熄灯的房间，横七竖八全是床铺，挤得很。三号楼一样没空调，老鹤们都开窗户睡，一个个唉声叹气，翻来覆去。

哪怕老家伙们恶心死我，闻到火锅，我也饿了。我慢慢溜达回自己小窝。我有很充足的夜宵，厨房天天给我备。我打开啤酒，喝一口，就着那股子尿味儿，啃两只大大的酱鸡爪，还有一碗粉红咸猪肉和半只三黄鸡。我不明白，厨房那么多好吃的，为什么总给老鹤们吃青菜淡粥，饿得他们半夜馋蚂蚱？

吃完了，打饱嗝，夜色还是泼翻的墨汁。这个时辰，金龟子不来绕灯飞了，开始有苹果绿的大蛾子，扭着长长尾巴，妖怪一样飞进房来，挂在墙壁上打摆子。

我走出房间，顺楼梯下去，小心不碰见老鹤。我钻进夜幕，空气满了夜的清爽滋味，仿佛要淌进我胃里。我看见二号楼没什么灯火，知道这时候看也没啥可看，再调皮捣蛋的老鸟这时分也扎头埋翅呢！不过，我都没上墙，就看见底楼有些鬼火，明明灭灭，游来移去。小伙子走夜路，全凭血热，我刚喝了酒吃了肉，胆子邪乎。我往窗户上一靠，往里就看，看见一个独眼女人在里头搬东西，原来还是这开黑铺子的唐阿姨！这么半夜三更，她干啥呢？我沉住气，慢慢看她。不看不知道，一看吓一跳！

但见独眼唐一目眇然，另一只眼睛瞪得大大的像个靶心，两手各举一件冬大衣，往地下室送；不一会儿，她回上来，又从自己房间搬出几双羊毛靴子，一床绣花大被子；过一会儿，她浑身上下挂着十来个大大小小女人包包出来，叫我眼珠掉出来……我本来猜不透她在干啥，可我们乡里供销社的臭张干过差不多的恶心事,我一下子回过味儿来了:独眼唐准定在院里开了个黑当铺,这些冬天用的衣物被褥,肯定是缺钱用的老鹤当在她那里的。还不上钱,这些东西就归她了。怪不得她上下搬得累成狗,还那么小心翼翼,生怕勾到刮坏呢!

独眼唐突然浑身一颤,脸色唰地白了,一张脸就像贴到头面上的白纸,她颤声对着窗户说:"谁?谁?谁在那里?"

我面红耳赤,像个偷看女浴室被逮到的傻瓜,正要乖乖上去自首,忽然一个黑影一闪,腾腾腾从我左边疾跑出去,我吓了一大跳,情急之下,抓住落水管,我比个猴儿还利落,三下两跳就上了二号楼房顶。

我抹一抹额上汗,探头往下看,独眼唐阿姨从楼门里跑了出来,长长的黑影子投在路灯下,仿佛一个深夜的狐狸拖着黑尾巴。她东张西望骂骂咧咧,全没人理睬她。

二号楼屋顶是平顶,上面有大大的水箱,地面铺着沥青。除了猫屎,什么都没有。我眺望了一番一号楼,它安静得如同一个火柴盒子,火柴不划的时候,死了一般。

一丝不易察觉的白从天幕的底边泛起,天就要亮了,我悄悄从楼房偏僻的一边顺下去,忍不住又向里头张望一番,楼已经彻底消停了。没心事的人在睡,有心事的人也到梦里磨牙去了。

我回到阁楼,那个从我附近蹿出去的黑影,不像是老鹤,身手矫健得很,难道是个盗贼?他发现我了吗?

我夜夜出来飞檐走壁,这个游戏现在迷住了我,我明白自己是个不折不扣的偷窥狂。偷窥这件事,它不但带给我愉悦,更让我常有恍然大悟的满足。每看到意料之外的事,事后总点头,想明白它们必属情理之中。

我告诉自己,任何真相,一定有来龙去脉,不可能横空出世。真相不是看见的,而是看见后,想呀想,一拍大腿推理出来的。我爱拍大腿,拍多了就觉得自己不再是山里那傻蛋驾牛,而是金鹤养老院里的驾牛。金鹤的驾牛是个啥? 我说不好,不过,我比较满意金鹤的驾牛。首先这是个吃饱饭的驾牛,肚子已经有点圆圆,肉虽没挂下来,倒蛮丰壮了。其次,这个驾牛,看见了很多藏着掖着的东西,看见了城里人的德行。他一来想笑,笑那些滑稽,二来想叹气,叹息自己消失殆尽的傻气。

一到四号楼我都偷窥过了,黄院长的鸡笼子办公楼晚上没人,没啥可偷窥。现在,只剩下五号楼小医院的墙我还没扒上去。

七

老娘托人带信来了。

其实信已到了好些天,表舅压手里,没给我。表舅这个人,心思就是太重!

老娘说自己过得还好,表舅家的人收到了表舅汇过去的我的工钱,除了交给我娘的,扣了一些在手里。他们跟我娘说,钱不能白要你的,都花在你身上。结果就替我娘找了个姨婆,天天来做饭洗衣照顾她。我娘让我别牵记,就是对不住我,把我交给她存的一部分工钱糟蹋了。

信上没写房子漏不漏水，不过，表舅交给我信的时候，说："家里替你娘房上盖了瓦。"

能这么着，我牵挂娘的心已放下了大半，不过，我真想回山里看一看啊！自从到了这金鹤养老院，我好像马儿关在大院里，人觉得地方够宽敞，不懂马儿憋屈坏了！

表舅捧着他的茶盏，慢条斯理揭白瓷盖子，往里吹气，他抬头看我，额头深深三条皱纹，跟春天犁开的沟一样。他低下眼："驾牛，你在我这里，还算听话。不过，不在我手下干满三年，我是不会把你当自己人的，因为你还没经过啥考验。"

我点点头，没什么好说。

表舅咂了咂茶，看我一眼："男人呢，要想开点，不要死心眼。我知道你放不下吴三妹，可是，那是个跟人跑了的女人。不值得了！"

他看我一看，突然说："不过，吴三妹倒有消息了。过个一阵子，等黄院长交代你的事儿办得差不离，我带你出去，找找吴三妹！"

我像肚子被揍一拳，身子都要弯下来。有他这么说话的吗？他以为我是什么？一个泥塑的金刚？吴三妹有消息？也就是说她可能会马上出现在我眼前？

表舅惊讶而轻蔑地看着我，我觉得他又老又丑，我唯一想做的一件事是狠狠踢他的小屁股。过段时间有空了，他陪我去找找吴三妹？吴三妹是个备用车胎吗？她是只走失的猫吗？她会永远等在那个有消息的地方，等我去找她？

表舅砰砰拍桌子："驾牛你个没出息的！我同你讲话呢！你魂丢

啦？"

我仿佛从千里之外看着表舅，我浑身无力，我肚子里的难受泛到了喉咙口，我哇一声呕吐出来，把表舅一尘不染的衣服弄脏了……

接下来的十几二十天，我就是个卑鄙无耻的小人，用一双满是红丝的眼睛，一眨不眨盯着施教练。我恨不得他狂性发作，偷偷弄把手枪，到处找射击位置，一枪干掉廖老；要不就摆个地摊，在四号楼门厅卖违禁品；至少能去调戏一下一号楼底楼随便哪个老太婆，譬如莉莉，好让我逮个正着，抓现行……我保证会飞奔去黄院长办公室，一股脑儿把施教练的劣迹告发了！然后，表舅和我，就一起出发！

方头老儿不是没撒泼胡闹，他哪是盏省油灯？他竟然带着男老婆闹了五号楼！他没病没灾，本来五号楼不能招惹他，可老鹤家属来访之后，院里组织了一次全面体检，施老儿去了，回来没多久就唠唠叨叨说要找医院算账。周围人不知他闹哪一出，等跟着去五号楼听骂，才知道这老家伙不知听了谁调唆，说五号楼对他进行了过度体检，侵犯他隐私权。

可怜这里大多数老鹤，都和我一样，根本听不懂什么是施老儿要计较的隐私。他们聚在鸡笼子楼和一号楼之间的草地长椅边笑话他：

"老施跟医院闹什么？听说医生不入调，用尺子量了他鸡巴！"

"哈哈哈！要不就是查出这方头怪脑的家伙有性病！"

施教练其实不为他自己，过妈妈说老施主要为了他男老婆。至于为了些什么，过妈妈根本讲不明白。我留神看了看老施的男老婆，他一副受委屈的模样，咬着细巧嘴唇，两只扁桃一样的带水眼睛怨怒地瞧着四周,对谁都不搭理!

闹了医院,施老儿也不放过廖老头。我听见一号楼大呼小喊,才吃了早饭就干上了架,我跑过去拉架,就看施老儿四四方方的头颈上暴着青血管,两只眼睛瞪得像核桃,手指点在廖老头鼻子上:"你这老王八在后头调唆呢!不是你还有谁?!"

施老头的男老婆不讲话,站在施老儿身后,扭着脖子,一双眼睛喷着小火,手反叉腰眼上。我一看,的确像个女人!

莉莉不买账,伸手拨拉开施教练指在廖老头鼻子上的手:"不是脑子烧糊短路了吧?吃牛肉得疯牛病啦?"

"反正,"施老儿不愿意跟女人交手,他退后一步,"使坏吧,姓廖的。除非你卷铺盖滚蛋,我姓施的跟菩萨上帝安拉玉皇发誓,我要叫你的每一天,都被人臭骂!"

廖老头气得浑身发抖:"这只狗疯了,这只狗疯了!"

我更加热烈地投入到对施教练的全天候盯梢中,白天黑夜我都找好一个角度看定他。我估摸他得开始做准备了,总要做点什么准备,他才能履行他对廖老头的威胁恐吓吧?无论他干什么,哪怕只是磨几把菜刀,去药店买安眠药,都可以成为我举报他的证据。来吧,老混蛋!好钢用在刀刃上,我逮住你,好立马去找吴三妹!

我好几个白天没好好睡觉,我冒冒失失跑进一号楼去摸这摸那,让人犯疑。廖老头最近有点怕施教练,他不像从前那样爱说话,他和莉莉老坐在一起,跟自己那伙人形影不离,神不守舍地玩纸牌。莉莉看见我在抹楼梯扶手,哟了一声:"小哑巴跑回来啦?还听我们使唤不?"我走过去，看着她，等她发号施令。莉莉点点头："上次你帮了我们，谢谢你！"

我慢慢走到楼上去，假意抹着楼梯扶手，一抬头，正好和施教练的男老婆对上眼，吓了一跳。这老头儿的眼神不对，水汪汪的！他的骨骼那么纤细，仿佛衬衣里是一根青竹，说话声音却毛茸茸的，眼神看人总带埋怨。

老施顺着两个女老婆的视线看见了我，像白天看见怪物："这小混蛋跑来干啥？每次来，都没好事！你不是个勤杂工，你是阿黄的探子！"

"那么，"他的男老婆慢条斯理问，一只手还娘们一般甩了甩，像甩手上水珠子，"你肯定阿黄也是幕后主使？"

"这里是她地盘，没她允许，什么事办得成？你又不是不知道她！"

"几十年的发小啊！寒心！"男老婆长叹，嗓如唱戏。

两个老太太劝道："不是为阿黄说话，她的确爱钱如命，不过，总还不至于害我们。"

"没说她害我们，"男老婆幽幽一叹，"她是变着法子卖我们！"

我低着头使劲擦，只听施教练嘻嘻一笑，让我浑身汗毛竖。这方头的鬼每逢笑出声，总是诡计上心，要干出什么符合他性子的腌臜事。

"小哑巴，"他招呼我，"黄院长派你来看。我们知趣，现在就让你看场重要演出！"

我看也不看他，转身往楼下走。只听后面乒乒乓乓，老猴子跟住我跑下来，我头也不回，想往楼外走。只听廖老头的莉莉大喊一声："做啥？你们疯了？"

我走不掉了，回头看。只见施教练黑黄肤色的方头下，一截头颈涨得像牛鞭般暗红，他已伸出短而壮的蟹钳手臂，钳住廖老头手臂往外拉；施教练的男老婆手持一根细竹竿，廖老头的人马谁动，他就拿竹竿当鞭子，打人手背。廖老头抓牢在桌面的手扯松脱了，人被施教练拖倒在一楼正中地板上。

　　方头老儿身手敏捷，非廖老头可比。他俩只要一动上手，就是一只猫扑一只老鼠。今天方头老儿可不像猫，他成了只疯癫的大蜘蛛。

　　施教练盘在廖老头身上，用力抓起廖老头的手打地板，没几下，廖老头就惨叫。施教练放开廖老头的伤手，直接去解廖老头裤带，廖老头啊一声伸手来推，弄疼了自己。他举着一双伤手，毫无反抗之力，被施教练扯掉了长裤。

　　"我叫你出坏点子看我们隐私！我让你现在就没隐私！"施教练怒吼着，一把扯破了廖老儿的内裤。莉莉啊一声哭起来："无法无天啦！报警啊！"

　　"哎！帮我一下！"施教练喊男老婆，男老婆回身来，和他一边一个，架起光屁股的廖老头就往外跑。我连忙跟在后头，看他们把廖老头拖着架着，一直架到鸡笼子楼大堂跟前，放下廖老头就跑。

　　廖老头坐在地下，两手捂住自己那里，勾倒了头，瑟瑟发抖，像一只被剥脱了壳的老蜗牛。我走过去，脱下我白衬衣，盖在老头大腿上。那两条腿，灰白。

　　我和过妈妈给廖老头穿上过妈妈找来的裤子，奉命抬他进黄院长办公室,黄院长让我坐在角落椅子上,等我表舅。

表舅被过妈妈喊来了,他昂着脑袋瓜走进院长办公室。

表舅看看我,我点点头,表舅不看黄院长,问过妈妈:"怎么回事?"

过妈妈答道:"我不在,刚来。问驾牛吧。"

表舅看着我,我结结巴巴把事情经过说了一遍。廖老头还在发抖,一句话不讲,额头埋在左手心,右手不断对我们摇。

黄院长问表舅:"你看怎么办?"

表舅鼻子里哼一声:"他们到底为什么闹事?"

黄院长不言语,隔了一会儿,她突然转向我:"驾牛,施教练为啥这么干?"

我蒙了,我怎么知道施教练为啥?我绞尽脑汁,小心翼翼回答:"他说什么没影寺,我不知道是啥地方。"

表舅咳嗽一声:"我早就说过,早晚有麻烦!"

黄院长嘻嘻一笑:"麻烦什么麻烦?你看看你,一个男人,还没我女人有心理素质!那是科学,什么隐私不隐私!"

我看见表舅眼神一凶,低着头咬腮帮子,没回答。过了会儿,他咕哝说:"那现在闹成这样,怎么办?"

"听着,"廖老头忽然插话,"我也不知道你们搞什么鬼,不过,我今天蒙受奇耻大辱,你们若还睁一只眼,闭一只眼,那好,我们之间的合作一笔勾销,我出院,回家!"

黄院长眼睫毛紧紧贴在眼睛上,好像吃了酸杏子,她睁开眼:"廖局,说什么呢?这次我绝不含糊,你看着好了!"

"不要让我为难，"表舅低着脸看地，"我不反对你们做什么，不过，任何事，我不参与。"

"你不参与？你不是这里总管？你的人马不动，难道要我亲自去捆那个混蛋？还是让我直接报警哇？"黄院长气得拍桌子。

"钱是赚不光的。有点可以啦，不要什么钱都要抓过来。小心有些钱会咬人！"表舅气愤愤地说。

"好啦，好啦！什么钱钱钱的？这里谁贪钱呢？"黄院长恢复了笑容，特意对着我表舅笑，伸出手，在表舅肩上砸了一拳头，"廖局坐在这里，你先把面子给人挣回来吧！"

八

表舅早说过施教练是个不好惹的主。要表舅下手？他可没那么容易答应。他当着廖老头面对黄院长说："解铃还需系铃人。你不出马，估计姓施的不会罢休。"

廖老头吹起稀稀落落的胡子，对着办公室的虚空说："我后悔啦！到今天我才看清楚这个养老院。败笔啊！我自己跑下来的执照，我也能吊销它！"

表舅愣了一愣："廖局气糊涂啦！咱们不仅要把养老院办好，还要把市区的那些合并进来。这才是您的计划！有些人来破坏我们的合作，难免的嘛！抓王八还让王八咬手呢！"

黄院长又绷起脸："我暂时不合适去见这老混蛋。还是李总管你代表我！"

表舅说："我代表你不合适，这养老院姓黄不姓李！"

黄院长脸腾地红了，表舅又说："这样吧！我们试试新办法，让驾牛代表你去摸摸情况。"

我吃一惊，表舅怎么把我给卖了？黄院长想想，突然笑了："好主意！驾牛去最合适。来来，我告诉你怎么跟施老头说，说些什么。"

她把我拉到廖老头和表舅都听不见的屋角，翻来覆去颠颠倒倒命令我说这说那。我索性不听她，只是按节奏点头。

黄院长高兴地拍了我肩膀一巴掌，手心里塞给我几张粉红钱："驾牛就是个不说话的聪明小孩！我说啥他心里都懂！"

我懂？我忘了她到底跟我说些啥了，好像最后关照说："稳住他，你舅就能把他逮起来！"

逮起来？把方头老猢狲逮起来，这和我心里想的不谋而合。逮了他，我就能跟表舅去找吴三妹！他们要我去见施教练，我为什么不去？

还没走出黄院长办公室呢，过妈妈按着喉咙来报信："老板，施教练带人上了楼顶，说你要是跟他来硬的，他们就一个个往下跳！"

"啊？他哪来的楼顶钥匙？要死了！"黄院长恶狠狠回头瞪了我表舅一眼，"怎么管的这养老院?！"

表舅不露声色，背上推我一把，逼得我朝前踏一步："是时候了，驾牛，照我们说的跟施教练说去！"

我跟着过妈妈往一号楼走。过妈妈看我一眼又看我一眼："驾牛，是让你去逮施教练吗？施教练很会打架，你未必斗得过！"

我摇摇头："我去传话。"

"传话？"过妈妈捂住嘴，"一个小哑巴？"

莉莉披头散发站在一号楼门口，见了过妈妈就喊："报警呀，报警！警察一来，他就是跳也是自杀。活该！"

我们从廖老头的人马旁走过去，通往二楼的扶梯上坐着长条眼睛老太太，她问过妈妈："阿黄不来？都自己发小，怎么不劝劝？"

过妈妈指指我："你带小哑巴上去，黄院长让他带话呢！"

"小哑巴带话？"长眼老太太笑了，"话写在脑门上？"

她在前头走，我落开三步跟着，他们开了通往楼顶的门，上头胖老太婆把着，探着脸往下看，手里还拿根黄香蕉在啃。

我跟着上到楼顶上，方头老儿正和男老婆说笑，说的就是廖老头裤裆里头的事。他看见我，嗯了一声，满面孔不高兴。

"臭哑巴今天别来找死！"他两手往胸前一叉，露出粗粗臂膀，"你敢代表养老院？"

我看着他和他男老婆，有点作呕，我捂住嘴，打了个恶心。

"他们敢来惹我，我就从这里跳下去！"说话的不是施教练，是女里女气那个。

我看看这男老婆，他嘴唇翘翘的，赌气得鼻子有点歪，眼睛看我不是直着看，眼光绕着弯弯。我不知道该说什么，黄院长絮絮叨叨的，一句话没进到我心里。

施教练上下打量我，突然拍自己额头："什么意思？她让个哑巴来？"

男老婆拉了施教练到女墙角落去,在那里咬耳朵,施教练指天指地,说个没完,男老婆声音嗡嗡嗡的,虽然听不清,让我心里烦。

施教练甩着肩膀朝我走:"小哑巴,下去跟黄院长说,这几天我们都不会离开这楼顶,让她把吃的喝的送上来!"

我看着他,方头老儿站到我跟前,比我矮了半个脑袋,他脸上都是小皱纹,所以远看还挺光润,他有一股子臭味,是吃了蒜不洗澡的臭味。

我摇摇头。

"嗯?"方头老儿伸手就给我一巴掌,打我肩头上,"给脸不要脸!"

我心里一糊涂,更想呕了,我弯下腰干呕。方头老儿给我头顶又来一巴掌:"叫你个小鬼,成天帮着姓廖的!"

我也不知道是怎么样,跟在山里遇到马猴一样,我一旋身,捞住方头老儿胳膊,反着圈儿就卸脱了他臼。方头老儿哎呀一声,我又捞了他另一只手,也给脱了臼。

他顿时软绵绵的,我一使劲,举起这大肉疙瘩,反着搁肩头,防着他咬我,大踏步就走下楼去。急得那三个老婆大呼小叫,像大户人家死了户主。

我腾腾腾走进鸡笼子楼,方头老儿一路叫骂,却一动不敢动,动动他就疼。我用脚轻轻撩开黄院长办公室的门,走进去,把方头老儿放在廖老头椅子前,他一屁股坐下去,两条手臂挂着,活像身上披了件长袖衬衫。黄院长张开了嘴,眼睛瞪得老大;我表舅开始笑起来;廖老头坐着就给了施教练肩膀一脚,踢得没有力气……

表舅笑得噎气，我瞪着他。表舅说："这样子好，廖局和施教练，当着黄院长面，咱们今天了一了账，到底什么仇什么恨，关起门讲明白。活到老不容易，别哪天糊里糊涂弄出人命来！"

表舅看我像看水一样清，第二天一大早，我就跟着他钻进小车，司机载着我们去北边靠海的那个大城。据说，吴三妹是在那里被人看见的。

我不顾表舅的呵斥，大热天带着大蛋的皮。我再没朋友了，只有死去的大蛋。只有大蛋，在我和它的皮独处的时候能听听我心里话。今天我可能碰见吴三妹，也可能见不到。无论见到见不到，我都一样害怕得发抖。我现在听不见表舅教训我的声音，我躲在大蛋的皮里面，我像只鸵鸟埋头在沙子里，我需要离开表舅远一点，听自己的心跳。

车开了很久，我们在西湖边停下来，喝过冰镇绿豆汤，吃过醋鱼饭。再上车，车就跑飞快了，表舅说，得尽量早一点到，能不能见到吴三妹，全看凑不凑巧。

车开进大城，我晕得心发慌。这城里的楼和山峰差不多高，亮晃晃反光，一剑剑刺进云里。更可怕的是人，大群大群的，虽然不至于像山里狼群那样瘆人，不过很多面孔上的表情和狼没什么不一样。吴三妹怎么会在这里？她小时候没被狼群叼走，现在却被人群叼去了吗？老任和她在一起？他们在这城里卖山里土产吗？

表舅打开车门，叫我下车。

我才下车，他一把从我手里扯掉大蛋的皮，往车里扔："再让我看见你这熊样,看我不替我姐收拾收拾你,没出息的软蛋!"

我的确发软,脚都迈不开步,一动腿,就撞到路边走的人。那些人回头看我,像看傻瓜。表舅带我走到条小路上,抬头是让我睁不开眼的高楼,比山还高!这楼要是倒下来,一万个驾牛也压扁了!表舅看看表,自言自语说:"着什么急呀!"

他推开一个店铺子的玻璃门,我跟着往里进,什么都看见了,什么也看不清。这铺子大体是绿色的,绿色里杂着无数颜色。很多人端着白杯子,在空调凉气里喝热水呢。表舅看我一眼,指指前头玻璃柜,我一看,傻了,柜子里头全是吃的,面包、蛋糕和水果,没见过红红绿绿这么好看的。表舅替我点了东西,又要两个白杯子的热水,我们坐到窗边椅子上,看得见对面高楼大门。

表舅把个一圈圈圆弧的面包推给我,给我发烫的白杯子,说:"看着对面的门,看见吴三妹出来,你就跑出去拦住她!"

我愣了,吴三妹会在这山一样高的楼里?她在里头干啥呢?刹那间,表舅又飘远了,像被隔到玻璃墙外头,我独自一个人坐在这奇怪的地方,周围都是城里人,我等着曾是山里女人的吴三妹。

她会不会在这里干辛苦活?我心里一酸。吴三妹是个能干女人,什么苦活累活都难不住她。老任会不会让她来城里干苦工挣钱?我怕见到三妹憔悴苦恼地从这门里走出来。那样子,我都不敢上去认她。

有几个女的,穿得让人脸红,从楼门走出来。她们穿的那种衣服,穿了比不穿还要脸,涂红了嘴,拉丝了头发,简直就是勾男人的妖怪。我心里一惊,又一凉。老任不是个好东西,他会不会把吴三妹给卖了,让她也当妖精挣钱?

我两只手摸索大蛋的皮,大蛋不在我身边,这可怎么办?我惊惶的脸色恼了表舅,他又闯到我面前来,对着我呵斥。我拿起面包,大口大口吃,这面包一捏就碎,放到嘴里就化开。我端起热水喝,水是苦的,我想吐出来,表舅打了我一下,说:"这是咖啡,给我咽下去,乡巴佬!"

我喝了苦热水,心头忽地亮堂起来,不知道为什么不害怕了。我问表舅:"吴三妹在城里干啥活?"

"你见了她,自己问她。"表舅说,"喏,你看,那个不是她?"

我手一挥,没喝完的苦热水打翻在桌面上,烫了表舅的手。我顾不得,扭头去看,看见一个城里女人,漂亮得了不得,穿着白衣服黑裙子,身子是身子头面是头面,从大楼走出来,正朝我们这边来。我刚要摇头,忽然呆住了,这城里女人,怕不就是吴三妹!

我不知道有没有另外打翻什么,反正,我像被烫了那样跳起来,身不由己朝吴三妹跑,咚一声头撞玻璃墙,出了洋相。我捂着额头回身找着门,跑出去,吴三妹已拐了弯,慢慢在前头走。

我追上去,到了跟前却站住了。她背对着我,身子头发皆骚情得很,还有一股子我闻了晕的香味,撩我喉咙和肺,我泪溢眼眶。

我跟她近在咫尺,我可以扭住她,揍她,山里男人都这样教训自己老婆;我也可以喊住她,低声下气问她好,哀求她跟我回家;我、我也可以就这样什么也不说,什么也不做,不让她知道我曾到了她身背后!我放过她,放过她,让她自己拍翅膀,吃自找的食!我只不确定我这么做,是不是同样放过了我自己……

不过,凡事总出乎我意料:吴三妹停下了脚步,站在那里不动,像只山里的獠走着走着狐疑起来,她慢慢地、绷紧着身子转回过来,看见了我!

我变成了石头,只有眼睛能动。我贪馋地看着她,看着这张我曾经看惯了、摸惯了的脸。她瘦了,不过更俊了。她脸上添了城里人活络的神情,因为吃惊,微微张开了嘴巴。她把嘴唇涂得鲜红发亮,好像凤仙花染过的指甲,她白色蚌珠般的牙齿,闪出一道水色……

"驾牛! 你怎么在这里?"

我猛然一哆嗦,比起我,她更像在梦里。

我努力了一小会儿,仍旧说不出话,我喉咙里发出咯咯的声音,一个字都找不到。不争气,眼泪涌了出来,凉凉又痒痒地在我脸上挂下来。我明白自己出丑了,有几个城里人扭头不停看看我,又看看吴三妹。

吴三妹向我伸出一只手,她的手变得又白又嫩,指甲上的确涂了凤仙花汁,不过,我不明白城里哪来蓝色的凤仙? 她好像要摸我的脸,要抹掉我眼泪。我吓得往后退一步,她浑身一震,似乎吓得比我还厉害。她收回手,紧紧捏着她挂在臂膀上的一个包包。她眼睛红了,就像小时候受了我欺负,扁一扁嘴要哭出来的样子。

"驾牛!"她又低低喊了一声,问我,"娘好不好?"

我觉得她撑不住快昏过去了,赶紧回话:"娘有人照顾。我很久没见她了。"

吴三妹发灰白的脸回转血色来,她低着头,不知道想什么。我没吱声,也没动,她抬头看着我,眼睛比刚才精神了:"驾牛,我就在这里上班,哪里也不去。你来找我,总找得到。我挣到了钱,就回山里去看娘!"

我喉头上下扯动,不过,我知道自己是没出息的,讲不出什么好听话。我点点头,一点点转身,准备回表舅身边。

"驾牛!"吴三妹很响地喊了一声。

我转身看着她,她眼泪扑簌簌落下来,就像一串蚌珠失手落了。她捂住脸,从手指缝里对我哭道:"我跑得急,没时间跟你说一声。你,你恨我没良心。也算你说对!"

我终于嘶地透出了一口气,把话带出来:"我不恨你。你好好的,我放心了!"

她还想说什么,我忽然发现周围看我们的人越来越多,这让我害怕。城里人怎么这般多,比山里竹竿还密。我怕他们让三妹没脸,就悄悄对她说:"我,我回去了。你也回吧!"

吴三妹急急扯出些白纸片来抹脸,她嗯一声:"我就在这里上班,你总能找着我!"

我忍不住,问:"老任对你还好吧?"

吴三妹倏地抬起脸,眼珠子发亮地看定我:"老任?我可没和老任在一起!他帮我下了山,带我去挣生活费。后来,我就跟他分开了。驾牛,我下山是来挣钱的,你莫想错了!"

我仿佛觉得心里的重量让什么东西在上头刺穿一个洞,哧哧往外泄气。我还要说什么,有人招呼吴三妹。她抬起头,脸上笑了。我扭头一看,是个外国人,一个穿得整齐漂亮的老头儿,胸口的领带上一条条细细的红蚯蚓斜着爬。

外国老头说中国话："崔西，你没事吧？"他担忧地瞥我一眼，上下打量我。

"老板，我没事。这，"吴三妹指着我，假模假样笑，"这是我山里头来的表哥。"

老头很和气地笑了，他朝我点头，差点伸过手来和我握手，要不是我倒退一步，他真这么做了。我想，表舅在哪里呢？我该去找表舅了。

吴三妹和外国老头笑嘻嘻说着我听不明白的话，她的泪痕还明明白白挂在眼角，脸却笑眯眯，像朵带雨水的花。

外国老头担心地瞥了我几次，突然，他对我说："表哥先生，如果你允许的话，我现在和你的表妹回到办公室去谈一谈工作，可以吗？"

我一怔。还没想好怎么说，老头儿又笑眯眯对着我："你可以一起来，到我办公室喝茶。"

"不不不！"我窘得一口回绝。我的眼睛离开外国老头，把吴三妹又看一看，她心眼不定地撩着自己鬓角。我一转身就跑了。只听吴三妹喊了一声："驾牛哥！"

我心里难受得要命，觉得自己再也看不见吴三妹了。这是菩萨最后一次显灵，让我同她面对面告别。我猛地停住脚，脚上的胶鞋飞掉，我光着一只脚回过头再看一眼，只见吴三妹站在梧桐树下，身材显得比印象中苗条多了，她一动不动望着我，仿佛咬着嘴唇。外国老头也认真望着我，远看，倒看见了他灰色的胡髭，尖角在光亮中随风抖动。

我一转身，跑进了喝苦热水的店，和表舅撞个满怀。表舅一把捏住我肩膀,带我走出店铺,朝另外的方向走……

九

我欠我表舅一份情。倒不为他带我去找吴三妹,是为了他回来路上一字不提吴三妹。他让我坐司机身边座位,他坐后座。一路上,他都没说话,有时候发出轻轻的呼噜声。

我看路边红红绿绿的灯火,山里的夜没这些,只有萤火虫。反正,有些事情我忽然不怕了!我摸到大蛋的皮,在大蛋皮上轻轻抚摩,我现在从大蛋的皮里头出来了,不需要再钻进去。我是我自己,我如果做点什么事出来,不需要问别人对还是不对!

不过,回到金鹤院里,我变成一个懒洋洋的人,浑身不得劲,连动一动手指头也不太愿意。我把自己关在小阁楼,什么都不打听,什么也懒得知道。我像一只永远在爬山路的大黑蚁,突然停下来,六只细细脚,像钢钉子生进泥里,不动了。

我懒了,懒得连脑子都开不动。譬如我想娘,脑子就停留在"娘"这个字上,头壳里没场面,一片空白;我想吴三妹,脸首先抽筋般一笑,笑我自己,然后就在"吴"字上卡壳了,好像那个电视机坏了,只播放一张僵笑的照片。

我胸腔里头好累,我没咳嗽,应该不是毛病,是单单累了。我看着过妈妈差人端来的饭菜,一点儿胃口也没,好不容易长出的肚腩松松垮垮瘫在那里,丑得像豆腐!

我没法在阁楼待下去,这里气闷,我睡也睡不着。我翻出窗户,钻进斜顶下夹层,抱膝盖坐洞口,看见蓝色天白色云。

我计算自己年龄,怀疑自己比这年龄老很多。我觉得年纪真都活狗身上去了,我特别不愿意回想过去,过去不值半张粉红钱。

我突然害怕自己做错了事,我跟着表舅跑出山来,为的是啥?把残废老娘就那么一丢,我怎么丢得下?

山,不在眼前了,却一夜夜藏在梦里,我从不曾梦见山外头的事情,闭上眼,就回到山,在树下在溪边游荡。

我是为找吴三妹才肯跟表舅出山,如今,吴三妹找到了,我还留这里做什么?

楼下传来尖利的女人叫声,噼噼啪啪脚步,我烦恼地把脸埋进膝盖,想打一个盹。我听见施教练的男老婆兴奋地喊:"别让那个外国人跑掉!"

哐当哐当,大概砸东西了,乒乒乓乓,玻璃一声连一声碎,老鹤喉咙里发出的和声越来越厚,仿佛人聚了不少。突然,老鹤们欢呼起来……

我终于忍不住,从夹层洞口跨出去,攀住女墙往下看:乖乖不得了,闹事了!

五号楼的玻璃窗已砸破五六扇,施教练下身一条膝盖裤,上身竟然光着,黑肉垂成轮胎圈,手里抢柄大锤;他的男老婆弓着精瘦身子,踮起脚往五号楼里看。施教练的那几个女同学,还有住他同一层的几个从不说话的木老头跟在他们身后,站成手拉手一排,脸没对着五号楼,对着后面看热闹的老鹤群,像筑起人墙。

廖老头的人马一个不见,越聚越多的老鹤我没认得几个,只看出一个孙得一,一个独眼唐。这些老鹤,今天走错了方向,不涌向食堂,兴高采烈堵了小医院的门。

施教练手里大锤转个空气圈,哈喇一声,又砸了扇玻璃窗。他把大锤往地下一扔,扯开嗓门喊:"外国人滚出来!"

他男老婆中气浑厚的声音:"我们不是小白鼠!不当实验动物!"

老鹤们呜呜呜低沉地跟着起哄。

从这边屋顶上我看得比较清楚,看见胖子杨医生从二楼一个窗口往外探了探秃头。他身背后有个白皮肤高鼻子的老头,高出他一个头,很严肃地抱着一堆白纸。

有人咚咚咚急不可耐地敲我阁楼门。我跳进阁楼窗户。

"你舅找你,快去!"过妈妈还围着个围身,像灶台上跑下来的。她转身就走,回头朝我打手势。

我跟着过妈妈跑进一号楼,一号楼门口站满了养老院的保安,一个个穿草绿制服,戴墨绿大檐帽,跟警察似的。以前他们没扎堆,现在一扎堆,脸上虽没精打采,身子骨靠衣服衬着,着实神气不少。

黄院长站一号楼大厅中间,我表舅同廖老头一起坐左边沙发上,廖老头的那伙人全站在黄院长右边。特别显眼的是,黄院长在和一个警察讲话,警察点着头,脸上没笑容,对着手里一个嘀嘀嘟嘟的盒子下命令:"把所里干警集中到养老院门口,带上器械,带器械!"

黄院长看见我,猛然眼放光:"来了,驾牛来了!"

警察是个胖子,吃得很壮。他一指头戳我胸脯上:"好!你去!你认识嫌疑人,你进去,把他手里凶器拿开!伤人越少越好!"

"这么容易?"我表舅鼻子哼一声,"他也有老娘要养。上次他得罪了施教练,这次施教练能让他讨好?"

黄院长笑得像个圆太阳的脸阴下去,她扭头看看我表舅,回脸对警察说:"关键是不让事情搞大,悄悄解决掉,对谁都好!"

胖警察摇摇头:"手里有大铁锤,已动上手了,年纪又一大把,脑子不拐弯,难弄!逼不得已我们要打枪的,你要做好心理准备!"

黄院长都快哭出来了,她一下子跑到我边上,把我往旁边一扯,打开手提包让我看:里面满满塞了一摞摞捆好的粉红大钞。

"求你了,驾牛!施教练这样搞下去,会死人的!你帮我去搞定他,别让他发疯;这些钱,都给你,将来娶老婆用!"她眼睛里,竟然流动起水来,她流泪了!

表舅喊一声:"驾牛有老娘的!只他一个儿子送终!"

我脸红了,颊上烫烫的,我很想啐黄院长一口。不过,我非但没啐,甚至也没摇头。我看着她那一袋子钱,脱口而出:"都给我?"

黄院长一愣,低头看看自己包包:"当然都给你,我说话算话!"

我头也不回跑了出去,我也不知道是怎么了,反正,我满心要这包钱!

我一路拨拉开老鹤,他们身上都有酸味儿。我推了孙得一一把,差点把老头摔一跤。我从第一排看热闹的老鹤中间蹿出去,施教练正和男老婆低着头咬耳朵,没提防,他的大锤子也远远扔在地上。我背后一把搂住这老猴子，顿时沾了一身臭汗，不容他挣扎，咔咔两声掰脱了他曰。

我背起施老儿就走，施老儿痛得哇哇叫："驾牛小王八蛋，你跟我有仇哇？"

男老婆从后头扑上来，想用一把泥铲子打我小腿，我回头看他，看见一脸带泪的恨，活像个娘们！我放开腿从让路的老鹤中间跑过去。施教练在我背上不敢动弹，只咬着牙告诉我："驾牛，你一跤跌到茅坑边，离屎不远了！"

我是离屎不远，他臭得像摊屎！

我从保安中间跑进去，保安个个瞪大眼睛。我跑进一号楼，像打猎的扛着死野猪。我故意让施教练在警察肩上蹬了一脚，踢得警察嗷一声。我把施教练往黄院长面前地下一放，黄院长捂住嘴一声喊，我转身跑出了房子，边走边脱，直接扎猛子沉到池塘底下……

我湿淋淋走回阁楼，地上淋淋漓漓一路水迹，刚脱掉湿衣服，有人敲门。我打开门缝往外一看，竟然是弹琵琶卖唱的那个！

她用力一推门，我还糊涂着，她已钻了进来，朝我上下一看，扑哧笑了："你知道我要来？"

大白天的，她没涂脂抹粉，确确实实是一个老太婆。不过，确确实实又和别的老太婆不同。

她眼神在我脸上不满地撩了一撩："你胆子不小！到底谁罩着你呀？"

我一阵愕然，哪接得上她的茬。

"你刚才又把方头施教练扛到姓黄的那儿去啦？得了多少赏银哪？"她长手放腰上，慢慢往下一捋。

我面红耳赤。

"真是个敢作敢为的乡巴佬，我看你再这么下去，怕活不到秋天！"她走过来，一指头狠狠戳在我右边太阳穴上。

她从口袋里掏出细长的白烟卷点上，往阁楼顶上吐烟圈："你说这院里谁是好人哪？"

"没有好人。"我气咻咻脱口而出。

"错！施教练是个好人！"她不耐烦地瞥我一眼，"知人知面难知心！"

我张大嘴巴，第一次有人把方头老怪物当好人！和方头老怪知心？恐怕也只有她这样的女人。

"姓黄的是个笑面雌老虎。我们都是她养的畜生，连骨头都要榨油给她！"她把烟卷从嘴唇里扯下来，牙齿咬着下唇。她不折不扣是个老太太了，像一朵花儿不肯凋谢，硬撑着，却遮不住纹路里往外透出的老气。

我不眨眼睛看着她，她正发生什么变化，我眼睛看见了这变化，不能移动。

大滴的眼泪从她败残的凤眼里淌出来，像珍珠滚出匣子："我是孤老，无依无靠了，落在黄老板手里！

"要不是施教练有点侠义心，我连今天这样的日子也维持不下去！"她焦黄手指被烟屁股烤着，抖个不停。空气里破天荒没她身上那种好闻气味,反飘来一阵和老鹳们同样的酸气。

我用脚把我的椅子推给她,她慢慢坐到了椅子上。

她自顾自说:"我看不下去你这么整施教练!他是斗不过黄老板的,他已经用老命在搏了。可是,半路杀出你这么个程咬金!"

"脱臼没事的,"我开口对她说,"我不把他背出来,他弄出事,吃官司,丢老命!"

"你不懂!"她不耐烦地甩甩手,"施教练不会弄丢谁的命,他有分寸的,吃官司他也吃不到,他做事情有底的,叫他吃官司难上难!他唯一的克星是你!乡巴佬驾牛!"

我琢磨她的话,眨巴眼睛。

"这地方其实不复杂,就算用你乡巴佬的脑袋想,也能想明白。想明白很重要,想明白了,你就不再是傻瓜。只有傻瓜,才让人当枪使。"她站起来,准备回去了。

"你,你多待一会儿!"我拉她一下。

她脸上突暴一阵怒气,不过马上又消散了,我问她:"你为什么不走?你要走,我帮你!"

"走?我走哪里去?"她脸上冒出蒸汽,"驾牛,难道你让我跟你逃到乡下去?"

她摇摇头:"我们是被姓黄的吃定的,命里如此。她命定吃肉,我命定是她吃的肉。"

"那么,施教练是什么?"我疑惑不解。

"施教练?"她茫然四顾,"哦!施教练也改变不了命。不过姓黄的吃相太差,施教练可以让她吃相好一点!"

"你缺钱吗?我可以给你一点钱。"我心里一阵悲伤,就这么开了口。

"我不缺钱。"她板起脸,"我只是缺一点儿胆量。"她站了起来,朝门边走去。

"我还不知道你的名字,不知道怎么称呼你?"我喉头哽了,心里难受得奇怪。

"你可以叫我梅姐。"她先出了门,才回头看我一看,留下这句话。

第三章

一

虽有这么些破事绕着我,要我跟进去转圈,我还是一天懒似一天,打不起精神。胃口越来越差,肚腩一天天缩下去,像掏空了米的米袋子。

我想明白一个道理:我之所以会和吴三妹分开,主要因为穷。而黄院长之所以有本事管这养老院,在众人头上摸来摸去,主要因为她有钱。她仗着有钱,不停摸别人头,好像这么一来,她就能当每个人的长辈。

而钱,确是来之不易的东西。

黄院长许诺了我一包钱,让我去弄服帖施老儿。我弄服帖了施老儿,把老儿像个野猪一样搁到她脚下,她却迟迟没兑现诺言。

我本想搞到那一包钱远走高飞,现在却变成水里一条咬钩的鱼,走也走不脱。黄院长那包粉红钱成了一条结实的钓线。

过强来我阁楼里坐着,从他老娘给我的一箱啤酒里抽一瓶喝,穿鞋子的脚架我床铺上。我问他:"你有多少钱?"

他把一口啤酒含在嘴里,两只眼珠子在深眼窝里骨碌碌打转,慢慢咽下酒去:"你不是要跟我借钱吧?"

"不借,就是问问。"我说。

"这么跟你说吧,"过强放下啤酒瓶,竖起上身,脚终于踩到地上,"你别管我有多少钱,我告诉你得攒上多少钱,往后才能把日子过下去。"

"多少？"我洗耳恭听。

他唠唠叨叨掰开指头说这说那，无非是造房子讨娘子生孩子这种我们山里人也懂的事，不过他在山下不一样，样样事都要好大一笔钱！最后他说了个我想也想不明白的数目，反正，我觉得卖了我们的大山，也未必筹得到这么多。

我觉得他撒酒疯，想借酒劲头唬我，好让我目瞪口呆，村里村气让他取笑。我点点头，忽然很想点点黄院长许我的那包钱。那包钱好多，不知道点一点有多少，我拿去交给老娘管着，该多好！

"总而言之，小钱没啥可挣的，就够糊口，"过强醉醺醺地用酒瓶头颈敲打床栏杆，"只有小搏大，试运气，才能咸鱼翻身！"

"小搏大？"我重复他的话。

"对呀，譬如买彩票！要中上个头奖，你就可以把屎糊黄老板脸上，甩手不干了！"过强咻咻笑起来，一边笑，一只眼睛凑啤酒瓶口往里看，放到嘴唇上，仰起头一口喝干，随手把啤酒瓶从老虎窗扔了出去。这是他今天扔的第三只瓶子。

"听着，有个生意是可以抢的。"他卖个关子，又新开一瓶啤酒，喝了一大口，小口小口往下咽，"有几只老鸟身上有宝，藏得密密实实，偷是偷不到的。不过，一旦他们缺了钱，就肯抵押那些好东西。到那时候，不想挣钱都难！"

"那不是唐阿姨干的事吗？"我脱口而出。

"咦，你怎么知道？"过强上下打量我，"看来驾牛不傻，心里挺明白的哦！我想把这独眼的生意抢过来，你也来加一把？"

"她难道没人撑腰？你别惹她！"我摇摇头。

"喊！"过强吐出一个不屑，"我早摸清楚她老底，不怕她！"

"要不要我带你先去熟悉熟悉？"他又扔出去一个酒瓶。

"熟悉啥？"

"带你去收货人家里瞧瞧，人家可是祖祖辈辈吃这口饭的！"过强说，"哪天食堂去西湖边城里办货，我来叫你搭顺风车！"

施教练没被抓到警察局去。过妈妈在早饭桌上告诉我，施教练的女儿从吴三妹住着的那个大城赶过来，交了赔偿款，替她爹作了保。

黄院长请很多外头人吃了酒席，把案子办成一场普通的邻里纠纷。过妈妈说："多亏了你，驾牛，要不是你出面，这件事不知道闹到怎么收场；要是伤了外国医生，这养老院恐怕得关门！"

"外国人在这里干什么？"我问过妈妈，一边啃金黄温热的粢饭糕。

"外国人在搞研究。"过妈妈说，"山里孩子老实。你都拼着小命救了两次养老院啦，也没半点赏钱！"

我停下了咀嚼，我突然吃不下金黄的粢饭糕了，我就算把自己吃成一只肥猪，又怎样？黄院长不该把我养成猪，我也是人养的，上有老，自己要讨老婆，我得挣到钱！

过妈妈提醒我了，这赏钱明明是黄院长许诺我的，我脸皮再薄，也理直气壮！

当然，我还没到狗胆包天那份上。我抱着胳膊，乖乖坐鸡笼子楼下长椅上，任夏天的烈日透过树叶，烤得我浑身油汗。

黄院长下来过一次,她和一个陌生人说说笑笑,坐上她的黑汽车,一溜烟开出去了。我不敢走开,头热得发昏,跑到池塘边浸了浸,又回去坐着。我东张西望,怕看见我表舅,怕他盘问我在这里干什么。

好不容易黄院长的黑汽车开回来了,她和司机说着话,从汽车里一起跑出来。她猛然见我瞪着她,立马转过头去,又转回来上下看我。她笑了,招招手:"驾牛,你过来,我找你谈话!"

她带我进她的办公室,让我坐在我表舅常坐的那个沙发上。她自己拉开抽屉,到处乱翻,很久没说话。我起先有些发窘,不过,我反复告诉自己:"就好比为娘当一回债主,好比为吴三妹讨一回工资吧!"我很安定地抱住两只膝盖,无论黄院长何时开口讲话,我都等着她。

黄院长翻遍了桌子上和抽屉里的所有东西,好像还没找到她所要的。她叹了口气:"驾牛,你不是个傻瓜。你等着跟我要钱对吧?"

怎么回答呢?我木然听着黄院长的声音。钱,我不愿意把它当成水和饭菜那样的东西,不过,它却决定了我和娘、我和吴三妹之间的远近。我当然要钱,不过转身就会给出去的。

黄院长叹口气:"你越是不说话,我越明白你喜欢钱。这没什么可难为情的,驾牛!想当初,老娘我也曾两手空空,怎么找钱钱不来,我尝过那种绝望!"

我脱口而出:"我把钱给娘捎去。"

黄院长愣了一下,脸红了:"原来你是孝子。我倒是想岔了!"顿了顿,她又说:"驾牛,我会把钱给你的,一共三万元,是你帮我解决施教练问题的酬谢。另外还有三万元,是我让你预支的。你要和我签一个协议!"

"什么?"我如堕雾中。

"喏,这里有个工作协议,你必须保证在金鹤养老会所正常服务满五年才可以完全享受协议规定的福利待遇,否则,如果你提早离开,我给你的这些钱,你要归还很大一部分。明白吗?"

我不明白。那包粉红钱,一捆捆扎着的,我虽是山里人,我也知道一捆就是一万元。哪里只有六捆的道理?我知道黄院长卖的是牛犊给的是鸡崽。看她意思,还要让我签卖身契。

我站起来,朝门外走。黄院长诧异地喊住我:"驾牛,你怎么不说话?"

我看看周围没人,就我和她,我说:"我娘是个瘫子,有钱没钱,我得回山去了!"

她很亮的眼睛瞪着我,脸上有种被人欺负的委屈表情,我很害怕看。我扭头要走,她说:"这么吧,我不能亏待你乡下人!这里是三万元现金,你先拿去给你娘。"

她走向我来,手里拿了三摞粉红钱,用一张旧报纸一包,放到我手里:"其他,你做够了五年,我该给你的,都会给你!"

我想把这钱还给她,可是,我把钱掂了掂,塞进了口袋,一言不发从她办公室里走了出来,一路走回自己阁楼去。

我心里很不是滋味,我觉得自己已经不一样了,从前我从来不想钱的事,也从来不跟人谈交易,天上掉给我什么,我就拿上什么,日子也过来了。现在我拿了钱,心里就沉甸甸,这沉沉的感觉让我微微恶心,还让我惶恐,我讲不出理由。

可是，想到可以把钱交给娘，或者到那大楼跟前找到吴三妹，塞进她手里，我就觉得有一种亢奋，好像自己做出了什么了不起的事情！觉得有口气可以从胸腔里吐出来，让我松一松。

我想了半天，把钱塞到床底下我放大蛋皮那块地方的后面，觉得放在这暗角落里放心。我手碰翻了什么，滚动起来，我摸过去，拿出来一看，原来是那个池塘底下捞来的竹子笔筒。

笔筒扔在床底下好久了，已经沾了很多灰。我想把它扔回去，可手里沉沉的。一个空的竹子笔筒不该这么重吧？我把眼睛凑到竹筒口子上仔细看，这还是一个空笔筒。

又有人敲我的门，我一下子心颤了颤，把笔筒扔回床底下，跳起来，就过去打开了门。

不是她，是我完全没有料想到的人：壮青！

壮青？我简直不敢相信自己眼睛！他人还没进房间，身上山窝子的气味已经满了我的鼻孔和胸腔，我被这气味一沾，泪水都要出来了。

壮青怯怯地瞧着我，嘴角浮起一丝微笑："驾牛！"

他手里提了东西，是我妈托他带给我的吃食和几件旧衣服。壮青说："你娘有人服侍，挺安乐。就是想你。"他送给我一竹管腌蛇肉，还有他自家树上的板栗。

"你娘的腿好点了，拄着拐棒可以走几步！"壮青说，"你表舅带了个外国人到山里，这是个医生，替你娘治了一阵子！"

外国人医生？我眼里浮起施教练在五号楼下大叫大嚷的场面，我曾看见楼上有一个拉着脸冷冷的外国人。是他？

我心里高兴起来，娘既然一切好，我心放下一半。又来了壮青，今天该好好庆祝！

"你等着！"我按住壮青肩膀，跳起来，一跑，跑出门。我跑到食堂厨房，过妈妈正坐在厨房外面树下藤椅上剔牙，她刚吃过午饭。

我跟过妈妈要了一只烧鸡、几个炒菜和一小瓶烧酒，又拿了厨房里搁着的早餐剩下的粢饭糕。我和壮青对着阁楼的窗户并肩坐在一起喝上了。

山里还是老样子，干什么都没钱赚。以前还有那狗日的老任来收山货，现在谁也不进山。年轻人都跑出山去，只剩下老的，宁愿窝着不动。我家隔壁的老四和他家老二老三都跑出去往南边打工了，只剩老大守家。壮青喝了几口酒，笑骂："老四扔下老婆就走，现在头上都该发绿了！"

我知道他和老四不和，只装糊涂喝烧酒。壮青看看我，说："他家老大新选了村支书，满山坡守空房子的女人都看他是只好猴王呢！"

我笑笑，没胃口听，慢慢啃我的粢饭糕，这东西壮青刚来吃不惯。壮青就叹了："可惜吴三妹跟老任跑了，否则你小子倒好福气！"

我喝口烧酒："她没和老任怎么样。我见着她了，在城里好好过日子呢！"

"啊？"壮青一口酒喷膝盖上，"你见了吴三妹？她一个人在城里过日子？"

一句话，把我本来就虚的心捅碎了。壮青还没收口："你没好好替大家揍她一顿管教管教？她一个人在城里过日子？驾牛你真信？"

我眼前转纸风车一样转过那天吴三妹的影子，她的衣服打扮，那个老外国人，还有她看着我的神情，我一时间觉得她瞒着我过不可告人的日子，一时间又相信她为了挣钱一个人在吃苦。我摇摇头，对壮青说："我有什么资格管教吴三妹？我和你一样，是个山里人，除了力气，什么都没有。"

等壮青走了，我打开我妈给我的东西，里头有她老人家叫人代笔的一封信，除了家长里短，她告诉我，有人一直在给她寄钱，尤其她生日前收到一笔整钱。

除了吴三妹，还会是谁呢？

我觉得我必须找人说说心里话，不是我和壮青或过强说的那种话，是我必须和信得过的人商量的那种。金鹤这里哪有我信得过的？我又不能跑回山里去。我想，再这么下去，我只能对着墙壁，开始练习和自己说话、跟自己商量事了。

我乘着酒劲跑出阁楼，没一会儿，我站在吴姥姥和葛婆婆面前，两个老太婆张大嘴看着我，我清了清喉咙，问："找梅姐说话要付钱吗？"

吴姥姥诧然道："梅姐？"

葛婆婆像只老鸹嘎嘎笑，她拢住自己嘴："小哑巴要说话？"

我把一张粉红钞票扔在两个人膝盖边，走过去，一把推开了梅姐的门。

梅姐正坐在窗边床沿上梳头，她头发拉直了，发出河流般青光，她转脸斜了我一眼，继续温柔地在长发上抚摩，空气飘来暖暖发香。我把身后门关紧，靠在门背上，看着她。

"找我？干啥？"梅姐冷冷问,这种问法,像个有年纪的女人。

"我媳妇跟人跑了。"我没头没脑地说,"可我又见着她了。"

梅姐的梳子像一只船停在头发上,她慢慢儿地拉直长发,抬头问我:"你还要她？"

她的话像把锥子刺我心,我五官全挤到一块儿,泪水在鼻腔里打旋:"我本想拿把刀割了她!"

"哦？"梅姐拿掉了梳子,头发掉回去,像蝴蝶收了翅膀,"怎么？割不下去？"

我可耻,泪糊了脸,哽咽得说不出话来。我猛一下打开门,对门外偷听的吴姥姥大喊:"滚!"吴姥姥一屁股蹲坐翻在地。

我关上门,抹掉泪水:"不是割不割的事了。她变了,我找不回人来了!"

我告诉梅姐吴三妹现今的模样,她在哪样楼里上班,跟个城里人一模一样,有外国人罩着她。连跟她说几句话,路上人都得看我,像我是个叫花子。

"原来是这么个故事。"梅姐点点头,把女人用的奇奇怪怪的小瓶小罐收起来,"你还想把她找回来,带回山里去？"

"不。"我想明白了,摇摇头,"我不准备为难她,我只是担心,不知道她的日子难不难？我想能帮上她。"

梅姐摇摇头:"难不难全是她自己选的。驾牛,她已经和你分开了。你懂吗？"

我泪眼模糊地看着梅姐,梅姐带着那种心疼人的眼色,还在掂量她自己的话。

她说得在理啊！可我不想就这么罢休！"我想给她送点钱。"我低头说。

"送钱？"梅姐笑了。

是啊，我是个可笑的傻瓜。我若有钱，吴三妹还会跑掉？我用点小钱，是想买回她的心？

"可是，我心里终究放不下，老想着老想着，怕她受欺负。"我吐出口闷热而悲苦的气。

"那是把她还当着小妹妹吧？"梅姐含笑。

"你们男人容易上这个当，"她摇摇头，"女人心早就大了，样子还是孩子，骗得你团团转。驾牛，听我一句劝，飞走的雀，就算回门来看一眼，心也早远了。趁早忘记，老老实实另外找一门亲，过上几年，你就好起来了。"

我听了心一凉，却也一松。正发呆，梅姐从抽屉里拿出样东西："你看，我年轻时候，也这么从一个男人身边跑掉。这是他找着我，给我的东西。"

我大为惊奇，走两步，接手里，手心一凉。我凑窗边亮头里一看，是只玛瑙的蜻蜓。

"他好不容易找着我，干脆利落，就递给我这个，说是留个纪念，转身就走了。这是他家传家的宝物。这男人，让我记了一辈子。"梅姐的眼神远了，从窗口飞出去。

"别没出息。"她叹口气，对我说，"驾牛，你该回去了！"

我从梅姐房里出来，晃晃悠悠跑到外面草坪上，天地仿佛换了颜色，又暗淡，又陌生。梅姐是见过世面的女人，什么样男人她没看透过？什么样女人她又会看不透呢？被她这么一说，吴三妹不再是我山里熟透的吴三妹了，她野了，主要是心长野了，成了大城里头的吴三妹。外国老头不叫她吴三妹，管她叫崔西呢！

"崔西！"我对着柳树大喊了一声，哈哈大笑。我又喊："崔西！崔西！崔西！"

我不认识崔西，所以，别再装认识。

梅姐要我有点出息！有出息，就没崔西！

二

夜里，我吃了顿饱饭，挑出深色衣裤，准备半夜结扎停当，去五号楼当壁虎。整个金鹤会所里，也只有鸡笼子楼和五号楼我没攀上去偷窥过。

我对偷窥已基本没兴趣，只是要完成表舅交给的差事。我现在，一下子既不用想老娘，也不能想吴三妹，心里空落落。孤单单一个男人没着落，就像夜色蝙蝠，撞来撞去，没个投靠处。

我很想找个空就离开金鹤，也不必去和表舅打什么招呼，我一路就去找老朋友老四，壮青说老四家几兄弟都去了南方打工，我也想远走高飞，去看看世界。

我手里有黄院长给的赏钱，够了。我这样吧，替表舅仔仔细细看清

127

楚五号楼的光景,我就不辞而别,从此再不回这地方来。南边要混不下去,就回山种地,替老娘养老送终。

想明白了,心里又苦又踏实。我等着静夜来,便在椅子上低头打盹。

我一下子梦见了老任!老任戴着乌黑闪亮的墨镜,在一个暗角落里看着我。我心头一凛,梦里先往后退一步。老任的确是比我高,他的肩膀是宽宽的,仿佛里头有个木架子撑着;他脸上斜下来深深的皱纹,就像电影海报上的美国牛仔。老任在暗角落不动,他只是朝我点头。

我慢慢朝他挪步过去,我的手伸在裤兜里摸,裤兜空空的,没有拿来砸他的东西。我不明白自己为什么想砸老任,老任收我的山货,给我零用钱。

奇了怪了,老任不是干脆利落的老任了:老任着了谁的道儿,他的身体从腰那儿开始被人砌在了墙壁里头,连后背也砌进去了,他只剩下头和两只手臂是活络的,人挂在棕色发红的墙壁上!

"驾牛。"他忧伤地招呼我。

"你这只老狗!"我听见自己骂道,"你低价收我们的山货,转手能赚大钱!"

"不是这样的,驾牛!不是这样的!"老任低下头,一眼都不看我,他的声音无比忧伤。

我在梦里忽然想起了吴三妹,我使劲儿想。吴三妹仿佛和这老任有什么说不清道不明的关系。咦?吴三妹人呢?我怎么好久没见她啦?

我梦里的忧伤超过了老任声音里的忧伤,我的额头发胀。老任像一条蛇一样突然抬起头,一句话像蛇信般刺过来:"驾牛,不要误会我!吴三妹的事情,同我没什么关系!"

吴三妹的事情?难道她真出了什么事?我一把揪住老任的衬衣,那上面湿漉漉滑腻腻的,让人恶心,"说!吴三妹怎么了?"

老任的身体牢牢嵌在墙壁里,他是砖头里绽出的妖。他在墨镜后眨巴着眼睛,嘴里散发又酸又腐臭的口气。老任张大嘴巴:"哎哟!哎哟!……"

我突然一摆头,醒了过来。老任喊叫的声音还在耳边,我出了身透汗,喘着气。仿佛刚才有人在门外喊我,但我不能确定。

我向着门转过脸去,一眼看见了门边的白色信封。有人把信从门底下给我塞了进来。我拿起信,这是没盖过邮戳的。上面什么名字地址都没写,用糨糊封过口。

我撕开信封,里面是折叠好的一张白纸。展开白纸,上面写了一句叫我吃惊的话:五号楼有鬼!

我在五号楼住过,我让水蛇咬了,五号楼的医生救过我性命。回想起那里穿白大褂、脸躲在白口罩里走来走去的女人,木头桩子般躺在病床上等死的老鹤,抢劫半死人的护工婆子,还有将所有人吞没的卫生药水气味,我不相信那里会闹鬼。五号楼和我这辈子去过的所有地方都一样,到处是人。所不同的是五号楼多了些没力气互相计较的木头人,他们快要过完吵吵嚷嚷的日子,把床位腾出来……

哪个写了这句话塞给我?我心头一紧,终于明白自己心里这些天隐隐约约不着落,不光为吴三妹,还有一个原因:有人在暗里盯着我!我的一举一动,甚至我藏着掖着的小心思,也许都落在一双我不提防的眼睛里!

是哪个?哪个这样子瞪着我?我表舅自然是一个喜欢瞪着我的人,不过我觉得不是他。难道是黄院长暗里瞪着我?她为啥?给了我三万元,怕我溜号?又或者?对了,恐怕是施教练那一班人,他们恨我,要给我颜色看?我忽然心里一惊,想起那夜偷窥唐阿姨搬东西时身边闪过的黑影!那是谁?如果不是飞贼,那么,他在那里干什么?是跟着我吗?

油汗滋了我一脊背,这可有点瘆人!我是个山里人,天不怕,地不怕,就怕走山道背对了狼虎豹!背后让眼珠子盯上,这是山里人的噩梦之一。

不行!我可不傻!不能让别人牵着鼻子走!

我换上深色衣服,直接从老虎窗跳出去,不一会儿就顺着落水管,落到了地上。不过,我可不去五号楼,我偏偏要反着来!我到处看看去,然后我猛一转身,就把身后跟着的那家伙揪住,看他到底是哪个?

月亮已经过了头顶,老鹤们都归了楼,孤魂野鬼才到处乱逛。天已过最热时节,到半夜这时候,有了点凉爽意思。我也不知道到底去哪里,顺着树林子边边,随脚乱走,避开橘黄色路灯,好不让人看见我。我仿佛跑过了池塘,杨树叶子哗哗响。我愣是一下子停住脚,刚才我眼角瞥着什么啦?我心脏怦怦跳,伏低身子,躲灌木后面,贼一样摸回去,那池塘里有动静!

惨白月色下,池塘里有个人憋着气在扑腾。他不是在游泳,仿佛是练习憋气。人嘶一声往上一耸,头冲下扎猛子,两只瘦腿在水面上扑腾,人没了。过上一会儿,头从水里直冒出来,又是嘶一声大口吸气,两只手拍打着水。压低嗓门在骂:"见了鬼了!"

原来不是过强。听声音,竟然是个老鹤! 一只老鹤身体这般好,半夜在凉水里扎猛子? 真是怪事!

我远远看他从塘里爬出来,撩起地上的衣服往身上披,气咻咻的。这恐怕不是我认识的某个老头,这应该是个从来没见过的老头!

那怪老头穿了衣服,佝偻着腰往四号楼走。他那佝偻的样子我见过! 不就是那个半夜在房里读报的糟老头吗?那夜,他在房里看走廊里的施教练,我在窗外看他。原来是这么个奇怪的东西!

我转身继续走我的路。前头是食堂了,留着一串发白夜灯,门紧紧关着。夜蛾子绕着食堂翻飞,发出噗噗声响。我灵机一动,往我熟悉的后门口暗影里一钻。手试了试门把手,拧不动。我就势往门把手下水门汀地上一坐,头埋到膝盖中间,像只西瓜虫般软下来,抱团在温热地面上,眼睛睁得大大的,看着我的来路。

食堂边的空气中不时飘来泔水味,让我恶心。我捂住鼻子,眼珠瞪得凸出来,守候那个暗中跟梢我的家伙,要看看他到底是谁! 可惜,那是个精怪,毫无影踪可觅。远处只有孤寂夏夜,充满连续的蟋蟀声,宁静昏黄。难怪我一直心里怪怪却想不到提防,这是个难对付的家伙,连山里来、会打猎的驾牛我,也摸不到一点动静。

我坐起身,本想站起来继续走,可是,突然我好想就这么坐着不动,夜风吹过我脸颊,像女人温柔的手指。娘曾经用她干活儿干脱皮的手指抚摩我脸颊,吴三妹用她温热而滑腻的手指抚摸我下巴。我现在明白了,女人手指带着仙气。一旦没女人手指在我脸上划拉,我的力气就慢慢离开我,我像枯干的棉桃,像巨大的老丝瓜,少了活气。如今,我就是这养老院夜色里的孤魂游鬼,吃饱了肚子,在黑里乱摸。

我垂头丧气地绕过食堂,顺着鸡笼子楼墙根走。鸡笼子楼锁得牢牢的,夜里看,更像一只上锁的铁盒子。我走过一号楼,很想看看施教练和廖老头打架;走过二号楼,想看看独眼唐在深夜里梦游;三号楼今夜没人吃喝;四号楼的牌局稀稀落落只剩了几个老头……我确认今夜没人跟踪我,我直接走到五号楼门口,那些被施教练砸掉的玻璃窗早补上了新玻璃。我踮起脚,一眼看见了躺满木头老鹤们的底层大厅。

我钻到黑影里,找到坚固的落水管,慢慢往楼上爬。五号楼一共才三层,不过它是一个大大的正方形楼,比三号楼、四号楼要大一倍还多。困难的是五号楼没窗台,落水管之间的距离大,我很难横着从没窗台的玻璃窗口游过去。我不得不一扇扇拉开没闩住的玻璃窗扉,然后借脚在窗口沿上。假如有人突然看见我,受了惊吓,只要扑过来一推,我驾牛就难免变成没翅膀没甲壳的天牛,摔到水泥地上去挺尸。

二楼没什么可看的,都是一间间医生房间。桌上放着塑料人像,上面点了很多点,有的人像上扎了针,像山里老太婆人背后干的恶事。有的房间放我看不懂的东西,是拿来治病的。我不懂为什么每个空房间半夜都开着灯,难道灯不用油就不花钱?

我费了气力精神绕了一圈二楼,都是一模一样的空房间,一个医生护士的影子也没有,看得我一脑袋空白。我攀着落水管往三楼一探头,可怪了,里面明明亮着灯,有人影走动,却密密挂了白乎乎的厚帘子,什么也看不到!

我有点担心五号楼的墙面,窗户都关紧了,我找不到踏脚地方,毕竟,我脚上没壁虎那种黏黏的脚蹼。

我端详了一下三楼的外墙结构,先直接爬上了房顶。房顶也是个平台,干净得什么东西都没有,铺了层白花花的沙石,踩上去就是一个鞋印,鞋底花纹一个点子不会漏掉。我拿出跟猕猴学的功夫,脚挂排水沟,人倒挂下去,竭力往窗帘子里头看。窗帘上头挂杆子的地方布垂下去,水纹般一条缝,我凑到玻璃窗上,朝里头偷看。

都已经夜半三更了,五号楼的三楼还那么多人在干活!这层楼似乎没房间,是个大大的平层,跟底楼有点类似。不过底楼全是病床和不死不活的病老鹤,三楼却满是活蹦乱跳的人,半夜里全在动弹。我先看见几个穿白大褂的在几个躺着的人身上看这看那,手电筒照喉咙,一个铁饼子按在胸口,铁饼子生了根,钻进医生耳朵。白大褂都戴眼镜,指指戳戳,有的手里拿个木夹子,上头夹着本子,拿笔往上头记。接着,白大褂就让开,一个扎辫子的护士戴着大口罩,过来给躺着的人打针。

我慢慢挪动脚背,勾着排水沟往右边移,转过了五号楼对着四号楼的面。这一面,靠着窗,我才发现是一间长方形的房间,有几道门通向医生工作的大厅。从刚才那个面看,是看不出有这么一间的。

这房间里闪着暗淡的粉红色的光,里面有一排排小床,小床上躺着一溜小孩子,个个睡得沉沉,没一个穿衣服,全光溜溜肉乎乎,看了叫人喜欢。

奇怪的是，每个小孩睡的床都像个笼子，上面有木栅栏围着，顶上都用铁丝网封了，小人儿怎么也跑不出来。我纳闷这里又不是幼儿园，养老院哪来这么些孩子？

本来我已经慢慢要拐弯到背着四号楼那一面去，却有样古怪让我停下来。我愣怔了一会儿，把脚慢慢往回移，睁大眼睛，仔细看每架小床背后墙上挂的照片。

这照片都是标准人像，就像身份证上用的那种。一个小床对准一个相框，相框里有比真人脸还大一张相片。前面五张像我不认识，第六张相吓了我一跳，宛然是那个吴姥姥！我看看小床上，那孩子撅着肉屁股趴着睡，头发没长齐，根本看不出是男是女。难道是吴姥姥家的孩子？第十二张照和第十三张照竟是施教练和他的男老婆！十二床的小孩看来比其他孩子都大，皮肤发黑，脸也大些，他朝天睡着，我看见他的小鸡鸡，比皮肤更黑；十三床也是男孩，睡觉的姿势安安静静，往一边侧着，小脸轮廓很细巧。再往后看，我看见了廖老头身边那个莉莉的照片，还有一两张，能让我想起是这院里的老人……

我退到顺着水管爬上来的原点，就势朝另一头拐弯。现在，医生工作的大厅又回到我眼里，这边，一群医生正围着两个人聊天吃点心。两个人，一个是胖子杨医生，一个是那个冷冷脸盘的外国人，显然他俩是这里的头，医生都毕恭毕敬跟他俩汇报。他们吃的是小饼干，桌子上还有绿葡萄，手里个个端只小杯子，里面的东西我懂，是苦热水！

杨医生站起来，在一张大白纸上画画，大白纸挂在一个木头架子上，医生都朝那白纸上看。我也看，不过我看不懂，是些奇怪的符号，圆圈和十字组合在一起,一会儿圆圈在上头,一会儿十字竖在头上……

我竭力翻回顶层平台,夏夜的风带着树叶的熏香,让我缓过气。我手足疲软坐在白沙粒上休息,我其实没看过医院,不知道医院是这么个样子。

我汗收了,站起来准备顺落水管下去,回阁楼睡觉。刚刚把腿跨出女墙,我不由得猛回头:没看错,白沙地上一串鞋印! 鞋印斜着穿过平台,到我在墙边留下的脚印旁为止,然后脚印顺着走回去,到另一边墙边消失!

上来时我肯定没看见沙上有这么多脚印! 我倒挂着偷窥时,难道有人就站在我背后看着我? 冷汗控制不住从我背后冒出来,心跳得要从喉咙出来。我手脚软了,根本没法攀管子下去。我就地坐倒,靠在女墙上,等着医院里的人上来拿我。

等着被拿的时候,我控制不住自己思绪,一个劲儿回忆山里的旧事。那时候我还小,还是拖着鼻涕的赤膊虫。他们告诉我娘,是在山顶上四悬崖那个最出名的龙牙尖尖上发现我爹尸首的。

我爹没别的本事,不过他打猎的本领仿佛是老天给的,我们家就靠他打野物过日子。娘侍弄一点青菜萝卜,养几十箱蜂子,只能添点零用。爹不爱说话,成天拿个烟袋,身上全是烟叶味。他出去打猎前一定跳到山溪里洗澡,嚼一大碗茶叶末子,然后换上娘洗净晒干的衣服。这是他怕野兽闻到他气味,让他白跑一趟。

瓦罐不离井上破,将军难免阵前亡。爹一辈子打过那么多野物,凶的野物有狼和猞猁,还空手逮过蝮蛇,可最后还死在野兽手里。

谁也说不出那是什么兽类，没人看见过我爹背上那么深的爪痕，也没听说过什么野物不咬人的喉咙，而是咬开人的脸。反正，他们不让我娘看我爹的脸，只让她认了衣服，就把尸首抬走烧化了。打猎为生的爹，像一阵烟从我回忆中消失，从此我就同娘和三妹相依为命，过靠人施舍的穷日子。表舅家是我们最大的施主。

天光发青，也没人上屋顶来找我麻烦，我抖擞一下颈背，站起来，那道脚印很模糊，跟我的脚印比，那人仿佛身体腾空，半滑半走，鞋底的花纹全糊了，甚至看不出鞋子的尺码！我的鞋印，清清楚楚刻在那里。

三

施教练带着他那帮人灰溜溜搬出一号楼的那个下午，天晓得我是恰巧路过，绝不是特意去看笑话。哪怕施教练认为我驾牛是个幸灾乐祸的帮凶，我也宽慰自己并非那号人物。廖老头在我眼里和施教练同样不是东西。我一开始两边不沾，后来也只为黄院长许诺的赏钱，两次扭脱施老儿的臼而已。而且，谁都告诉我：这么做，反倒救了施教练！

施教练为挣回点面子很吃劲。他在搬出一号楼前一周，天天带三个老婆和廖老的人马在一号楼干仗。他甚至带三个老婆一起到三号楼、四号楼到处问：有谁愿和他们对调？对调到饭来张口、躺着拉屎的一号楼去？

他们不能再和虚伪阴险的退休狗官廖老头同住一个屋檐下了：要么黄院长明辨是非主持正义，把廖老头一伙从一号楼赶走，要么施教练就和自己的老伙伴们一起，宁愿牺牲舒适牺牲福利，搬到四号楼或三号楼住。

听说施教练三个老婆齐心，都铁了心跟施教练走。至于那几个老是不言不语的中学同学，说什么也不肯去四号楼，赖在房里生起病来。

那天下午天还挺热，我在院里找我表舅，见他背着手站在一号楼外香樟树下看热闹。我听见嘭一声，施教练往水泥路上砸了一个热水瓶；紧接着又是嘭一声，他男老婆虎着个脸，也往地上砸热水瓶。两男两女，也没别人帮，自己拖着拉杆箱，背着双肩包，往我们四号楼去。

我那时都不知道方头老儿搬家的事，我只是好多天没见他，心里好奇他怎么样。他女儿我见过，给他写了保证书，那他脾气是不是会改一改？

谁知道这火暴猴子本性难移，他本在气头上，一点面子没存下，正到处找人撒气呢。他远远看见我，就怀了恶意。我朝表舅背后踅过去，方头施老儿对准了我，扬手要扔一只不锈钢保暖杯，冷不防看见表舅在我身前，手顿时偏了力，一只钢杯子斜飞过来，打在我表舅脚面前一点，弹起来砸表舅小腿上。

只见我表舅惊跳起来，大骂一声娘希匹，他一扭头看见我，大喊："驾牛，给我卸了这疯子的手臂膀！"

我心里犹豫，身手可没搁下。我知道这老头是砸我，等表舅想明白了，说不定还要来怪我，真不如先下手为强，省得又闹什么事。说时迟，那时快，我已闪身上去，先一把扭住了施教练的背包带，往后一扯，正要依样画葫芦，像上两次那样下他的臼，施老儿惊得像牲口那样狂嘶起来:"啊！啊！救命！"嘴喷蒜臭。

只见他男老婆一个扭腰朝我表舅跟前跑，手里明晃晃一把尖刀，围观的老鹤齐惊叫。我表舅摆开一个架势，像一只醉猴，倒退三五步，身手好漂亮！我心朝喉头挤上来，拉紧施教练背包带，不让他转身。男老婆立定了脚跟，尖刀倒转，对准自己脖子，朝我表舅喊:"你敢下他胳膊，我今天死给你们看！"

男老婆声音完全变了，这嘶哑发暗的音色渗出一种奇特的吸引力，就像一只狗快被车轮轧倒前发出的叫唤;或者你拼命捏一只知了的腰肢，它不得不叫唤，直到腰肢在你手下破裂，那最后一声……我当真了，我表舅当真了，所有围观的人都拿男老婆的话当真了！

表舅一扬手，我放开施教练，跳开三五步。表舅对施教练喊道:"走你们的！别要死要活，死得难看！"

施教练两只手臂互相摸来摸去，他恐怕已认定我又一次扭脱了他臼。他呼哧呼哧喘气，叫骂道:"驾牛臭小子，你个王八蛋，叫你死在我手里！"

男老婆退回去，满脸泪水，像个婆娘。他扶着方头老儿，和两个老太婆一起，不声不响朝四号楼去了，像山里人春天没种子可撒，出去逃荒……

我风闻施教练四个住到四号楼三楼了，和我的阁楼各在一头，他们占了两个朝南房间。饭食还是由食堂的人按菜牌送，只是到了四号楼，不能讲排场，免人嫉妒，就每天用塑料饭盒盛，跟叫院外头小店盒饭差不多。施教练浅池子养住了王八,成天不出小房间门,吃喝拉撒带洗澡都在房里。这两套房和别的不同,是四号楼里最有模样的,还有个蛮大阳台,供两套房的住客一起使用,能喝茶看景。

黄院长满面春风,召集了院务会,连我和过强也被叫去。市区那些养老院,已经组团到金鹤来看,都夸这是块风水宝地。院务会上廖老头又成了金饽饽,往主席台正中落座,黄院长反倒坐他偏手,另一边我表舅傍着他。

廖老头很有调调地给养老会所员工讲了阵子话,我云里雾里飘,不懂得他是养老的闲汉还是上头领导。等他啰里啰唆叽咕完,黄院长接话筒,明确通知我们:"明人不说暗话,金鹤就要搞大了!你们听好了,往下有你们忙活的。市里陆陆续续会有新老人过来,我已经开始在院子后头造六号楼和七号楼啦!现在搬进来的,暂时可住在办公楼底楼大厅。等新楼一落成,就搬进去。大家别怕辛苦,工资肯定要多发。跟着我干,不亏待你们!"

表舅的态度很让人费琢磨,他没精打采,吞吞吐吐地说:"黄院长说得很明白了,我就不用啰嗦了。大家知道这会所姓黄,是黄院长的。黄院长怎么说,我们就怎么做!我负责具体工作的安排,纯工作的事,暂时由我给大家分派!"

黄院长抢过话筒:"李总管谦虚了。没李总管,这个养老会所就是转,也是没汽油的车轮子。我把话说明白,这会所所有具体院务,过去、现在,包括将来,都归李总管领导。他说了算!"

表舅翻翻白眼,抬额头看天花板,不怎么受用。

开完会,表舅没找我说话,我跟着廖老头出门,廖老头瞥见我,特别亲热:"驾牛!好久不来一号楼啦!来,大家都念叨你,想你的好呢!来,跟我来!"

他几乎扯着我往一号楼去,肿肿的眼泡眯缝成亲热的肉核桃。我一进一号楼,几乎吃一惊:一号楼变了样啦!

但见一楼大厅刷成了湖水的淡绿色。老沙发不见了,全是崭新的牛皮沙发,摆成一个阵,四四方方。地上花花绿绿,耀得我眼疼,仔细看,才看出毛毯子铺了一地。电视机不见了,靠墙放一个屏风,黑色木底,上头是古代美女和古画牡丹。

廖老头扯住我胳膊,不让我动弹,他扯嗓子喊:"看我把谁带来了?"

莉莉笑嘻嘻的,手里拿两双花布鞋,扭腰过来,她穿了件奇怪的花衣服,腰里收得特别细,两腿边开着叉,露出白大腿!脚下一双黑皮鞋,走起来脚后跟挂着俩拐棍。她笑眯眯说:"驾牛,换干净鞋,进来坐!"

廖老头那帮老头老太都在这花哨厅房里,坐皮沙发上看着我笑。太阳照进来,射在中间挂的大吊灯上,上面玻璃珠子一串串垂下,发五彩光。

那个文绉绉的老头说:"驾牛是功臣啊!要不是他几次出马,治住施老鬼,能有今天?"

莉莉笑说:"该怎么谢谢我们的驾牛呢?"

我浑身一激灵,鸡皮疙瘩起了满胳膊满颈子。我得马上离开这儿!

廖老头在我肩上一使劲,把我按进了皮沙发。皮沙发有股好闻的牛皮味,坐在上头凉凉的。

"这沙发好不好？驾牛？"廖老头朝我挤挤眼，"黄院长出钱给配的！"

我东张西望，廖老头笑了："莉莉，你带着驾牛到处看看，让他小伙子开开眼界，将来买结婚家具有点眼光！"

黄院长大概发疯了，她给一号楼买了数不尽的好东西！

廖老头他们全搬楼上去了，原来底楼睡觉的小房间现在敲了墙，变成了一个又大又明亮的房间地，当了老鹤们的餐厅。莉莉摆胖腰摆得像小孩子玩呼啦圈，她笑眯眯带我上楼去，铁扶梯重新漆成白色的了。一朝二楼探出头，我就张大了嘴巴。莉莉嘿嘿笑："驾牛，咖啡喝过吗？来，我给你现煮一杯外国货！"我知道苦热水这东西，很难喝，喝了还上头。不过这喝苦热水的过厅真漂亮，四壁都是花里胡哨的洋柜子，放着亮晶晶的壶和白玉那样的杯，窗口和圆桌上都有粉红百合花，坐的椅子也弯曲了背，上头有圈圈雕花。

"驾牛啊！我既然对这养老院有点贡献，就不能不报答你出的力啊！"廖老头健脚猪般拱上二楼，眉飞色舞对着莉莉而不是我，"莉莉，让驾牛在二楼图书室读书吧！我们轮流给他上文化课！"

上课?念书?我心脏急跳，从凳上起来，把桌子撞了一下，发出沉闷的一声咚。我龇牙咧嘴，抚摸撞疼的膝盖。

莉莉笑了："驾牛？你识字的哦？读书读到几年级？"

我读到几年级？他们不知道山里没学校，我们识字都是族里选个长辈私塾教的。说是私塾，其实就是到平时不用的祠堂。我们也不天天上课，农忙了就要去水田帮忙，或上山帮着背东西。爹死了之后，娘就把我书包洗了收好，第二天我就成了成天干活的山里男人。让我读书？在这一号楼里喝着苦热水，有不明白就问这些城里老官儿？这，这，我不是赚大发了吗？

廖老头打开书橱，东找西翻，把三本书放在我面前。我拿起来看，一本是《我的大学》，一本是《人生》，还有一本《公民道德与纪律》。廖老头嘴里发出一股酸气，他气喘吁吁地说："多看书对年轻人有好处，拿回去好好看，看完来换。以后，每个星期六和星期天你都来，我们轮流给你上文化课。"

出门的时候，除了书，老头老太还乐呵呵地递给我一个布袋子，里头都是花花绿绿的点心和蜜饯。我捧着书往四号楼走，心里七上八下，不知道该高兴还是要小心。心里想着事，一头在四号楼门洞里撞一个肥人身上，书和点心掉了一地。

真是冤家路窄，原来是施教练！他一个人下楼，跑得急匆匆，脸上全是油汗。他看也不看我掉在地上的东西，一只脚还踩烂了一块蛋糕。他跑出门洞，又掉过头对着楼梯上不上不下的细长眼老太喊："打电话！喊救护车！"

啊？谁出事了？我回头看看越跑越远的施教练，他在水泥路上狂奔，像只公山羊。我看细长眼老太，她喊我一声驾牛。我说："要我帮忙吗？"她瞪着我看了几看，摇摇头："谢谢，驾牛。你帮不上什么忙！"

救护车过了好久才嘀嘀嘟嘟开进养老会所，这里的五号楼没资格治疗和抢救自杀的人。三个看上去没成年的嫩胡子担架员摇摇摆摆从三楼把施教练的男老婆抬下来，他没死，但身上到处是暗红色血迹。他睁着眼睛,看着沿途围观他的人,脸上没动静。他的眼睛那样子哀哀的,像看什么东西看吃力了,隐隐有泪光。他就是那样子看着担架的正左,一格格楼梯抬下去,送进救护车。

施老头陪着他最好的兄弟去医院抢救。施老头哭了,哭得扭了脸,厚嘴唇龇开,露出发黄发黑的齿根。救护车呜呜转着红灯去远了……

四

天突然凉快下来,空气里飞满秋天气味,首先是青草芳香,其次是蓝天和云朵制造的清甜。过强招呼我上城里去,他还记着要抢掉唐阿姨的地下买卖:"驾牛,我们开个兄弟旧货铺,让那些老头老太把手里老货拿给我们去卖!"

搭着院里食堂进蔬菜猪肉的小货车上路,我和过强蹲在脏兮兮臭烘烘的车厢里,王大厨兴致勃勃地同司机坐驾驶室。我忽然发疯地想,西湖边的大城和吴三妹工作的大城并不太远!我抽了自己一耳光,让自己停止胡思乱想。过强斜睨我,笑了:"你想起谁来了?"

王大厨把我们扔在知味观门口:"去吃早点吧?晚上还这里碰头!"

过强扯扯难得穿的白衬衫:"驾牛,我请你吃馄饨!"

吃完抹抹嘴,我跟着过强在猴群般人堆里走。过强熟门熟路摸进巷子,东拐西绕,出来又是一条大路,大路旁一面面插了红旗,在风里招展。过强一嘴的笑,走进一家"春益古玩店"。我跟他后头,进去闻到一股檀香,几个瘦老头趴在玻璃柜台上,其中一个太阳穴上贴黑膏药。

他们看过强,像看一只树林里跑出来的野物。

"几个老骗子今天开没开张?"过强笑问。

"卖不掉!"一个筋肉巴巴的老头把一样东西从柜台里拿出来放在柜面上,我看看,那是一只破瓷碗,上面花纹都磨得看不清了。

"这是真货!"过强瞪眼道。

"卖得掉的是真货,卖不掉的管它是真是假?"瘦老头们哼哼着,笑起来。

"不识货!"过强拿起一些泡沫纸,把破碗包起,捏在手里。他冲我点点手指:"我兄弟手里有货,不过,你们给我的点,他不愿意。"

瘦老头一对对筋巴眼都看我,上下掂我分量,最后他们看明白了,摇摇头:"只能这个点! 生意难做。"

过强从瘦老头手里接过几张粉红钱,还有几张绿的。他拍拍我肩膀,说给那些老头听:"小气鬼赚不到大钱。我们另找有眼珠的!"

瘦老头一个个嘟哝起来:"小瘪三掼派头,像煞有介事! 货色驮出来看看?"

过强伸手到我衣兜里,凭空掏出一样东西,吓我一跳。他把东西放在柜台上,是一只黑乎乎的泥陶大知了。怎么有如此滋润的一只陶知了? 看了让我忍不住伸手去摸。过强一把捏住我手:"就让这几个老家伙开开眼好了!"

老头颤巍巍传递着陶知了,拿小眼睛瞄我:"你这兄弟哪来的?"

"大山里头。"过强的话神秘兮兮。

老头问:"放这里寄卖?"

过强笑眯眯拿回陶知了："让你们看看的。有人订了。"

贴膏药的瘦老头拉开抽屉，从里头数十张粉红钱，递给过强："你是小骗子，我赌一把！"

过强笑嘻嘻看看老头："再拿十张！"

老头紧张地瞪着过强看，几个一起摇晃着他们的头。

过强笑眯眯揣起陶知了，对我指指门。

老头哎了一声："我今天赌了！一千五！"他数着钱，把手伸出来。

过强叹口气，递给他黑知了："千万别贱卖了！是真货色！找人看看吧！"

我们走在秋天梧桐树下。"那知了是假货吧？"我问一声。

"是真货。"过强看看我，把嘴凑到我耳朵上，"贱卖了！否则怎么让老家伙以后相信你的货？"

"你赔钱了？"我很佩服他能赔钱。

他笑嘻嘻看看我："千做万做，赔钱买卖不做。我没赔钱，知了是我从三号楼里偷的。"

"啊？"

"臭驾牛，嘴张这么大，吃屎呀？"过强笑了，"偶尔当当贼很好！你不下手，早晚别人会下手。这些老货总要死的，别便宜了那个臭婆娘！"

"谁呀？"

"别问！"

我心怀鬼胎，问他："这里去边上那个大城要多久？"

"坐火车不过一个多小时。"他漫不经心地说。

我看看日头，都还没刺眼呢。我说："我不吃午饭了，得给山里娘抓药去。"

"抓药？去哪里抓？"过强摸摸头皮。

"我坐火车吧，去那个大城。"我的话，声音低得自己听不清。

"不跟我去按摩？"过强咕哝，"这里的按摩女郎漂亮呢！驾牛！"

我问了人，倒了公车，找到奇大无比的铁盒子火车站，我买了马上出发的票，跟着人群跑进铮亮的火车。火车在耕地间飞跑，树都成了窗户染的绿。我迷迷糊糊睡着了，一甩头，醒了，大城到了！

问了人，又有地下的火车坐，人家像牵头牛一样牵着我转来转去换地下火车，等我从地下火车站出来，一仰头，我就在吴三妹那大楼底下！苦热水店里坐满了人！我的心跳得我喉咙都堵不住啦。

我想起表舅，他上次坐在苦热水店的大玻璃后面，看着我和吴三妹讲话。表舅是怎么能找到吴三妹呢？这大城大得比我们的大山还大，到处是蚂蚁般人流，哪里看得见一个走在里头的女子？今天表舅不在，我心里又激动又担心。

我看看天，正午时分，很多店家在门外摆了桌子，穿外国衣服的眼镜郎都坐在那里吃午饭。我躲躲闪闪跑到大楼门口，在对面楼的落水管子边靠着，尽量往地下坐下去缩成一团，免得让走来走去的城里人打量我。

我抬头看这通身玻璃的高楼，玻璃都是蓝黑色，映着天上白云，怎么也看不见里面。吴三妹会在哪一层坐着，此刻她是不是要下来吃饭了，还是她根本不在楼里头？我咧嘴苦笑起来，等她，像不像我们在山里等一只传说中的獐子？

我闻见各处店里飘来的香味，有些香味让你的口水在嘴巴里涨潮，不得不马上吞咽下去，我知道我的喉结不太体面，它上上下下动得厉害。可是，我不能跑开，即便跑开，我也怵。我根本进不了那些眼镜哥搭粉姐吃午饭的店，不是因为钱，是我害怕。我都不知道怎么吃里头的东西，我怕人家看猴子一样看我！

我正抬头看大楼，一个胖胖的大姐，看打扮也是大楼里上班的，外国衣服上还挂着一串珍珠，走过我面前又倒退回来，上下看我，看得我害羞，低下头来。大姐慢慢朝我走过来，我瞥她一眼，她朝我笑呢！坏了！这女人莫非看上我了？我正飞红脸，要跑，大姐手里的饭盒子递了过来："老乡，你吃吧！新鲜的，我要减肥！"

我身不由己接过了她的饭盒，她高兴地一转身，竟然跳跳蹦蹦地走了。我脸红得像只老番茄：她把我当成要饭的了？她果真当我是个要饭的？

老天就是会作弄人！我托着饭盒，正回不过神来，吴三妹当头走了出来，她一身碎花裙子，飘着长发，一眼看见我蹲在地上。

"驾牛！"她狐疑地走过来，脸上有一丝喜色，看了看我手里的饭盒。

我把饭盒往地上一甩，像甩掉什么泥巴，我跳起来，看着吴三妹。

"你找我来了？"她眼一闭，一条熟悉的笑纹挂到她嘴角。我心脏跳得像中埋伏的小獐子。

"走。我们吃饭去！"吴三妹一把捏住我手腕子，我手往后一抽，躲开了。

她的笑脸僵硬一下，又舒展开来："怎么今天才来找我？我天天下来等你！"

她是个挺括的城里女人了，说起话来很有城里人的派头，还会撒一撒娇。这么一来，我仿佛觉得她长大了，我却退回去成了男孩，她不再像小妹，倒像我姐了。

吴三妹身上飘来一股子香，很像山里的椪柑叶子味道。她风风火火拐进一条小弄堂，推开一家小食堂玻璃门，带我进去。里面一下子暗了，没几个客人，放着似有似无的音乐，座位都用彩色的画屏隔开了。

吴三妹说："这里吃日本饭。安静。"

我没注意到底吃什么，我仿佛落在云彩里，又像是在梦里。这个女子，她是吴三妹，又不是吴三妹。不过，此刻她待我很好。有点像一个女子待她的情哥哥，却又不全是那样。我没喝酒，但我醉了。

吴三妹问了："娘收到我寄回去的钱了？"

我点点头。

"其实，"吴三妹犹豫一下，"其实，我挣的钱都还在我这里，我怕寄回去让人骗掉。驾牛，你拿回去吧！"

我笑了一笑，摇摇头，吃送上来的米饭和粉红色的鱼片。我不习惯。山里吃惯了腊肉，咬惯了有嚼头的东西，这软软嫩嫩的，给女人吃的吧？

"放在我身边，这钱也不安稳。驾牛，你代我守着！"吴三妹掏出一本存折，放在我面前。

我伸出手，抚摸着存折好看的封面，这上头印的红色的旗帜和金色的城墙,摸上去有叶脉的,很爱手。我翻开存折,密密麻麻一笔笔存了钱,我瞥了一眼最后的总数,倒吸了一口冷气。

"你? 你? 哪里来这么多钱?"

吴三妹泪眼花花地看着我,看得我心惊肉跳。她低下头:"驾牛!你把我想下贱了!"

"我没有!我哪里?"我急着反驳,却羞红了脸。

"我好好在外国人公司里上班呢。早上九点,夜里六点。我好好一个人租房子过着日子呢!"

我看看吴三妹,她的脸也粉红了,像秋天还在开放的荷花。我心里一动,心里一甜,积存在里面的酸苦,粉一样落下去……

我不知道吃了些什么,吴三妹也心不在焉。她笑眯眯招手让一个打扮成日本人的东北姑娘来收钱。我俩站起身,吴三妹挎起自己的包包,走在我前头,我什么也没问,被她的香气笼了全身,乖乖跟着走。就像在山里时候,她乖乖跟着我走,去没人的所在。

吴三妹突然扬起手臂,一辆蓝色的汽车停在我们面前。她让我钻进小汽车,自己坐到司机边上,小汽车穿过人群和商店,上了水泥桥,太阳照亮了我眼前一切……

五

我欢欢喜喜回到养老会所的那个晚上,因为喜欢得有点发疯,忘记了留神周围的阵势,着了猴子的道。

我确确实实在四号楼门口，看着刚刚升起的月牙儿傻笑。头上咚的一下，什么东西砸上来，我金星乱冒，头颅里钟鼓齐鸣，就啥也不晓得了。

醒过来，我躺在一个凉台上，两只手两只脚都被绳子捆着。我口干舌燥，喉咙冒烟。挣扎着坐起来。

施教练像只发福的山魈，蹲着看我，嘴巴上挂狞笑。他的男老婆脸色灰白，全身蜷在一张藤椅里望我，脸色疲得很，眼神也飘来飞去。

"臭放牛的！"方头老鬼骂我，"叫你死在我手里！"

我呆呆看着施教练，他嘴唇都裂开了，一个个小口子，嘴里飘出发烫的腥臭。

我本来无所谓死或者活，死在谁手里也没太大区别。可是，这个晚上我真的不想死。我本来已经觉得死是一朵灰色的百合花，嵌在山岩之间。突然，我十分害怕这朵百合，希望它离开我远远的，怎么也不要沾到我。我看着施教练的男老婆说："你好了？"

男老婆倒和善："我没死，驾牛！"

"说！你几次三番把我手臂拗来拗去像拧油条，是谁指使你的？"施教练气愤愤。

我看着他，觉得他可怜。

施教练劈头盖脸打了我一耳光，我眼前一花，舌头上咸乎乎。

"我不怕告诉你。"我尽量用既不害怕又不挑衅的声音对他讲，"不过，你得先放我。"

男老婆仔细看看我，轻轻说："老施，放开他！"

方头猴子哼哼唧唧几声，忍不住在我肩头上又狠捺了三四下，抖着手指，解开了我手脚上绳子。

我揉手揉脚，对施教练说："先给你赔不是啦！你老人家，我拧了你的手，本是帮你，只是你受苦了！"

方头老儿呼哧呼哧喘着想我的话，突然想明白，不喘了。低喝一声："谁指使你的？说了，放你走。我们的账一笔勾销！"

我看看那男老婆，男老婆合了一合眼皮，还朝我一笑。我低声说："不是我舅。"

他俩都一愣，马上又想明白了："早猜到了！"

"操她妈！"方头老儿恶狠狠一跺脚，踩烂一盆有花苞了的菊花。

我站起来还有点头晕，一摸头顶，好大一个包，疼得钻心。男老婆看我一眼，对方头老儿说："老施，给驾牛一个解释。告诉他我们遭了什么罪！"

施教练恶狠狠瞪了我一眼："不是无缘无故捺你，你当的好帮凶！"

男老婆悠悠地添一句："他们把我们当成了白老鼠！"

后来，我没把这件事告诉人。

我以为施教练会对我下狠手，可他仅仅捺我一顿出气，并不如我想象的那般恶。我对施教练和他男老婆的印象变了，原来心里硬的地方有点软下来，不知道为啥可怜这两个老儿。至于什么小白鼠，当时我没懂他男老婆意思，以为黄院长当他们老鼠，欺负他们胆子小。

吴三妹已占满我心，我没兴趣想任何其他人的事。我心里发生了一些叫自己也吃惊的改变。

我当然说不明白为什么，我只是浑身一松劲，觉得事情还没坏到不可挽回的地步。

吴三妹重新搂住我的时候，她不再是我熟悉的山里女人，她身上有城里的香味，她的气派也带了城里的模样。我本是在山溪里游泳，现在游泳还是游泳，却在江河湖海。我驾牛虽蠢笨，但不是个孬种。我不怵吴三妹，我一半忧伤一半快活，我干得很好，从她的表情就看得明白。

养老院里上上下下，没得像我一般游泳的人，老的忘记了怎么游，小的根本找不到水。像施老头和廖老头，游不动了，活在游的回忆里，以为自己打水仗，其实在干号；好像过强，他找不到哪怕一条小溪小瀑，他拿点钱，只换来一次又一次泡浴缸。

表舅总管养老院，他可以让很多人朝东朝西，不过，他眉心总锁紧紧，额头上有打不开的结。我从他冷冷嗤笑里，听见竹林在枯萎，竹叶变褐飘下来，人踩枯林子发出咔嚓咔嚓声……他不喜欢黄院长，却和黄院长一起弄着养老院。表舅越正经八百，越让我想起他爹在世时候红着鼻子放家鹅的样子……

唯一不那么可怜的是黄院长，黄院长是真正有钱人。她已躺在钱上头，就跟其他用力找钱的人不同了。她总带着老祖宗看歪瓜裂枣小辈们的眼色，忍不住伸手到人家头上摸摸。她早不游泳了，她躺在金救生圈上，把养老院当成个鱼塘。

施教练的男老婆自杀没死，就这么伙着施教练悄悄回四号楼。黄院长下了死命令,谁要敢在这当口去刺激施教练这伙人,立马从养老院卷铺盖滚蛋。表舅转述黄院长的话:"谁扯老娘内裤,我断他根!"这话重!

我兜兜转转,乘人不备,在施教练门上轻轻敲了几下。开门的是施教练的男老婆。我一把推开门,闪进去,把门在身后合上。施教练从床上跳起来:"驾牛?报仇来了?"

我食指竖到嘴,施教练和男老婆看着我,慢慢坐回椅子。

"我是哑巴,也不是哑巴。"我轻声说,"告诉我,他们怎么你了?"

施教练耐不住,说:"我们不是狗医生养的白老鼠,我不答应他们捏摸我的隐私。"

我悟到了他意思:"你不想让他们量你鸡巴的尺寸!"

施教练笑了笑:"他们不在乎尺寸,他们量了你,找办法榨你钱。"

我看看施教练,看看那男老婆,我问施教练:"他为什么要杀掉自己?为了不让医生知道他身体的秘密?"

施教练话哽在喉咙口,男老婆却幽幽然说:"我要告诉他们,我宁愿死,也不当他们的摇钱树。"

我瞥男老婆一眼,心头一凛,他的表情让我想起了一个黑夜:我倒挂在五号楼的楼壁上,看见男老婆和施教练的照片挂在婴儿床后面墙上。在暗夜相框里,男老婆就是一种行将就义的委屈表情。

我对自己获得黄院长和表舅授权的侦探工作十二分满意,迸发出前所未有的一股子激情。我想猜谜,想求证,然而,从哪里入手呢?仿佛一只蜜蜂熟悉了一大片花海,却不知道落到哪朵花上去。

六

秋天刚刚放凉，黄院长就开始了土木工程。现在秋深了，蟋蟀和油葫芦全改了鸣声，淅淅沥沥地低吟，在枯草里配对，干那不雄壮的勾当。六号楼和七号楼的土基已经竖起，工人们成天戴着塑料盔，绕黄吊车卸下水泥和钢筋。鸡笼子楼底层改建得更快，分隔成一个新宿舍区和附属几个洗浴室。

养老院满院怨声载道，只黄院长一个人满足地用手抹着自己疲劳不堪的脸，咧嘴笑。表舅的怨气已不加掩饰，他这段时间老带着我在院里逛，对我发苦毒牢骚。他更经常地拒绝去见黄院长，他派我告诉黄院长他忙着，或说他正头疼发烧，哪怕我编派他正奔走于厕所和床之间，也任我胡诌。黄院长心情不错，她根本不信我舅的鬼话，她说："驾牛啊，你舅是只老犟驴！"

黄院长仿佛积存了太多的快乐和满足，必须要对人说出来。她不让我走，指着沙发叫我坐下，拿花花绿绿的女人吃的东西放我面前，然后摊开图纸，没头没脑把她对扩建后养老院的种种念头告诉我。我没听明白，只记得她说会有更多老人，也会有更多钱找她投资在这些老人家身上。黄院长误会了我茫然的表情，她像哄白痴那样哄我："当然，钱不是拿来给老头老太吃喝玩乐的，人投资都为赚钱。别看老人院这些人样子不中用，其实值钱着呢，看你从什么角度掂量。"我茫然把她递给我的嘉应子放到嘴里，酸酸甜甜的。她忍不住越说越多，我就自己拿嘉应子，一颗一颗不停吃。

黄院长讲到高兴时分，总伸出两只肉肉臂膀，红色羊绒衫包裹住她的丰满，打个懒哈欠。她的哈欠放出灼热胃气，令我扭转头去。她打完哈欠，有时候不忘记调唆我："驾牛，年纪小小要拼呀！我小时候家里才穷呢！吃饭没下饭，只有几摊盐！穷日子有什么意思？你要拿出吃奶力气去挣钱！"

表舅听我给他学黄院长的快活，把头摇得像拨浪鼓："疯了！这女人一定疯了！"

他对我表现了异乎寻常的亲近，让我和他同进同出，几乎到形影不离的地步。我不纳闷，我知道他碰上麻烦了，他需要有个影子在手边，可以说话，可以发脾气。

过妈妈大概是表舅麻烦的核心。这胖乎乎的女人是个寡妇，喜欢说话。只要你待在金鹤足够长时间，又经常见到过妈妈，你自然慢慢心知肚明她和我表舅的瓜葛。

表舅好比是一只金丝镶碧玉的老螳螂，过妈妈就是那一朵烂漫丝瓜花。老螳螂躲在丝瓜花下，一幅天经地义图画。

只怪表舅这只老螳螂太成精作怪。表舅到城里很多年了，却把表舅妈撂在山旮旯里看家看地。他没儿子，只有个闺女，闺女也跟着妈，在山里过活。他一个人在这西湖边上待着，久了有个过妈妈并不稀罕。不过，山里山外，表舅这种精干的老螳螂全一个样，他们对自己挥舞的镰刀臂膀着了迷，比谁都喜爱自己。他有个过妈妈不是麻烦，麻烦的是还有过强。

我不爱说话是真的,不爱说话的人分两种,一种不耐烦看别人,总琢磨自己,我不是这一种,我是爱琢磨人的那种。我早就琢磨上了过强对我表舅的态度。

过强的名气现在越来越响,养老院的老鹤们现在管他叫过老板。他做生意的天分像雨后长蘑菇,没想到日头也晒不死它,后来成了灵芝。他当了老鹤们倒腾值钱货色的新代理,他在我阁楼房间接待那些郑重其事拿老货来寄售的老头老太。谈好分成,他搭王大厨采购菜米的车去杭州。过强一开始还不知道什么该做什么不该做,不过来回杭州几次他就学会了。他收老鹤东西的时候永远斜倚在我门框上,伸出一只手接东西,端在与视线平行的一臂之远,嘴里点着烟,眯细眼睛一瞥一眺。

“什么乱七八糟的废铜烂铁旧钉子?”他最爱说这么一句,“搞清楚没?这也找我?找独眼唐去!”他把人家的金戒指金项链扔回去。抬起脸孔冷笑:“我只收古董、字画和有文化的老货!”

“有文化?嘁!”那些被他撒一鼻子灰的,嘴爬鼻尖上吧嗒:“就你个厨房里养大的小猢狲,你跟我们讲文化?”

“去去去!”过强一面孔鄙夷,“人没文化打什么紧?你卖钱的货得有!”

他收拾起老家伙们送来的东西,一件件都用旧报纸厚厚裹了,存放我床脚,等有车出去来拿。他永远把脚搁在我床铺上,不脱鞋子。

我不会理他,我这种时刻就是倚在老虎窗上抬头看云,我问他何时进城去,我打算瞒过表舅,搭王大厨车,再去看吴三妹。

不知道为了什么一号楼那几个老鹤相中我,正儿八经跑去和我表舅说要教我读书写字。表舅说这是我的造化,廖老头是大城中心区以前的文化局领导,那楼里住着的都是文化官儿,个个大秀才。我前世修了福分,这些星斗要来栽培我。黄院长听了,还特地把我叫去,抖出两张粉红票子给我买文具:"驾牛,好好学。别忘了这是金鹤给你的机会,以后希望你在金鹤耐耐心心上班。我和你舅都要老的,以后养老院就要放心交给你们管呢!"

　　我的妈呀!她太假模假式了!不过,我很开心,读书呀!

　　廖老头做了分派,那个有点咬文嚼字的老头教我语文,莉莉教我算术,廖老头自己呢,说是教我读书,就是一号楼那一书柜五颜六色的书。

　　不得不说这是一段短暂而快乐的时光。一旦开始教课,这些平日里鸡零狗碎的老头老太忽然变了个人,就像阳光照亮的木头,不见了上面的苔藓地衣,亮堂堂地端正。莉莉每次都先预备下一人一杯苦热水,然后把要算的放在故事里讲给我听,要我把没明说的很多事给算出来,这个游戏非常适合我这人的狐疑和执着,我心心念念在莉莉的故事里琢磨真相。苦热水很提神,莉莉又很懂得等待,她不会催我,只喜欢过一会儿对着我重新把题目念一遍。我很喜欢这游戏,总比她预料的更快找到躲在什么地方的答案。莉莉慢悠悠却喜气洋洋地瞧着我:"你这傻瓜并不傻!"

　　乐老头平时松松垮垮,一到给我上课,特地要把笔挺的中山服穿起来,把可怜的皱皮脖子锁在硬硬衣领里。他说我们何不跳到河里学游水呢,那意思就是啥也不教,先把纸拿过来,往上写文章。不会写文章没关系,先给我妈写信。我给我妈写信,不认得的字说给乐老头,他就教给我,教我另外写下来,回去天天看,得了就是我的,丢了找不回来。我怕丢字,每个都念了又看,像拿几十道绳子捆牛,每个字在我看来,都是五花大绑着赐给我的。乐老头从不夸奖我,总冷着脸让我练习造句、改错和填字。他说:"乡下孩子语文总是差的。"

廖老头一见我就笑,如今我差不多就是他的老头乐了。自从我鬼使神差制服了几次施教练,无意中帮他将施教练赶出一号楼,他几乎将一开始对我的轻看和怀疑从全身毛孔里蒸发个干净,对所有人无休止地重复他对我的赏识。

"我要让驾牛成为一个完全不同的人。"

他一遍遍重复的这句话让我不安,却也为之产生狂野的想象。我会成为怎样一个人?到了廖老头他们现在的年龄,我是否也会住进这么一个养老院?我希望不,我的希望从来没改变,就是拿到一些钱,然后和吴三妹一起回山里去。我俩起一幢白墙黑瓦新屋,让老娘舒舒服服住在楼上向阳房间;也许,也许,我和三妹会生一窝小崽子……我只是想识字,会算会写,成一个山里缺少的有点学问的人。

廖老头让我自己在书柜里挑书看,每本书他先看看是什么,然后告诉我写书人到底是谁。他并不教训我,他说我可以先看完书,然后和他谈谈我的想法。我第一次挑的是一本挺老的发黄的书。书名叫《小兵闯大山》,仿佛书里写的就是大山里头的故事。廖老头说写这书的人姓莫,就当识字课本看看吧。

我从来没捧起过这么厚的书,捧起书本身就是件让我高兴得不知道如何是好的事。我关严小阁楼的门,决定装作不在家,不给过强开门,他把自己当成了这间房间的主人,让我慢慢有点厌烦。房间里到处留下他的烟味,他的鞋帮子把我的白床单蹭得一圈黑一圈灰,他喜欢把啤酒带来喝,然后把酒瓶子扔在老虎窗外面。

　　我把椅子顶在门背后,舒舒服服躺在床上,桌上有没吃完的五个酱蛋、一碗盐煮花生米、一个腌肉肘子,我慢慢啃着这些东西,一行行看大山里的故事。里面的人都有些待人刻薄,不过,山是好山,有山洪有浮云,有药草有蛇虫,还有很多我几乎能闻到那气味的花果,念书真是美事。我把不认识的字描下来,准备去问一号楼的老头老太。

　　过强倒奇怪,连着几天没来,我不用装不在,把书一点点看完了。看完我打了个盹,醒来已快天黑。我踱到厨房,想早点吃饭。厨师都在灶头上流水价炒菜,香气把我的馋虫钓出来到处乱爬,我看看过妈妈待的后厨房没人,走进去拉开冰箱。这当口我听见有人在储物间里说话,那是我表舅的声音:"别活得不耐烦。哪只猪叫唤多,哪只先出圈。"过妈妈气呼呼回他:"凭啥我听你的? 你又不是我的谁!"表舅干笑一声:"过小红,我待你如何,你心里明白。这养老院,你是最得风得雨水的。"

　　表舅没再说话,我轻轻合上冰箱,跟只螃蟹似的,悄悄滑出后厨房。

　　我倒有很多夜没出来当壁虎,表舅这阵子没催问,我也懒得半夜吃凉风。

　　我信步在院里逛荡起来,想等表舅出了厨房,再去吃东西。我这阵子心里不知为啥舒展多了，看池塘看树也觉得有意思些，看见那些老鹤，我还能有些笑容。如果他们能对我说说他们的故事，我也觉得挺有意思。

我走到鸡笼子楼背后的果园，那里的桃树已经落了大半叶子，地上金灿灿一片。我定睛在林子里一个佝偻的背影上，是那个半夜曾在池塘扎猛子的老家伙。

我慢慢走近他，他佝偻着，好比一只干瘦的陆龟。他在用手挖一个树根，扒开了一个小洞。

我站在这罗锅鬼面前。他明明看见了我的脚，却不抬起头，仿佛我透明，他一点反应不用有。他皱皮暗红的手伸进桃树根，半天摸出一块黏糊糊的树脂样的瘤块。

"你是谁？"我问，"我见过你！"

他没理我，用手扒拉树瘤上的泥土，推土填了小坑。他哼哼唧唧扭转了身，朝小路上走，像要逃开我。

我盯着他的罗锅背影看，心里一阵阵发毛。如此切近看他背影，一见他就产生过的那种毛骨悚然感又布满了我的背脊。我一个箭步赶上去，扭住了他脖领子，把他用力一提。他的确很重，如我所料。我大喊一声："老任！"

七

第二次跑去东边大城相见吴三妹的那个下午，亲热时我忘了一切。不过,亲热过后,我很不要脸地问了她:"老任宿了你没?"

吴三妹给了我一记响亮亮的耳光,刮辣生脆地拎起我耳朵:"最后一次告诉你,老任是正人君子,你想脏了!"

老任是正人君子?

"你为啥要跟老任下山?"我还是问了心头盘着的问题。

"下山挣钱。"吴三妹拿被子掩住光光的身子,一对黑眼珠瞪着我,不怵。

"不告诉我是怕我不让你去?"我虚弱地问。

"嗯。"

"你告诉谁了吗?铁下心瞒住了所有人!"我先是问,一句问完,倒像数落她。

吴三妹脸上飘了一阵云,她说:"驾牛,我告诉过娘了!"

啊?我一时间蒙了。娘知道她要跟老任下山?娘一句话没跟我提!娘是啥心思?!

吴三妹又掀开了被子,光身子往我怀里一钻,紧紧搂住了我:"驾牛,你不要再乱想了。我下山,是为了家里好,为娘好,为你好,为我自己好。现在谢天谢地,你不是又找着我了吗?我们再等等,等钱挣到手,就回山里去。"

"你在那高楼房里,和外国人在一起,到底做些什么?"我迟疑。

"那是美国的药公司,我不懂,也不会写写算算。我就是给老板管管办公室。"吴三妹诡秘地一笑,"可是,工资不少。"

"你怎么找得到这么个好差事?"我声音低得自己快听不清了。

"老任给介绍的。"吴三妹说。

"他人呢？"

"他一开始还来公司看我，后来慢慢就来少了。"吴三妹摇摇头，"老天保佑他没病没灾！"

那个下午，我一直都处在眩晕的感觉里。我发现自己彻彻底底是个傻子。我的女人从我身边跑走，她知道，娘知道，老任知道，天知地知，唯独我不知道！

"你不知道的事多着呢！"吴三妹娇嗔，"乱想也是想不全，反倒想歪了！"

她放我出门赶车时候，除了那存折，还硬塞给我硬邦邦两万元现钞："给我存着，你是男人，钱该你看着。我就在这里，哪里也不去。你想来就来！"

她对我的态度，除了变得更加城里派头，我感觉和以前没啥大变化。这是我心终于安定下来的主要原因。一个女人，没跟你拿过结婚证，她要不要你，是明摆着的。但是，这碗饭放在我面前，无论怎样总是夹生了，可以吃，却不畅快。她究竟为什么不辞而别？究竟老任为啥对她这般好？为啥娘竟然和她一起瞒我？

鬼使神差，我一把扭住那罗锅，喊一声："老任！"

他太让我想起老任了！说不出为什么，模样儿根本不同，可他的神气就像是老任在装鬼。我用力扳过他身子，手托住他下巴，往上一抬：我操！我疯了？这哪可能是老任？

老头的最大特征是满面孔皱纹,好比一只干枣。他的鼻毛长得过于浓密,把鼻子变成了萝卜,很多根须。他气呼呼看着我,什么也不说。

"干吗挖树根?"我找个台阶下,顺手放开他下巴。

"治病。"他呻吟一声。

"有病?不像!半夜三更还下池塘扎猛子呢!"我冷笑,"是在干吗?"

"你谁呀?你管我?"老头嗤一声,露出暗红牙龈。

"李总管叫我管的,怎样?"我说着自己脸红了。

"我掉了东西。"老头告诉我。

放开这罗锅,我没好气地嗅嗅空气,正要讪讪走开,老头突然低着头哼了一句:"半夜三更?半夜三更鬼多着呢!水里有我,墙上有你!"

我心狂跳,一头冷汗。我扭过头看佝偻着的老鬼,这家伙颤颤巍巍,头也不抬,蠕动着往林子外头走,像老鸭那样左右晃荡身体。

"你说什么?墙上有我?什么意思?"我捏住自己喉咙。

"光趴在墙上是看不见什么东西的。好东西都藏安稳啦!"他咕哝着,急急走到小路上,像一只吃了春药的乌龟,拼命往前赶路。我呆了半晌,朝相反方向走了。

这家伙是个什么角色?我惊诧莫名,要不要去问问谁?

不行!我已经改变了对这个养老院的看法。最安定的地方可能最不安全。这里的神秘不是一般的神秘,倒像是真有什么鬼!不要随便把这怪人卖了,也许他还会告诉我些什么。

我照例在一号楼度过读书的下午。黄院长来访问一号楼,廖老头带她到二楼,看这个图书室兼驾牛的教室。他俩打趣我一番,坐下来在窗边圆桌上说话。

我起先没听他们讲话,我在琢磨书。后来黄院长不停地笑,对廖老头说:"就我们两个人,你还装什么? 我爱的是金子银子这不假,你也不是正人君子,你曾经引用墨索里尼,你可别忘了! 你那时候说'钱只有在没权力的时候才有用',你是个官迷! "

我听见廖老头干咳几声,回答黄院长:"好吧。虽然你这么说,我还是不要你的钱。"

"不要就不要,矫情!"黄院长说,"反正要什么你说,我给你弄来就是! "

"你这个贼婆娘,实在精明。"廖老头有点不悦,"要人家合并过来的时候,眉花眼笑,恨不得同人家磕头做把兄弟;人家合并来了,你怎又嫌人多,哪有让我去转告人家'人多砍一半'的道理? "

黄院长一个劲儿在笑,笑得银铃一般。她说:"生意人谈谈生意经哦! 随便什么买卖都有一个黄金分割点的啦! 少了,我赚不够,多了,我也要贴钱进去。现在这个数目差不多了,我也没想到市里那么多老家伙愿意来呀! 我只要满这个数就停招人。送一个死的,进一个活的。"

"话说得这般难听! "廖老头说,"现在这个数字有点蹊跷,为什么偏偏要这个人数? "

"正好了啦! "黄院长撒娇起来,"赚钱的人数! 多了,要贴利润。"

"哼哼。"廖老头摸摸脑门,"从大学里开始,我看你发嗲就没真话。这会儿说到人数你发嗲,这让我不得不想想为啥外面那么多谣言! "

"去你的!谣言你也听?"黄院长腾地站起来,"住得这么好,吃饱了饭没事干,不如好好教教乡下孩子,少嚼舌头!"

她假装要走,廖老头笑笑:"好吧好吧,反正这事情不容易办!人家都拆了庙,你只收一半和尚?剩下的上哪去化缘?"

黄院长扑哧一笑:"一张嘴真是会说话。不就是谈条件吗?让他们开个价好了。价格你把关!"她腾腾腾连跑带跳下楼去了,哪看得出她年龄?

廖老头不声不响喝苦热水,这房间里飘满了苦热水的香气。

我本来是听不明白黄院长和廖老头对话的,不过这一次我倒有根筋一跳,这和前一夜再次狭路相逢并对我自称"老任"的罗锅老鬼有关。

黑夜让人看不见彼此,罗锅鬼白天寡言少语,半夜却成了个话痨。

他扯住我衣袖,一路拖着我走,直走到池塘边才停下。他夜里不像白天,动作又敏捷又有力气,四下看了没人,他说:"墙上的家伙,我告诉你一些秘密!"

我听了他絮叨的秘密,眼睛也亮起来一点。不可不信,也不可全信。他说到了让黄院长生气的谣言:金鹤不该叫金鹤,该叫金鼠;黄院长把老人当老鼠养,老人付的养老钱是小数目,她还有办法拿他们挣大钱!为啥要扩大养老院规模?因为她拿大家做研究,需要最低样本数!

自称"老任"吓我一跳的罗锅鬼手指点到我脑门:"小乡巴佬,就你,能把这院里事儿看明白?墙上做做小壁虎就以为看见啥了?以后有啥想不明白的,在池塘边上放一尾断松枝。半夜里我就来同你聊天!"

八

这个秋凉如水的长夜,我躺在床上,没梦见山里老娘,没梦见吴三妹,却梦见了一个奇怪的死人:我爹。

爹是一下子从我的日子里离开的,我其实好多年都没反应过来。

他死了,被大野物抓碎了脸。能被人发现,从林子里抬出来躺进松木棺材,安安稳稳躺进祖宗坟地,有我妈和我去烧纸,够福气了。我一般不去想他,偶尔闻到一种奇特的烟叶味,我会特别特别想他一阵子,那是他的烟袋留给我的记忆。

梦大概上半夜就来了,我在山溪里翻软石逮红蜒蝌,爹突然从竹林里钻出来,烟袋吊在嘴上,长了很长的胡须,呵呵笑一声:"驾牛,好久不见你!"

我抬起头,柔情充满了我的胸膛:"爹啊!你去哪啦?怎不来家?你爱吃的腊肉我们都舍不得吃掉!"

爹吸了口烟,烟雾从他鼻子嘴巴耳朵眼眶一起喷出来,青白白,好玩得很。爹说:"身不由己啊!驾牛!我连翻个身都由不得自己做主!"

我心酸,眼泪流下来,落在手里红蜒蝌背上,泪珠哧哧几声,变成了蜒蝌背上的尖刺。我问爹:"爹,你现在在哪里?儿可以为你做些什么孝敬你?你开口啊!"

爹叹口气,又深深吸他的烟袋,那股熟悉而催泪的烟叶味道咬住我的心,烟雾像村里炊烟从他七窍喷射出来,在头顶结成一个白葫芦,爹腾空而起,缩身变小如一只蜂子,他钻进葫芦,只露出自己头,对我说:"儿啊!听爹一句劝,别去山林里打猎,实在要去,别猎猴子,更别尝猴子肉!记住啦?"

我答应着,想同他多说几句,他却一声长叹,人直接落进了葫芦,登时连葫芦也不见了。

我在养老院小阁楼床上惊醒,想着梦里的爹,凄凄惨惨地起来,朝窗外望望,凌晨三四点,万籁俱寂。

我裹自己在温暖被窝里,想了爹很久。爹是个苦人,爷爷没给他留下什么,算是没根基人家。他和我娘的亲事也没什么聘礼,是拿他妹子换的亲。他生了三个孩子,只活了我一个。家里的吃食穿戴,茅草屋的翻修,逢年过节的节礼,都是他带着一管旧火铳三个绳套,日里夜里钻野岭子猎来的。

我们知道他有时候十天半个月打不到东西,身上干粮吃尽了,没脸回家,就火铳打下猴子来烤火吃了。不过他从来不把猴子肉带回来,因为他知道那犯忌,猴子太像人。实在混不下去,他就采一大袋子野蘑菇野菌子回家,他懂菌菇,不会吃出人命,他的野蘑菇,比肉还鲜。我和娘总数着日子盼他回家,不是有野味可以打牙祭,就是有菌菇可解馋。

爹不喜欢说话,该同我说话的时候,他总在抽烟袋子。他也很少和别人家来往,全靠我娘同人家走动。他不打猎的时候,养养蜂子收收蜜蜡,菜园子我娘伺候得多。

他其实有点回避我,不能同我亲近。他曾经跟我娘说起我命硬,吃起奶来拼了命似的,吃瘪了我娘,没给两个弟弟留下奶水,把兄弟的福分都吃尽了。他居家日子除了抽烟,就喝自己用酒药酿的米酒,啃前一年做起的腊肉。他眯缝眼睛,在堂屋的火炉前烤火,吱溜吱溜仰脖子,吭哧吭哧咬腊翅膀,红红眼睛看着我,看我替他准备打猎用的火铳铁丸子,磨利他的剥皮刀。

"爹,猴子肉什么味道?"我问他。

"不能吃!"他吃一惊,"酸的!"

表舅曾经和我爸交过一阵子朋友,他那时还没到大城里,尚在县城经营他的中药铺子。他给我爸生意,让他把山林子里有用的药草和虫兽采捕来,供给他的药房。表舅来看我妈和他表姐夫,就将就在我们家过夜。

我喜欢表舅和我爹喝酒的晚饭,表舅说我也算男子汉,也要破例陪他俩喝一点米酒。我喜欢米酒,酸里带甜,喝上一碗心里喜洋洋,暖暖的。表舅和我爹你一杯我一杯,我娘在做菜,她自己端上来,笑眯眯看我们吃。

我暗夜里想着米酒,手头却只有冰凉凉的啤酒,我不喝,我合上眼睛,本来睡不着,一恍惚我又和爹面对面了,表舅无影无踪。

爹这会儿和娘在一起,他低着头,干枯枯的手搭在我娘肩膀上,娘在哭。

爹说:"别哭!你还有儿子!驾牛是命硬的!"

娘说:"你好洒落啊,一甩手就走,把我抛得苦!"

爹又长又悲怆的叹气如一只怪鸟在茅屋里飞,嗤一声收住,钻进了老鼠洞。爹说:"身不由己啊!我现在连翻一个身,也由不得自己!"

娘抬头摸摸爹的耳朵："你在哪里,这么这般不着落？"

爹也抬起头来,他的眼珠子是红的,鼻子上都是泥巴："由不得我告诉你呢！别给你和驾牛惹事,我忍得！我也只能为你们做这点了。"

我一个箭步跑上去,拉住我爹手,他的手冰凉潮湿,如同一块浸过水的磨刀石,还有苔藓的滑腻："爹,告诉我你在哪里？"

我再一次惊醒过来,天色亮了,有人在我门上敲过几敲,我气恨恨过去开门,门外却没人影,一个折纸滑在我房里面。

我拾起折纸,打开一看,是梅姐的短信:

驾牛,
我求你件事。午饭后我来找你。
梅

我的梦好比一只孤苦的乌鸦,在清晨的灰色天幕里,被人世间一点微弱的吵闹赶走了。我没有了爹,见不到娘,自己的女人远在城里人的地盘。只有半夜里龟爬的怪物和奇怪老女人和我来往,我驾牛拘束在这般田地,躺不平伸不直！

这个大清早,太平了一段时间的施教练又反了。他和男老婆在鸡笼子楼门口拦了老同学黄院长的座驾,施教练惊世骇俗,竟然当众打女人,给了黄院长一记怀恨在心的耳光！

黄院长捂着脸,坐在她的办公桌后头,像一只鹭鸶栖在沙地里。我表舅绷着脸坐在她侧边小沙发里,我是被传唤来的,他们商量好了,要我办事。看来,凡施教练的事,都有我的份了。

施教练这次下手不轻,黄院长放开手的瞬间,我看见五条手指杠杠,都浮凸起来,肿了她半张脸。她哭过了,眼睛红红的。

"把他女儿叫来,赶出院去!"表舅沉闷地咕哝。

黄院长半天没吱声,吱声说:"老施请了律师。"

"啥?"表舅发蒙,"和谁打官司?"

黄院长可怜兮兮地说:"错就错在我念旧,让他进来养老!这种惹祸胎子,他放在哪里都不讲情面的。驾牛两次拗了他臼,他都算在我账上,要同我出这口恶气!"

我摇摇头,轻声说:"不,不是。他们不恨我。"

"不恨你?"黄院长奇怪地看我,"施教练同你小驾牛谈过心啦?"

我表舅一挥手:"是个瘤子就早割早好。今天他打了你当院长的,如果还不赶他出去,这传开了,养老院还怎么管?"

黄院长又捂上了脸:"麻烦的是律师。律师永远都是祸害,做生意最怕碰上这些家伙!"

"难道我们没有律师?"表舅奇怪了,"律师让律师对付,不辛苦你出马。"

黄院长丝毫不受鼓舞,她今天一副可怜相,又惊又怕:"不能打官司啊!出不得这个丑不说,我也不能让那些专业无赖,帮着老施这吃了秤砣铁了心的混蛋,跑到我院里来闹。"

连我都听明白了。黄院长怕张扬,怕人家来琢磨她的养老院。

表舅叹口气:"你前怕狼后怕虎,施教练揍你倒是吃定你的了？他们这伙人一定商量过的。你要么跟他们妥协,要么拼命。可老同学一场,能闹到这种份上么？"

"他和老廖吃醋,我夹在当中做出气包。"黄院长颤声说。

表舅呵呵一笑:"这么说就是你发嗲了。事到如今,不要再玩过家家,你们之间早不是什么青梅竹马了,你要拿这些人挣钱,他们就敢为了利益攻你。请律师也好,大家律师对律师,法律对法律,反而简单清爽。"

"我不要律师来!"黄院长很不喜欢我表舅的话,她眼睛水汪汪看定了我,把我吓得够呛:"驾牛替我去找施教练和他男老婆,就说我说的,大家怎么也是同学,我被你打肿了脸,脸也丢尽了,大家撒开吧。我不同老朋友打官司!"

表舅愣了愣,笑了。他笑看着我:"既然这么纯情,好了,驾牛你代黄院长去找老施说说软话。被打的人求着打人的人,唉!"

"有用么？"我冷冷地说。

"驾牛说得是!"黄院长点点头,"驾牛,别的你也别说了,多说多错,惹鬼上门。你就替我告诉施教练和他男老婆,我后面造一个新一号楼,上上下下弄漂亮搞舒服,让他们几个人去住。大家给大家面子,别闹了!"

表舅听得一惊一乍:"呵呵,原来你是这么个打算？揍你就能住高级房,以后你可小心!"

"我一个女人,有什么好办法？"黄院长委屈,"驾牛,赶紧帮我走一趟,让施教练别闹,收场!这次千万别拗他的手臂啊!"

我得了令,拖着腿就去拜见老猴子施教练。施教练终究是施教练,他不可能太太平平缩头在四号楼不来报仇,我只没想到他报仇的方式这么粗野。

我正经八百在施教练门上敲了三敲,等了几分钟,是细长眼睛那老太太开了门,她看看我:"驾牛?你怎么来了?"

"黄院长要我来传话。"我实话回答她。

施教练从平台上走回房间来,冲我一点头:"臭驾牛,来干啥?最近不是在一号楼拜了干爹干奶奶了么?"

我听了好笑,也真笑了。

细长眼睛老太告诉他:"阿黄让他来传话的。"

"哦?"施教练登时盯着我看,"驾牛,你个好狗腿!来来来,两国交兵不斩来使。你有话就说,有屁快放!"

我看看这老猴子,问:"那位叔呢?"

他男老婆声音在我意料不到的地方传来:"驾牛,我在这儿。"他躺在床上,一脸病容。

我没啥好摆架势的,我说:"黄院长派我传话:她让你打了脸,丢了面子,让你白打;后面造新楼呢,有一栋盖完了,弄得跟一号楼似的,请你们几个单住。只要你别闹。"

施老儿呆呆看着我,等我往下说。我说:"就这些,没了。"

他伸出肥厚短手,摸自己毛刺刺的下巴。下嘴唇翘起来,好像山魈屁股。他看看同伴老头老太:"收买我们哪?乖乖!条件不要太好哦!"

看着有点意思,我没打算走,等着。也许,他们马上就让我带回话给黄院长。

施教练伸出手指,朝我做个勾勾动作,他指着床上的男老婆:"人病了!要是活不转来,新楼也住不了。我打她,男人打女人,没人会说我打得好。可是我打得好,她不是女人,是害人精!你回去告诉她,救人要紧!她得让外头的医院来治我的人,治好了,我自然不闹。"

"五号楼我不能去!"男老婆在床上寡声淡音。

"五号楼我们不去!"一屋子老头老太齐说,"让我们住新楼可以。生病得送社会医院!"

我点点头,转身回去。施教练喊一声,拦住我。

男老婆要同我说话,他抬起眼睛:"驾牛,谢谢你。你帮了我们很多,我都明白。"

我摇摇头,他的浑厚嗓音今天变得纸一样薄,这让我有些不安。

我跟黄院长销了差,黄院长松了一口气,对我表舅吩咐:"赶紧送区级医院去吧。这些人为了争待遇,把我和五号楼抹黑,我不跟他们计较,救人要紧。"

我不知道为什么突然冲动起来,我当着表舅的面,对黄院长说:"我要请假。我要回去看我娘!"

黄院长惊诧地回头看我,表舅皱起眉头:"你娘好好的,怎么啦?"

我不看表舅,看黄院长:"我很久没见我老娘了,我夜夜做梦。求求你让我回山里去吧!"

黄院长的睫毛扑闪了几下,眼睛亮几亮:"老李,你把这孝子不安顿好！"

她对我说："驾牛，你不是嫌弃我这养老院吧？回去看看娘，那是有良心的事。你要是回了山里不回来了，我和你舅就要伤心了。"

我说："就是回去几天看看娘。"

她爽利地一拍桌子："这样就好。来来去去的飞机火车钱我来出。让厨房准备点礼物带回去送你娘。老李你都安排好。"

表舅嗯了声："这孩子！奶还没断似的。先不同我说声！驾牛，也不急着就上路，还陪着施教练治了他男老婆的病，叫黄院长定心了，再回山不迟！"

九

施教练这次自掏腰包，不要养老院的车送，自己喊了 120 急救车，送男老婆去院外的医院。我奉了表舅和黄院长之命，一定要陪同前往。

梅姐那天找我，她说："驾牛，施教练是一个顶好的好人，吃相难看，对我们苦人倒十分体贴。我受过施教练的恩，听说你总被派去对付他，我求你高抬贵手，不要十分为难他。"

我答应了梅姐，梅姐很高兴："驾牛你是个实诚人。梅姐这里给你烧着高香，求菩萨保佑你！"

梅姐看我的屋子，上上下下打量，她红了脸，说："驾牛，你有时不在这里住？"

我说："有时我出去，是我舅派我做事，就不能在院里。"

梅姐低了头,不好意思说:"驾牛,你不在院里的时候,梅姐能不能到你这空屋子躲躲?"

我愣了一下,立马想起葛婆婆吴姥姥那两个老巫婆,梅姐过的是什么日子?!我没让她等我回话空尴尬,抢着说:"行啊行啊,钥匙你打个备份,身边留一把,随时来!"

掏出钥匙,我就塞在她手里。

我上了120车,施教练发现我倒是个好帮手。车子颠得一塌糊涂,他还不相信近的医院,怕黄院长有势力,拜托了摆布他们,一个劲要急救车去西湖边大城,他一点不在乎钱,使劲往司机和抬担架的手里塞粉红大钞。有钱能使鬼推磨,我们一路顺风一路颠簸,竟然开进了大城城区,进了大医院。

服侍好施教练的男老婆,看他安安稳稳躺到病床上,医生护士来察看。施教练有点野路子,打了一连串电话托朋友,医生当场开出住院单来,第二天白天就能住进病房。

施教练给养老院打了电话,他不知道跟谁说:"驾牛在我这边做帮手,蛮好。告诉他老舅放心,我姓施的不会亏待驾牛。"

他看看一切停当,对我说:"这样子,驾牛,你也辛苦了,这里我守着,晚上就睡在这儿。你去找家旅馆,好好休息。"他数了好几张粉红大钞给我:"自己下馆子去吃,不要客气。"

我存着私心,问他:"施教练,你要我什么时候来换班?"

施教练摆摆手:"这里用不到你,医生护士都在,我也不去别的地方,我守着。我和我老哥们的交情,用不到你。你自去玩耍,要想回养老

175

院了告诉我。"

他的男老婆张开眼睛:"小兄弟人还是不错的。老施,我自己带着钱呢,你再给驾牛多一些,叫他自在去玩几天。"

我逃到门口,不要他们的钱了;我挥挥手,如脱网之鱼往火车站赶去。我想念吴三妹,我得去她那里过夜!

吴三妹给过我电话号码,我上火车前找到了她。让我心里踏实的是:她听见我声音,照旧那么高兴,她那种亲热语调,只有对枕头上的人才有。

破天荒第一次,我想到要给三妹买一样礼物。仿佛不买礼物,见她时就缺欠了什么。

我村头村脑在她办公大楼附近南京西路上溜达,我不明白那些亮晶晶的店都卖些什么。发昏的是我推开一扇玻璃门,进去看看那里摆着的五颜六色包包。我不敢碰那些东西,只是远远看一眼,心里琢磨我的三妹会不会喜欢这些袋子。一个浑身香气穿洋装的女人是管这个店的,她朝我上下看看,突然问我:"买个包送女朋友吗?"

我有点怪脸红的,不知如何,点了点头。

"先生真好。自己穿戴这么朴素,肯花几万块钱钞票买包给女朋友。"她讲话妖气得很,让男人听见她声音都有点脚软。我不知道怎么摆脱这妖女子的声音,忽然我一个激灵:"这包包多少钱一个?"

妖妖的声音笑了:"不就是几万块钱么? 全世界最大的牌子哦!"

我倒没推倒门逃出去,我愣在那里,哀伤地打量那些五颜六色的袋子。我爹如果没死,即使他打一辈子猎,每样猎物都去县城卖个好价钱,活到一百岁,也挣不到一个包包! 我忽然明白吴三妹为啥要逃出山来,到这香天香地的大城来捉钱! 钱全在这大城里,连一个子儿都不愿朝山里跑……

妖女人见我发傻,倒了一塑料杯凉水给我喝:"先生吃杯水哟! 不要这种样子吓我。"

我喝干水,朝她笑笑:"阿姐,让你见笑了,我是山里头野人。我有五六百块钱,你告诉我哪里可以买一样东西送我阿妹?"

"嘴巴倒是蛮甜的,会喊阿姐。"妖女人在我肩上一拍,"不怕! 五六百块钱也能买到好东西,萍萍,来一下!"

她交代了一个小大姐几句,让她看着店,又在我肩头一拍:"今朝碰到阿姐,阿姐做一件好事! 跟我来!"

她扭扭捏捏走路,腰一游一游,到路边一扬手,喊了一辆蓝色汽车。她带我一路,一路指风景我看,都是些城里玩意儿。不多远我们下来,进一个市场,那里很多摊子,我一看,傻眼了,不就是在卖她店里那些花花绿绿的包包吗?

妖女人眼尖,一眼看见我在她店里打量的一个绿包包,她拿起来翻翻看看,满意地一笑,塞在我手里。我烫了手,想摔,还没摔呢,摆摊的大妈就上来了。妖女人讲:"这是我乡下表弟,没钱的,你给个公道价好吧?"大妈笑说:"不在你店里买,当然没钱。如果真是你阿弟,今朝就送了他一个吧?"妖女人摇摇头:"这样子不好,看不起人样子。还是给个公道价。"

我呆呆地听妖女人摆布,她要了我两百五十块钱,给了大妈。我们欢天喜地从市场出来,她照旧喊了蓝汽车,开回到店门口。临了,妖女人笑嘻嘻:"山里阿弟,祝你好运气,女朋友会开心的。不要骗她,不要说是我店里的货,穿帮了反而不好的。这是冒牌货,不过看不出来,一样好!"

我知道她对我好,我朝她笑了。妖女人一开心,嘻嘻笑着跑进了店去,还隔着亮晃晃玻璃跟我招手。

我把纸袋拎在手里,绿包包蒙着一层花花纸头,放在这纸袋里。我跟个城里男人似的,要去见我的女人吴三妹了。

吴三妹约我在苦热水店里见面,我到得早,一看苦热水竟然要三十多块钱一杯,我推开玻璃门出来,靠在梧桐树干上等她。

女人群里现出一张笑脸,好像一堆白面馒头里开出了一朵白山茶,我仔细一看,我笑了,是我的三妹。

"驾牛你越来越像城里人了,拎个纸袋子逛街呀?"吴三妹打趣我。我告诉她:"我请了假,准备回山里去看娘。"

"真的?"吴三妹不笑了,脸盘子上浮起了云,"我也想回去看娘!"

"真的?"我问,"要不我们一起回去?"

"不行!"她摇摇头,齐耳发甩来甩去,"我走不开。我还有事。"她以为我伤心了,伸出手,拉住我手,那手又柔又暖:"我现在不能回去看娘,娘要我给她老人家办的事情,我还没办到!"

原来娘不但知道吴三妹要跟着老任下山,还托了她办事。为啥娘从来没给她亲儿子透过一丝风呢?好纳闷!

吴三妹没再说什么,她眼睛水汪汪撩着我:"我们回家去吧!"

回到家,她问我:"你袋子里放着什么? 怪怪的。"

我关上门,小小房间全是她身上好闻的气味,我笑了:"给你买的礼物。"

"礼物?"吴三妹脸红了,"你个土包子买什么礼物?"

我把包包扯出来递给她,吓了她一跳:"啊?"

趁她没昏,我把买包的故事跟她讲了,逗得她哈哈大笑:"你还碰上好人了! 那妖精说不定看上你了呢!"她狠狠在我手臂上捏了一把。

没吃晚饭我们就温存了,我对她的小窝熟悉得像山里我们常幽会的栀子花洞,这里是我们在城里躲藏自己的兔子窝。兔子爱兔子,哪管街上狮子老虎。

起来后,吴三妹自己淘米做饭,我窝在窗前小小沙发里,抬头数天花板上的小射灯。这些灯打开的时候,照亮了我们的床,和山里完全不是一个味。

我手一伸,在茶几底下碰到一样东西,长长圆圆的,我抽出来一看,惊奇得从沙发里跳起来:竟然是我从养老院池塘里捞起的那只竹笔筒!

仔细看,才发现不一样。长相是一模一样的,只是这只轻,我那只重得多!

我拿着笔筒走到小厨房,问吴三妹这是啥东西。

吴三妹不经意一看,手一抖,炒菜锅子"嘡"一声砸下去,青菜豆腐洒了一灶台。

"别碰那东西,"她一边手忙脚乱收拾一边说,"这是公司的东西,别弄坏了！"

"我也有一个。"我说，"一模一样。我捡到的。可是比你这个重多了。"我漫不经心说。

我一抬头，吴三妹紧紧张张瞪着我："你也有一个？比这个重多了？"

"怎么了？"我奇怪了。

吴三妹说："没什么。"她笑一笑，回厨房炒菜，一股菜香扑进我鼻翼，我饿了。

吃过饭，洗了澡，长长的夜是我和她盼望已久的。吴三妹换了粉红睡衣，像朵莲花倚在我肩头，仔细翻看我给她买的新包。她嘻嘻笑："造得跟真的似的，我要背到办公室去，外国老板肯定以为我花了大钱。"

我笑了，第一次买东西给女人，她的开心是件稀罕事，让我心里很有甜意。吴三妹放下包，低着头，手指拨弄着包带子，问我："驾牛，你还记得你爹不？"

"嗯。"我问，"咋啦？"

"你爹要是没死，那该多好？你娘就能活得有点滋味。"

我心里一阵酸楚，怎么吴三妹也在想我爹，是不是没人给他坟上烧纸，他一个个追着我们呀？我一回山，就去他坟上给他烧烧，还带几瓶酒浇奠他吧！

"说这些干啥？人死了就死了，娘就这个命了！"我不想再被爹的亡魂缠绕。

"驾牛，"吴三妹低着头，吞吞吐吐，"你爹也许还活着。"

"神经！"我一笑，翻身不理她。

"你娘不让我告诉你,怕你害怕,也怕你藏不住。"

"啊?"我一骨碌翻身回来,一把抓住她后背肩膀。

吴三妹转过身看着我脸:"娘告诉我,他们弄回来给她看的尸身不是你爹,脸抓破了,不过,她还能不熟悉自己男人的身子吗?"

我目瞪口呆,一股寒气顶在我背上。

"事到如今,我还能瞒你吗?"吴三妹的黑眸子紧盯我,"你妈让我下山,就是要我找到你爹。"

"我爹活着?这么多年,他在哪里?"我问吴三妹,我的牙床都抖起来,上下磕着牙齿。

"我也不知道。我还没找到他老人家。"吴三妹幽幽说,"有些事我现在告诉不得你,你要心里藏得住,跟你娘一般。"

"我娘看出尸体不是我爹,她一声不吭?"我掐着自己喉咙,身体发抖。

"你娘害怕得要死,她知道这里头一定有文章,她孤儿寡母,怎么敢说?她怕你和她都活不成。"

我想起了爹死后那年,娘常常半夜起来到处在茅屋里摸黑走,从门缝和窗户里朝外张望。原来,她害怕有人要害我们。

吴三妹说:"老任其实不是收山货的,他是到山里干别的事的,不能告诉山里人。是老任跟你娘露了身份,说了你爹没死,你娘才信了他。老任没人帮手,你娘叫我帮他。你娘知道你心里藏不住事,才跟我打商量。我是她从狼嘴巴里拖出来的,除了听她分派,还能怎样?"

"老任人呢?"我问。

"起初还和我联系，后来就断了。很久没音讯了。"吴三妹回答，"他不要出了什么事？"

"三妹，这老任老戴着个墨镜，粗身大腰的，到底长什么样，你看过？"

"他其实可没那么大个子，都是装了来的。"吴三妹说，"五十来岁挺精干的瘦男人吧，老奸巨猾的模样。"

吴三妹笑了，我却汗毛竖起，我问："老任不是个罗锅吧？"

"当然不是。"她笑起来，"说了你别吃醋就好，我看老任是美男子。"

"他到底进山干什么？"我问她。

"这个我也不太明白，他可不说。"吴三妹点点头，"依我现在看起来，跟猴子什么的有点关系。"

"猴子？"我莫名其妙。

"有人在山猴子身上打主意。我们山里有一批猴子都让人做了什么手脚，老任就为查这些事情吧？"

"这和我爹又有啥关系？"

"你马上回山去，所以我只好告诉你这些，免得你不明不白着了什么人的道。"吴三妹冰了嗓子说，"你怎么找到我的？我哪藏得住自己？我知道自己被人盯着，驾牛，你不能不知道，但你千万要藏得住啊！我和娘都靠你啦！"

骤然间，我心里火烛般通亮，我不是明白了什么大道理，也不是想起什么往事什么细节，我通亮地领悟到自己原来处在一个阴谋中间。

我那天不知道为什么睡不着觉，吴三妹好比一朵才摘下来的芍药躺在身边，她微微打起了呼噜，睡得很香。我却觉得夜里一切都不真实,我害怕太阳出来。我回家的热切被吴三妹透露的秘密洒了一瓢冰水。爹若是没死,那谁的尸首躺在他棺材里? 他这么些年怎么过的? 他在哪里? 为什么有人会对这么个打野兽混日子的山民感兴趣?

吴三妹觉得自己是透明的,有高高的眼睛看着她,可她仍旧吃,仍旧睡,假装不在意。我却无法摆脱油然而生的恐惧,那些高人是谁? 凭什么他们可以像猪倌看猪猡一样了解我们的一切,时时刻刻拨弄我们的人生呢?

天亮我还没合过眼,我对揉着眼睛打哈欠的吴三妹说:"我就当自己没了这个爹,要是有人不想让我们找到他,我宁愿你和娘太太平平。"

吴三妹咂巴咂巴嘴,对我笑了,她把毛茸茸的头钻在我胸口:"驾牛,你是男子汉。你能沉得住气,把你爹找回来!"

十

我回到金鹤,本想收拾收拾就动身。可是,院里出了事,表舅对我摊开手:"驾牛,眼下你不能走! 我要有个信得过的人在身边! "

五号楼遭了贼。不知道偷掉些啥,反正是非常值钱的东西,黄院长气得倒下了。

表舅被黄院长逼得走投无路。黄院长不能原谅这么 个总管,拿着她大把银子,却看护不了她财产。

黄院长什么解释也不要听,什么道歉也不接受,她只要表舅拿出本事,不管走黑道还是走白道,赶快把她丢的东西找回来。

表舅对我说:"驾牛,就是这么件事情。你眼下得留下来帮我!"

"舅,我怎么帮你呢?"我又不知道贼是谁,"黄院长到底丢了啥?"

表舅甩甩白袖口,样子倒怡然自得:"不着急,这两天,她自会找我们,吩咐我们干这干那。驾牛,你记住,在人手下打工,啥时候都千万别用自己脑子去想,老板自己会想,老板只喜欢无脑的人。"

过强这种时候就冒出来,他坐在我小阁楼门口抽烟,头上戴着耳机,听口袋里小音乐匣子唱外国歌。他看我走楼梯上来,拿开嘴里香烟:"驾牛,我打赌你在外头有个女人!"

他跟我走进阁楼,不客气地抢先坐到椅子里,跷起二郎腿:"这养老院里值钱东西真多,我们没能耐,只好收收旧货,跟独眼老太一样没出息。这下小偷可发了大财!"

"到底五号楼丢了啥?"我看看过强,他未必比我舅还消息灵通?

过强凑近我耳朵:"丢了啥?黄院长都开了口,要是把丢了的找回来,奖励三十万元!"

"三十万!"我张大嘴,可是丢了大设备?外国人在五号楼搞研究,值钱的设备我们不懂,难保小偷不懂。

过强又点上一支烟:"驾牛,你这人运气好,老有些偏财,我想跟你搭个伴,不管找啥,咱们一起挣这奖赏吧?你负责院里头,我负责院外头。出门靠朋友,没理由这钱别人挣得,我们倒挣不得!"

我笑了,他一句话要提三次钱钱钱:"你出门有朋友,我哪有这本事,这院里我是个什么小角色?"

"不怕。你是你舅的外甥。我倒是告诉你,这院里到处是你舅的人,不是黄院长的。黄院长只有独眼唐这种小鱼虾。"

"哦？过妈妈自然和我舅一伙儿，"我说完看看过强神色，还好，抽烟吐雾皱着眉毛，"其他我舅也没什么人，否则还扯住我不放？"

"你不会看山水，"过强摇摇头，"看上去是自己人的说不定哪天造反，看着不像自己人的，倒个个死心塌地呢！"

"你倒举个例子我看看，看我怎么不会看山水？"我摇摇头，嘲笑他。

"那有啥难的？"过强气呼呼地压抑不住自己，"看我妈哪天就造他反呢！"

他自知失言，眼神四处瞄了几瞄，想乱说一气镇住我："施教练就和你舅穿一条裤子！"

我都笑出声了。

过强拍拍大腿："反正，臭驾牛你就是一个农民！只知道种一根苗收一枝麦，你不是不爱钱，你不认识钱，所以装潇洒！"

我叹口气，问他："你要我怎么做？"

过强说："你的优势就是你舅，你在你舅那儿竖起耳朵、瞪圆了眼睛，听见看见什么，我们一起琢磨，我自有我的虾路蟹路，我也好好打听着。这可是三十万的买卖，弄到这么一笔钱，我和你拍拍屁股走人，从此不和这些老不死的混，咱们娶个城里媳妇，到西湖边大城里过自己日子去！"

他还没说完喘过气呢，他妈就腾地站到我阁楼门口："驾牛，你舅找你，他在黄院长办公室。死过强，你又在这里胡混，不许收那些老东西的东西,尽给我惹祸!"

我扔下他们娘俩,三蹦两跑朝鸡笼子楼赶去。

黄院长房间的门紧紧关着,我站在门边,不知道该不该敲门。里面有嗡嗡嗡的说话声,可我听不清说些什么。

我咳嗽一声。表舅在里头一声喊:"驾牛,进来!"

房里坐了四个人:黄院长窝在自己高背椅子里,他的老公和我表舅一起坐在长沙发里,对面是廖老头,一个人单坐那只我舅常坐的小沙发椅。

廖老头笑眯眯朝我一点头:"驾牛最近调皮,不来一号楼,旷课很久了。"

黄院长一反往日的热闹劲头,窝在椅子里,脸色灰白,头上像白了一层,看上去老了十岁!她老公瘦得像根竹竿,眼窝眍着,胡子也没刮,灰黄一圈脸。

表舅很严肃地点点头:"我让驾牛一起帮手,你们知道,他虽笨,是一员福将!"

黄院长哭一般呻吟了一句:"你们快帮我把东西找回来!"

廖老头摇摇头:"认识你这么多年,你也真是怪了。找我们商量来商量去,丢了啥要紧东西倒不说,怎么找?"

黄院长的老公长叹一声:"不是不说,是不好说!找到了小偷,自然找回赃物。先说得满城风雨,反倒堵了自己路。"

廖老头点点头:"姓施的混蛋这时候故意和他男姘头跑出去看病,不会是他下的手吧?"

186

黄院长抬起脸，一双眸子亮闪闪。大家都竖起耳朵听廖老头说。

"让公安从姓施的身上查起，我看一定有结果。"廖老头给施教练下药。

"驾牛不是陪着施教练？他们难道不在医院？"黄院长问我。

我迟迟疑疑："都在医院里呢，我住医院外头，施教练成天陪夜。"

"这也不难，"表舅解了我围，"到医院跟护士核实一下不难。"

"哼，"廖老头说，"还用得着两个糟老头自己动手？"

"胡扯！公报私仇！"黄院长挥挥手，"他们不是贼。这贼没安好心！"

廖老头站起来："我能想到的也就这样了。你们商量吧。为什么还没报案？赶紧报案！公安比我们会捉贼！"

他一晃三摇走了出去，这阵子他清瘦好多，过上了随心日子，人反而飘了。

他一走，黄院长腾地坐了起来："我看也不像是他！"

我表舅和黄院长老公对看一眼，摇摇头。我舅说："沉住气吧，这件事你们不听我的劝，才有今天。贼不是普通的贼，否则干吗别的一概不偷？既然是冲你们这件事来，我看，暂且不会有啥意外，你们等人家来开价吧！"

黄院长不言语，她老公咳嗽一声，声音十分苍老："我们也不能不努力，还要拼命查访才好。"

"这不我让驾牛来了？"我表舅说，"驾牛不是外人，还是个半哑巴嘴紧的。吩咐他做的，你们尽管放心。"

黄院长弯下腰，从桌子底下提出一个帆布包："驾牛，上次你帮忙对付施教练,我答应你的钱没全给你,那是怕你乱花。今天当着你舅,都给你啦!"她用力把包一扔,丢在他老公腿上,他老公一推,推到我舅膝盖上。

我舅拿起掂一掂,哈哈一笑:"驾牛,你发财!"他扔给我,我一抱,果真有点分量。

黄院长说:"驾牛,不要打闷包,你打开看看。"

我揭开帆布包盖子,拉开银色拉链,里头一捆捆粉红钱,足足有十来捆。黄院长说:"悬赏的钱比这多,你要是帮我找到了东西,还再给足你。"

我舅咧着嘴笑我,我走过去,把包放在表舅膝盖上:"交给我舅吧。我可没地方放钱。"

黄院长说:"放心。会让他最后都给你娶老婆的。驾牛,你是自己人,不瞒你,五号楼丢了东西,你要用心帮我找。我觉得就是院里的人干的!"

我看着黄院长,等她往下说。

"那些东西不是死东西,是活的。"她一字一句说,"是几个寄养在五号楼的小孩子!"

我眼前登时跳出夜半时分护士洗孩子的场面,我明白她丢了啥了,孩子家长什么都可以依,丢了孩子可依不得!怪不得黄院长一夜急白了头发!

"你到处看,到处留意。"黄院长的老公嘎着嗓子,"养老院的每个旮旮旯旯儿都要看一看。"

"老李，"黄院长关照我表舅，"那天晚上以来，院里出过几次车，是哪几个司机，拉的是谁，你都要给我查清楚。一个个过堂审！"

我娘瞒着我，叫没过门的媳妇下山来找不见了的公公；我急扯扯三魂去六魄下山来，原为了找吴三妹；如今，黄院长又出大钱找几个被偷走的小孩，怕小孩子爹妈不放过她。寄养小孩在这个奇怪养老院的，一定是和我相似的穷人吧？只有穷人才会不管孩子。我琢磨着，跟自己亲人失散，是穷人的一个通病。失散的原因，和穷是分不开的。粉红色的钱才是亲人们共同的围墙，没有这围墙，一阵风就能把大家吹散。

我既然得了黄院长的钱，我何不使出吃奶力气，仔细寻访寻访这些孩子的下落，也算还表舅和黄院长他们一个情：是他们替我找到了吴三妹。

我脑子是不好的，所以我做起事来，只能够老实傻干。

我第一步是走到养老院外头，一路走到回头望得见整座养老院的公路上，我扒着公路的护栏看这金鹤：

这景色和山里可不一样，天是空的，平原躺在那里，伸展到天边。养老院在平原上盖造起来，弯弯绕绕的粉白色围墙圈出阔大的地盘，里头中间矗立着玻璃泛金的鸡笼子大楼，周围是整整齐齐宽宽四个住宿楼，后边是四四方方五号楼。五号楼后面是正盖新楼的工地，几架黄色吊车矗立在脚手架后头，像仙鹤在竹根里寻虫。

养老院附近零零星星有一些农舍，没迁走的耕地农将补丁式的地面种绿了，一巴掌一巴掌地拍在那里。我看见几栋农舍远远在西边天幕下,农舍后头有一栋种了树木的大房子,粉白色的围墙和养老院一致,墙头加盖了青瓦。院子里隐隐约约还有片草地。这房子的主人有点钱的,房子富富态态摊开在平原上,显出身价不凡的气派……

我慢慢向养老院步行,琢磨窃贼慢慢接近它时的感觉。他们在暗夜里,不可能欣赏平原上的景色,不可能被这养活着几百只老人鹤的建筑所感动。他们一定带着工具,以便翻越高高的围墙,并且要有办法把偷盗的小孩从高处弄下来,不发出响声和哭闹。这有点难!

我再次走过门房的时候,看见那个孙得一黏在门房里和保安员说笑,保安员保持着严肃的脸色,孙得一却涎着脸。

我慢慢踱到门房里,孙得一高兴得大喊一声:"小哑巴!"保安员斜我一眼,没当回事。我出乎孙得一意料,开口对他说了话:"五号楼丢了东西,你眼尖,肯定知道啥!"孙得一没料到这一着,牙齿嗑下去,咬到了舌头尖:"哎呀喂,小哑巴开口吓我一跳! 你可别乱说! 告诉你舅,我是瞎子! 不,我和你一样,我还是个哑巴!"

我看见几个楼里的老鹤又像水一样从住处门洞里泛出来,慢慢淌向过妈妈负责打理的食堂。我跟随老鹤的队伍,一边走,一边打量他们。入冬之后,天气没马上变冷,老鹤们穿得不算臃肿,不过,凉意激发了胃口,每个人的喉咙都在为想象中的晚饭蠕动。晚上吃啥是他们的话题,他们活着一天,就要嚼吃一天。每一次嚼吃,都让黄院长从他们的伙食费里头挣出钱去。他们身上的老鹤气味被冬天的冷气抑住了,这让他们显得更年轻些,更不耐烦,更显出气呼呼的不满模样。

的确,走到食堂玻璃门边,我听见了食堂里高过往常的嗡嗡声,老鹤们为了什么事,正在热切讨论。桌面还没上菜,过妈妈那些肥壮壮的食堂娘们窜来窜去分发餐具。

我绕到厨房后门,走进去。厨师们戴着发黑的白高帽,懒洋洋在灶上炒小锅菜。王大厨满面油光,剔着牙,牙签把他的嘴分成兔唇,黄板牙翘翘地动。他吃完了油腥,正想去门口透气。我拦他:"找你!"

"咦?"王大厨笑笑,"无冤无仇,没借没贷,小哑巴找我?"他一只手搭在我肩上,肥肉重量都堆我脖子后头,我俩像要好得不得了,出了厨房门。

"啥事?"他呸了一口肉屑,"要搭车?"

"五号楼丢了东西。"我自顾自说。

"这和你有啥关系?"王大厨不屑地哼了一声。

"你和施教练有来往。"我自顾自看着鼻尖咕哝。

"啥?那老驴子?啥叫有来往?"王大厨牛了。

"拉手递个纸条啥的。"我低语。

"哦?"他转过身,在路灯下上下打量我,"这和五号楼有啥关系?"

我怯怯地看看他:"不是我说的。我学给你听听。"

王大厨两只牛眼瞪住我:"好你个小哑巴,你还学得一笔一画的!真他妈大水冲了龙王庙啦!"

我扔下王大厨就跑了,我没走几步,一扭身,就进了一号楼。一号楼里头正等吃饭,廖老头和他那伙子老朋友围着窗边上圆餐桌坐着,一人手里一杯红酒。我跨前几步,说:"廖老,借您一步说话?"

老廖满意地看看我:"驾牛这孩子,越学习,越体面。找我说啥?"他站起来,招招手,在我前头上楼梯,带我到书房,指指椅子。

我坐下,低头看桌面:"廖老,我是小哑巴,不会说话。说几句,你能装作没听见?"

"你哪里是什么哑巴?你乖着呢!"他指指我,"我当过领导,肚子里藏得住。说吧!"

"五号楼丢的是人,丢了几个活孩子。"我抬头看看他。

"人?孩子?老人院哪来孩子?"他瞪大了铜铃眼。

"我得去找。"我说,冲他点点头,"您经事多,帮我想想,我找天来上课。"

我也不等他回答,站起来,跑下楼梯,一溜烟出了一号楼。

天色还没黑透,我顺手摘了一根五针松的垂枝,跑到池塘边,往石头尖上一搁。

我坐在鸡笼子楼和一号楼之间的长凳上,冻得缩头蹬脚。我看见葛婆婆和吴姥姥吃了夜饭出来,两个手牵手顺着脚溜达。我等着她俩过来,冷不防滚一个光玉米棒子出去,吴姥姥一脚踩上,差点没摔个跟斗。她气极了,拾起玉米棒子过来砸我,我正好托住她腕子,轻轻问她:"五号楼那宗事,您老也得了点好处吧?"

吴姥姥手一软,玉米棒掉了:"这是哪里说起?小兔崽子想诈我?"

我放开她:"反正,不是我的话。我学给你听听!"

葛婆婆赶上来,嚷嚷:"干啥干啥?小兔崽子?"

我闹够了,在我们大山里,猎人都是这么先下一圈套子的。接着我该回家睡一觉,睡醒了起来,挨个看这些套子里有点货没有。

第四章

一

睡梦里我上心自己疏忽了谁，手里别的事一件件都办了，独独像忘了什么人。我梦里怎么琢磨也琢磨不出，醒过来一看表，正是夜半十二点。我一想，想起了那根松枝。原来我约了罗锅鬼，得去池塘边会会他。

我从窗外下落水管，一路跑到池塘边，松枝照旧横在那里，半点人影没有。罗锅鬼说过我只要放上松枝，他半夜就来和我扯话，也许是信口胡言罢了！

我正疑心，来路上来了一只大山龟，大山龟嘿嘿阴笑："小哑巴呀小哑巴，我看你就是这院里的密探！"

我不等他摆谱，冷眼看他："五号楼你成天惦记着，整夜绕来绕去转，那边丢东西，肯定你有份！"

罗锅仰天一翻转，靠在一块湖石上，露出丑脸："嘿嘿。你倒别说，我至少有资格同你交换交换情报。你说点知道的，我就告诉你我看见的。"

我看看罗锅的小模样，他还是那样苦着一张毛脸，手脚在地上爬，又粗又脏。我不解："我是密探，你是啥？你干吗这么关心五号楼，这么了解院里头的事？"

罗锅叹了口气，无言；良久，又叹一口很长的气："小哑巴，咱们不谈自己好不好？我只同你做做交易，你想知道什么，说。然后你告诉我我想知道的。那不就简单了？"

"我想知道你有没有看见偷五号楼的贼。"我单刀直入。

"看见了。"他爽气得很。

"贼是谁？什么时候下的手？偷的东西放哪里了？"我问。

"我的问题：丢了东西谁最着急？怎么着了？"他问。

我想了想，说："成交。"

罗锅鬼翻倒在地，迅速围着池塘疾走起来，他一旦快速运动动作就非常有力，像一只大瓢虫在花瓣上搜蚜虫。他看四周无人，溜回我跟前，鼻毛在夜色中黑糊了他小半张脸："贼都蒙着脸，有三个呢！我看他们在五号楼有内应，偷的东西是里头送出来的，包裹得好好的，三个贼有个板车，拖上就走了。那天凌晨一点三十五分贼到，一点四十二分贼走。还有，贼没飞墙走壁，大摇大摆从院门口出去的。"

如果罗锅鬼说的是实话，他就是养老院里真正的夜游神。我简简单单回答他："院里的事，当然院长最着急。找到失物的人，奖金三十万。"

"哈哈，"罗锅鬼半夜笑声如同尖利的磨牙声，他又仰躺在湖石上，"小哑巴，让我告诉你，这里最有趣的一件事，恐怕就是猜谜。这养老院都是老手，干起活来你中有我，专施贼喊捉贼的障眼法。你这么嫩，破不了案！"

"你不想要那三十万钱？"我问。

"想。"罗锅鬼分分明明回答，"板车跑不远，赃物很可能就在附近。

我怀疑一个地方。可惜我这残废一个人不方便去。"

"你是要我搭档？"我听出他意思。

"钱你凭着良心分我吧！"他仿佛下了好大决心,放弃了一大块到手肥肉,"你明天白天悄悄到院外右手半里外的农舍边找我。"

我回到阁楼,打开门,惊讶地看见梅姐半夜靠在我老虎窗边吸烟。

梅姐掸去旗袍上灰尘,坐到椅子上,掐灭了烟蒂,"我找你。听说你在打听五号楼的事情。"

"梅姐,五号楼丢了东西。"我给她倒上一杯热水。

"东西,是小孩子。"她平静地说,仿佛吐出烟圈而已。

"这你都知道？"我睁大眼睛。

"别傻了,驾牛！这院里什么事情我不知道些呢？ 那些小孩子不简单,听说很值钱。"梅姐说。

"是吗？"我摇摇脑壳,让自己的睡意不要跑上来,"小孩子的父母要是跟黄院长急,她是没得办法！"

"听说那些小孩没有父母。"梅姐说。她两只凹陷的眼窝对着我,眼珠发出神秘的光。

"孤儿？"我有些吃惊。

"也不是什么孤儿。说人就是人,说不是人,也就不是人！"

"啊？"我晕了。

第二天早上,我昏昏沉沉跟着表舅在院里逛荡,我一夜没睡着,表舅看我迷瞪,问:"夜里干啥了？"

"我盯着五号楼。"我迷迷糊糊说,"怎么都觉得丢东西是有人里应外合。"

表舅掸掸白袖管,哼了一声:"小孩子说话要托牢下巴。信口胡说可不是啥好事。"

我嗯了声,没精打采。

"还在想你娘?实在不行就早点回一次山里吧。"他叹了口气,"跟个女人一样软了吧唧的!"

"不用,我就是缺觉。"我咕哝。

"那回去睡吧。今天没你事了。"

我确实回阁楼打了个盹,中午时分到过妈妈那里吃了个饼子。我逛到院门口,门卫袖着手,眼珠子发红,呆呆看着远处。我靠到他窗口,问他:"五号楼丢东西那晚上,该谁值班?"

那家伙吃了一惊,脱口而出:"我。"

"就你一个人?"

"就我一个。"

我看看他:"知道我是老李的外甥?"

"知道。小哥!"

"那好,告诉我,那天半夜谁进出了?"我瞪着他。

这人看上去老实巴交,黑脸膛上全是红痘痘,嘴里有股酒气。

"我?我没看见。"他声音像是蚊子叫。

"喝酒了吧?"

"喝醉了吧?"

"没有！没有！"

"我要是跟我舅说，你知道他会怎么做？"我问。

"小哥。别！那天我是喝醉了。不过门房还有人呢！"

"谁？"

"孙得一！他帮我看门呢！"

我从门卫那儿借了辆破自行车，自行车胎滚在田埂上，我颠呀颠地移动，空气里还没春天的气味，只是一种凉凉带烟气的平原雾霾。远处望见的农舍实际是孤立的，早就被废弃了，屋头上长满了草，草在冬天的末尾还通身碧绿，有的甚至扬着白色小花。罗锅鬼躲在歪倒的门后吸烟，大白天见他，比半夜更让人发怵，他脸是僵尸的灰白，嘴唇上全是燎泡。

"把车放在这里，你跟着我走。"他蹦跶一下，从仰龟变成了趴龟。

我跟着他在荒草和干土间行走，附近农田里种着绿叶菜。我一看就明白罗锅鬼的目标是那栋从金鹤外公路上可以望到的独立好房子，那里该是有钱人住的。是谁住在这片农地和荒弃的农舍附近？

接近白墙黑瓦小轩窗的大房子，我注意到房子主人在房子周围特意拉起了坚固的铁丝网。铁丝网从地面的一大圈水泥底桩上竖立起来，发出白森森银光，没任何锈蚀。铁丝网大约有两米高，上面还拉一圈铁蒺藜，显然是防卫四面八方来的窃贼。我们绕到房子正门前，正门是阔大的铁栏门，紧紧关闭着。我俩望见前院里有个中年女人坐在木盆前洗衣服。

罗锅鬼大大方方向那妇人发出一声嗤，像约定的打招呼法。女人抬起头，在阳光下手搭帐篷望我们，慢慢直起身来，甩了水，在围身上擦着手。罗锅鬼变戏法一般从佝偻的身子里摸出一大团毛茸茸的东西，几乎吓了我一跳，原来是只死大雁。

"你哪里逮来？"女人打开铁门的一段，让我俩进去，"厨房里什么都不缺，要是又买了你的雁，东家讲不准会骂我！"

"不要你的钱。"罗锅鬼说。

那女佣的脸忽地红了，叱了一声，转身拿大雁进厨房。罗锅鬼转身比陀螺还快，他朝我挥舞着手，脸上露出一种兴奋的傻笑。我朝后一跳，他哧地也钻进厨房去了。

我有点傻了，不过我才不傻。我看见厨房的门虚掩上了，我倒退到房子一角，偷眼观看这栋厚实中看的建筑。眼前是一个砖铺的天井，四四方方，四周角上放着养莲花的大缸，大冬天的没有绿叶，却看见缸里红红的小鱼。厨房在左边，对着厨房的右边是储物间。我站在一个敞着门的客厅外头，里面是茶几和高椅。客厅边上就是往楼上去的楼梯，楼梯另一边还间正房，关得紧紧的，不知道里面有什么。

我慢慢挪步上楼梯，楼梯和鸡笼子大楼的楼梯一模一样，用同一种物料造的。我听不见任何人声，二楼仿佛空寂无人。我走上二楼，一排房门分布在凹字形回廊的里侧，全部关得严密。我推不开任何一道门，就朝三楼上去。三楼主要是个晒台，四面围绕着深蓝色玻璃，顶上是半开敞的，有阳光有风吹，只雨水下不到，除非刮大风。

我不明白罗锅鬼带我来这里干什么，也许他只是找个借口来会那个老妈子？我站在二楼的回廊里望着原野，金鹤就在正前方偏左，看个一清二楚。平原上这家人家，几乎天天守望着金鹤呢！

咔嗒一声，又是咔嗒一声，我听见左手房门响动，我一闪身躲到楼梯边，探出半个脑袋。房里有个男人老态龙钟地出门来，一转身去了楼尽头的茅房。这人怎么看着像我见过的，那种身形体态！我正想着，罗锅鬼在底下啪嗒啪嗒跑，女佣人喊叫着，我伸头往下看，只看见罗锅鬼拿着一只鸡腿，边跑边啃，女佣人衣服没穿整齐，急得红了眼："这你不能动，我会挨揍的！"厨房里滚出来一股红烧鸡的香味。

我回过头，正看见上茅房的男人打开自己的门进去，又是背影，也有些佝偻，慢手慢脚，对楼下声音不闻不问。

我走下楼梯，罗锅鬼嘻嘻笑着跑过来，回头对红着脸的女佣说："你嫌我像乌龟，乌龟能这么活络？你以为乌龟只长两只脚？"

女佣人劈头打一个水瓢过来，打在他驼背上，咚一声闷响。

罗锅鬼推开铁门逃出去，我挡在他身后，跟着出门。女佣人扑过来锁了门，咒骂一声。罗锅鬼回头喊叫："好好吃大雁肉吧！下回再给你送！便宜你啦！"

我们灰头灰脸在土路上跑了一段，罗锅鬼才问我："到处看了？没小孩子？没听见小孩子哭？"

"没有。"我说，"哪里有小孩子？半点声音也没有，安静着呢！"

"那就没戏！"罗锅鬼摇摇头，他一点不失望，我猜他一半是为了女人来的。

回到金鹤院里，罗锅鬼一晃就不见了影子。我走过一号楼，正碰上乐老头在门口溜达。乐老头喊我:"驾牛!找你呢!多久不读书啦!"

我跑过去,莉莉推开门:"驾牛,进来!"

我跟着两个老的进门去,准备坐下来听我今天一点不感兴趣的数学和语文。他们把我带到二楼书房,太阳照亮那里的一切。莉莉倒了苦热水给我,她和乐老头对着我坐下:"驾牛。我们问问,你和廖局长上回说了些啥?他这两天怪怪的,闷闷不乐,今天谁也不让陪,一个人回大城家去了。"

"没啥。"我说,"院里事情呗。你们都一样听得。"

乐老头看看莉莉,他嘴角泛着白沫:"到底有啥事?黄院长像也病了。院里老家伙们都怪怪的,同平日不一样。"

"有啥不一样?"我问。

"我也不知道,只听见几句漏嘴的,说黄院长有麻烦?"乐老头问。

我摇摇头,莉莉瞪了乐老头一眼:"你管别人的事!关键是老廖!老廖昨晚为啥说阿黄有事瞒着我们?"

他俩渐渐恢复了原来模样,不再是两只尖嘴雀子。莉莉说:"今天我没准备课,老乐你给驾牛讲文章好了!"

即便是喝了苦热水,我还是心不在焉。乐老头自顾自讲什么写文章要"起城转鹤",我心里不由自主想田野上刚去过的那户人家。那女佣和罗锅鬼有一腿,她图的准是些小恩小惠;这楼起得气派,望得见金鹤,也望得见平原的远景。三楼的晒台晒起干菜干豆来,太如意了!二楼那个上茅房的人,他的身条子怎么这么熟啊?像谁呢?

乐老头推推我,伸手摸摸我额头,摇摇头说:"驾牛啊,你听着吗?

我怎么觉得是在对牛弹琴呢？"

"牛？"我茫然扭过头，看着乐老头。他在摇头叹息："唉,小土猴子,个个不爱念书！"

"小土猴子？猴子？猴……"我突然中了邪,从椅子上跳起来,撞疼了大腿,"爹?！"

二

我心里七上八下火烧火燎,我得找个人商量商量。可我没朋友。

我心里一急,忽然由不得自己的脚,想去找表舅。表舅平日里没个固定的办公室,就在院里逛东逛西,没事就在厨房落脚,有事在黄院长房间。我跑出一号楼,要往厨房去,差点一头撞廖老头身上。

廖老头拄了个新拐杖,手里拎一个旧包,气喘吁吁往一号楼来。他一把扯住我："驾牛,你来。我正要找你。"他脸色难看,拉得老长。

我只好随他又回一号楼,廖老头和莉莉交代了几句,把手里包交给她,就挥挥手,扯住我袖子,慢吞吞拉我爬楼梯上书房里去。

也不给我苦热水了,他四处看看,眼白多过眼黑的两只眼睛望定我："驾牛,你说我这老不中用的家伙是不是让人家骗得团团转? 我这几天不在院里,想了很多。你说那个施教练他为啥那么恨我? "

"为啥？"我莫名其妙地看着他。

"就是呀！其实我和他无冤无仇,为啥他老是对我下狠手? 是不是还有别的原因呀? "廖老头说得气恼起来,嘴角都不自然地扭歪了,吱吱冒出白沫子。

"啥原因？"我低哼。

"是不是有谁干了坏事，栽在我头上呀？我又不知道，万一真是那样！"他脸上浮起我从来没见识过的愁云，好像一个好好的柿子放久了，突然松垮下去。

"我不知道。"我说。

"你那天告诉我五号楼丢了孩子。这……这……老人院哪来孩子？这老人院可是我求着人批下来的执照！"

他呼噜呼噜喘起来，长出老年斑的手指抠着椅子扶手："驾牛，你是老实人。你告诉我，我这疑心可疑心得对？"

他死死瞪着我，好像要把我看个透明。他的眼光既凶狠又可怜，像一边在琢磨我，一边又在求我。我摇摇头，不知道该说些啥。

廖老头叹了口气："我也是糊涂了，这话问你个放牛的小孩有什么用？要问，得问那个施教练！"

"你们是仇家。"我脱口而出。

"哦？仇家？"廖老头漫漫地应了一声，"其实也没多大仇恨。如果是别人从中调唆的，就更谈不上仇家啦！驾牛，你说我该不该找施教练聊聊？"

"啊？"我有点犯晕。

"托你办件事。你去找一下施教练，就说我想请他喝杯茶。时间地方随他选。"廖老头一下子站起来，变得很利落，"就这么办！驾牛！如果他问东问西，你一概不知。话传到就好。"

我又不傻，廖老头害怕什么我不太清楚，不过，他要和施教练喝茶，这种稀奇事，必定藏着什么后手。我还是别沾？

"廖老，这事我难办。"我摇摇头，看着他，"我下了他好几次臼。他搬去四号楼都怪我。他和我有仇呢！"

"小孩子不懂事。"廖老头摇摇头，"你传个话，他不会计较你的。"

他看看我，知道我不情愿，又说："有句话也许我不该说，不过我觉得你不像你假装的那样子笨，所以，就算我提醒你好了——你也该给自己留条后路！"

我坐在廖老头甩手走掉后空落落的书房里，垂着脑袋看书桌。这金鹤不再是一个死气沉沉的地方，现在好像是个慢慢动起来的漩涡。我仿佛从崖上低头看着水势，漩涡搅动着，正在成形。我心里想得多些的，不是廖老头和施老头，而是那像极了我爹的背影。

我还去找表舅？我有点犹豫了。表舅？表舅？该找他？不该找他？

我坐在短途火车车厢里，奇怪自己怎样跑出来的。我回阁楼拿了点剩食和我的钱，又把大蛋的狗皮袋子从床底拖出来，把吃的和钱放进去，我放心那种毛茸茸的感觉。拖狗皮袋子时候，那只塘里捞的竹笔筒沉甸甸倒下，滚到我脚边，我顺手往狗皮袋里一塞，准备见面后让吴三妹看看。

我告诉门卫我去西湖边城里看望施教练和他住院的男老婆，走得急，请他转告我舅。我实际上根本没打算去什么医院，我拦下公路上的车，问他们去不去吴三妹待着的大城。我心里边的事，只有和三妹说。

吴三妹叫我等了一个多小时才从大楼里出来,她憔悴得很,两只眼睛水泡泡的,迎风掉眼泪水。她笑笑说:"这几天公司里鸡飞狗跳,外国老板丢了魂了。"

我没接她的茬,我说:"我好像看见我爹了!"

"真的?"三妹一把握住我手,嘴里漏出一股好久没睡好的酸气,"你爹? 在哪儿?"

"不一定真是他,不过,那背影儿好像!"我咕哝说,"就在老人院附近。"

"你去家先歇着吧。"吴三妹说,"我还走不开公司,一会儿一会儿要使唤我呢!"她抹抹累得淌泪的眼,"晚上我带晚饭回家。今天烧不动饭了。"

我愣了愣:"那我就不去家了。我还要去看看医院里两个老的,是院里派的活。我只是来问你,问你一句,如果那真是我爹,我认是不认?"

"你爹,当然要认! 这么多年撇下你娘和你,你爹怕是另成了家吧?"三妹问。

"我不知道。"我点点头,"所以我有点怕!"

"犟牛,怕?怕是没用的。"三妹伸手摸摸我后脑勺的头发,"你娘托付我找着你爹,你要是真找着了才好! 至少知道这日子过得是怎么一回事!"

"嗯。"我点点头,心里定了主意,我从大蛋的皮里掏出那个重重的竹笔筒,"三妹,我从塘里捞着的就是这东西,正好滚在脚边,就带来了。和你那个,样子是一模一样!"

吴三妹"哦"一声,接过去,眼睛放光。她把竹笔筒往衣襟下一裹:"你回吧!我在这里等你信。是你爹,你带他来。不是你爹,你独个儿来!"

我刚要起身,三妹忽然说:"老任……"

"老任?"我回过头。

"老任好久没声音了。不会、不会从此就失踪吧?"三妹担心地看着我。

我笑了:"他失踪关我们什么事?"

三妹摇摇头:"不关我们什么事。只是我的工作是他替我找着的。这种能赚钱的工作,太不容易找了!"

我送三妹回大楼,忽然奇了怪了,我竟然馋那一杯苦热水?我犹犹豫豫推开苦热水店的门,自己也闹不明白为啥花了三十多块钱买苦热水喝。我坐在窗边看三妹上班的大楼,心里甩不开我爹的影子……

我呛了一口:大白天见鬼,大楼里走出一个外国人,这外国人脸儿冷冷的,身板子高高的,不就是五号楼里那个外国医生?

我辗转到了西湖边的城,凭着记性瞎猫乱跑,倒是找到了施教练男老婆住的医院。我摸进住院部,看清楚施教练的男老婆原来住的是肝胆科病房,施教练正在走廊尽头的窗口一个人抽纸烟。

他看见我,瞪大了眼睛。我把手里刚买的水果递给他:"叔好点没?"

"黄院长派你来的？"他圆睁怪眼，"惦记我们死了没死吧？"

"不是黄院长。"我说，"这事怪了！"

"你小放牛的有良心。来看我们？"他递给我一根烟。我叼在嘴上，他"啪"地给打了火。

"施教练，廖局长让我找你。"我呼出一口白烟。

"又想唱哪一出？"施老儿哼一声，粗黑眉头倒竖。

"不知道。"我说，"他就让我转告你，要请你喝茶。"

"怪事！"施教练看看我，怎么也想不明白，"他找死？"

"冤家宜解不宜结。"我忍不住说，"我看廖老头是好意。"

我走进病房去看躺在床上那一位，他喜出望外，见了我怪亲热的，伸出手摸我，声音听上去已恢复了原来的磁性，身体好多了。

施教练跟着进来告诉他："廖老贼打发驾牛来传话，说要请我喝茶。"

那男老婆也跟着琢磨廖老头的用意，他叹息说："百思不得其解啊！不过，阿黄比他更坏！"

我心里一动，自己也不懂为啥向他俩透露廖老头的秘密："廖老说他和你们没仇，假如有人挑拨离间，那更加和你们没仇啦！"

"啊？这啥意思？"两个老头坐在病床上面面相觑。

出医院，我还是要想办法赶回金鹤去。施教练的男老婆拉开病床床头柜，请我吃了三根黄香蕉、两只肉松面包，我不饿了。施教练朝我口袋里硬塞了几百块钱，朝我脸上挥了挥手。

我搭上一辆朝金鹤方向运洗衣机的卡车,给了司机五十元,司机挺高兴地一路和我乱扯。

　　我靠倒在副驾驶座上,一路颠簸,假装打盹。到了能望见金鹤的公路口,我谢了那家伙,打开车门跳下来,站路边点了支烟,看那卡车摇摇摆摆继续往前开。天已黑透了,金鹤闪着夜灯的黄,不是金,是一种恓惶的淡黄色。

　　我决定摸进那家围着铁丝网的房子,当一回冬天的壁虎,探个究竟。是爹我就认,不是,去我一块心病也好!

　　走在黑咕隆咚的田垄上,夜风冷冰冰。我摸着大蛋的皮,眼里盈满了泪。大蛋是多么神气的一条大黄狗,它不是山里土狗,它是表舅从城里带回来的狗崽子。表舅把狗送给我爹时还说,拿不准是条洋狗,看它的长脸!

　　大蛋一边长大,一边显出它的不同寻常。它胆子奇大,爹逮回来的活物它都要上去认一认:它对着狼汪汪叫,对着狗熊呜噜呜噜,对着野猪,抱住了就滚;山外头派人来查我们人口,爹说这是要排着人头抽税,他一边吸水烟,一边把大蛋放到院子外头挡干部。我听见大蛋叫得洪亮,撩开窗上草帘子往外一看,好家伙,乡里干部用火铳顶着大蛋的额头呢!大蛋气得嘶嘶吐唾沫,一低头穿到那家伙裤裆,咬住了他的土布裤腰……

　　我多么想念大蛋,想念山里的日子。我糊里糊涂来到金鹤,成了这里一个打杂伙计,回不去家,看不见老娘。也许这一切就是老天的意思,老天要我来找我爹呢!

如果那人真是我爹，我到底怎么处？看上去他活得好好，挺自在的呢！他把娘这么一撇，连一封信都不给，把我这儿子当扔开的野种了么！我还认他干啥？

不过，当年的事蹊跷，爹名字的棺材里还躺着个死人！他是不能复活呀，否则，那棺材里躺着的又是谁？怎么死的？多半爹不能再抛头露面，到人世间为人，才窝在这前不着村后不着店的房子里呢！他哪来钱买房子，肯定是被人锁在这里不能动了。

想到爹可能有的苦情，我的眼泪就从脸颊上滚落下来，火烫烫地掉在寒风里。

我把大蛋的皮裹在脖颈子上，靠近了那孤独大房的铁丝网。我听了听，嗅了嗅，冷风阵阵，什么动静都没有。这房子很考究，窗户外头还有木头做的百叶护窗，大多数护窗都关严实了，有几扇敞开着，从里头露出灯光。

我看看无狗，把大蛋皮扯开来盖在铁丝网上，我拿出山里功夫，往大蛋皮上手脚一借力，就凌空翻进了院子。我让大蛋皮躺在铁丝网上，自己摸扯到落水管，就抱住管子往墙壁上爬。冬天水管子冰凉，我手指马上就僵了。

我人抖得厉害，那人住的房间就在我右手边第三个窗户，窗户开一半关一半，里面泻出橙黄灯光。我慢慢壁虎过去，朝光亮里望去……

一个男人仰在躺椅上看报。灯在躺椅后面的桌子上，报纸遮住了他的脸。他跷着二郎腿，得意地打着无声的拍子。

这不是我爹！

不过,这人还不正是我家的人!

他把报纸一甩,打了个哈欠:我表舅!

我恍然大悟:这是表舅的家。他出了金鹤就回这房子。出了这房子就来金鹤。我只是没想过他住在哪里,住在这里太合理了!

那么,那个背影像我爹的人?

想到曹操,曹操就到,窗户里头传来房门被嘭一声推开的声音。表舅惊得从躺椅上跳起来:"你干吗?"我顺他声音一看:白天那个弓着背的男人正好脸朝着我进门,灯光照亮了他半边脸,那脸又老又干瘪,可是,再怎样变,儿子岂能不认得老子?

我爹上气不接下气,激动得不行,他手里托了一样厚厚的东西:"你看!这是我家猎狗的皮!挂在院里铁丝墙上!"

表舅低头凑上去一看,脱口而出:"驾牛?"

"驾牛?"我爹一声怪叫。

表舅的背僵住了,他慢慢挺直了,伸手让我爹闭嘴,他背对着窗户,以他一贯的威严腔调大声说:"驾牛,给我从墙上下来!进来见你爹!"

我觉得自己是一条被人撒了盐的蛞蝓,软得不行,我"咚"一声从窗户跳进室内,表舅往床边一闪,转过身来,我倒过去,伏在地上,对着我爹喊一声"爹啊",一把揽住他腿,泪水和心酸充满了我的心,我感到手里抱住的两条腿筛糠得厉害。

就这样,我又见到了死去的父亲,很多很多年以来,我都认为再也见不到他了。

爹的声音苍老无力，好像是空气中游动的一丝细线："老天有眼。驾牛，你已经是一条好汉了！"

表舅一把抓住我的后背衣服，把我从地上扯起来："既然你敢找到这里来，可见你确实混出胆量来啦！现在，什么都不用瞒你了，你该接我这糟老头的担子啦！"

三

看见爹的同时看见表舅，这让我心里生出一丝自信。尽管我没作任何猜想，这仿佛就该是故事本身的纹路。

表舅是种力量，表舅也是一个谜。我从来没权利要求表舅解释我那些涟漪般泛起的疑问，不过，我明白，很多答案都在他干瘦的身体里藏着。

爹老得超过了我的想象，还好我首先瞥见的是他的背影，若先看他脸，我几乎认不得。他嘴里有一股我不熟悉的烟草味道，他的牙已全部黑了，坏透了，蛛网似的皱纹刻在脸上，像蒙着一层透明而深刻的网。爹在网子后面端详我，他喉结上的皮已经蜡一样的了……

"儿啊！"爹浑黄的泪珠瑟瑟落下，"我不得去见你啊！"他逮住我手，砂纸样的手掌在我腕子上摩挲，"儿啊！我是活死人呀！"

表舅没任何拦阻我爹讲故事的意思，他拉开门，对着走廊喊叫了几声，那个底楼住着的佣妇送来了茶水和面饼。爹盘腿在床上，表舅拖过高背椅子端坐，我蜷在躺椅顶端。

"儿啊!看见你我舒心啊!"爹让我吃饼喝茶,"我自己作孽,怪不得别人。"

他絮絮叨叨颠来倒去讲了他自己的事情。为不耽误工夫,还是由我子代父劳来转述吧。自从一号楼给我上了文化课,我驾牛也算是小半个讲得清人事的知识分子了!

我爹一直在山里打猎,靠山吃山,除此外毫无别的本领。我娘从无半点怨言,自己在屋头周围和我家祖传的几亩水田里种粮种菜,拉扯我。

可我爹越来越好逸恶劳,在家的时候,他抽水烟吃腊肉,不肯下田去。有时候有人还换给他几把大麻,抽了更受用,哼哼唧唧消磨日子。

临到进山打猎,他倒是万事仔细预备的。体贴家里穷,他只带些干饼咸菜,肉食靠自己现逮现吃。往常山里野物不少,他张网罗下绊子,总亏待不了自己嘴巴。有时候碰见山洼里头过来的猎手,他还要拿野物换人家好酒,一起点篝火,尽醉方休……

可叹出事那年天旱,山里野物死得多了,就不好逮;就算落了他网罗的,也常饿得皮包骨头,没什么肉油。爹在深山里逛了一个来月,不但没猎获,自己也饿得发昏,缺滋养。他历来有吃猴子肉的前科,大家不吃的,他偷偷吃。既然这番饿昏了,我爹就盯上了猴群。

千不知万难料,就是猴子害了我爹。

我爹跟着一群野猴走,悄悄打落了其中几只落单的小公猴,打打牙祭。一路跟下来,竟就是回家的路。

那天下午,他远远在山路上看见了壮青他娘。壮青娘背了竹篓子慢慢爬,猴群在我爹前头半里地,满山树上逛荡。等我爹看见领头的猴王带着猴群劫了壮青娘的货,猴王竟动手把壮青娘按在水塘里淹死,他害怕得掉头就跑,生怕把奇祸揽自己身上……

　　不过,我爹记住了猴王,他想悄悄替壮青家报了这暗仇。

　　后面几次进山打猎,爹一旦跟住这群野猴,就尽力接近猴王,想用火铳干掉它。猴王不容易接近,爹好几次都失了手。

　　终于有一天,我爹在竹坡子后面山坳坳里看见猴群有点不同往常,若不是喝了发酵的果汁,就是病恹恹发了瘟。他轻而易举跑到了猴王跟前,对着杀人老猴子念了几句往生咒,一火铳打在老猴子心上,其他猴子一哄而散。

　　我爹还记得他摸那只老猴王的感觉:猴子的嘴唇不知道为什么肿得像两只鱼鳔,身上猴毛湿湿的,好像出过通身大汗,粘手……我爹生了火,正饿,他只割了猴子腿肉,烤得焦熟,填了肚子……他平素都会埋了吃剩的野物,这次他觉得乏力得紧,就把野猴王的尸首扔在竹林里走了……

　　我爹被那些穿迷彩服的人找到的时候,已连着拉了两天肚子,在半山湖的一个草棚里躺倒起不来了。可怕的不是拉肚子,他的嘴唇跟猴子一般肿起来,浑身被止不住的潮汗浸湿……穿迷彩服的人中间有我表舅,正因为表舅,他捡回了一条命。他们扎另一个吃了野猴肉的山里人身上的针没扎他,他们把那个扎针扎死掉的人抬进了爹的棺材……爹听了表舅的劝,甘心钻进那些人留给猴子的笼子,跟几只生了病的大野猴一起坐上有篷布的卡车,离开了大山,去山外治病,再没有回家……

表舅一直抽着烟卷儿,眯着眼,听爹给我讲故事。直到爹收住嗓子,满屋子呛人烟雾,他才站起来打开门窗,提起窗户下的花壳子热水瓶倒水喝。

表舅不把滚烫的玻璃杯放下,而是倒着手,拿住了喝烫茶。他威风八面地坐在靠椅上,高过我们父子俩。表舅说:"这是天数。猴子是你爹吃的,没人逼他。在山里拿猴子试药是挣大钱的事,是黄院长老公觅来的项目,他雇了我带路,进大山。"

表舅看看我,又看看我那老得不成样子的爹:"还好药后来试成了,救下你爹的命。出山的时候,谁也不知道他还活得成活不成!这事是一个秘密,所以,你爹只好屈就在这里……这是我使尽了浑身能耐可以做到的了……"

爹从床榻那一堆和他的命同样烂糊糟糟的被褥里抬起头,对我说:"驾牛,是命,是命!你舅不欠我们什么,没他,我早死了烂了,没人找得着尸身。他本可以远走高飞,你知道他是远走高飞的料,为了我这累赘,他给人家立了誓,只好窝在这里,替人家管家护院哪……"

我没恨表舅,我什么也不恨,我只是晕得像吃错山蘑菇,头又痛,眼又睁不开:命这个东西太折腾人,叫我无话可说。

还是表舅接我爹话头:"驾牛是个聪明人,这是你家福气。我带驾牛下山,本是想仔细看看他。现在很好,料是块好料,就看自己造化了!

驾牛,待你认认爹,歇口气,我把金鹤那摊子事情慢慢讲明白给你!"

表舅把我和爹留下说话,自己跑开了。我跟爹说了说娘,也说了说吴三妹。我说娘托了三妹出来找他,娘看了那陌生的尸首,知道不是爹。

爹叹口气:"我怕是难啦。那些人要不是碍着你表舅,早容不得我活口。我发过誓不能回山。"

表舅带我去另一个房间住下,那个仆妇又弄来半只熟鹅给我当夜宵。

半夜表舅敲开我门:"驾牛,你来得好,我等你等得都不耐烦了。你不傻,有啥问题你趁着今夜就问吧。别错认我有能耐,我的能耐也就这么着了。我指望你能耐,你有能耐,也许这辈子我们还能回山里去,亲亲戚戚的,过自由自在的日子!"

"舅,你是谁?"我半点不浪费时间,脱口而出。

"好小子!"他赞一句,"表舅家比你家有钱些,很早送我下山学生意。我没你聪明,很多年都只是弄弄草药,后来在城里卖丝绸。长话短说,黄院长来买丝绸送外国人,为了我肯给她赊账,她就多给我生意做。这女人天生爱贪便宜,她不是没钱,她只是喜欢多占人一点好处。你可以记着。

"后来她老公也认识了我。当时他还没老态龙钟,正是干事利落的年纪。他走遍了全世界,见过大世面的。他问我哪里可以过过打猎的瘾,我自然就带他进了几次山。每次,他都付我一大笔导游费。

"驾牛,你足够聪明,不必细说,打猎不是他的目的,他在寻找可以试药的野生猴群。那才是挣大钱的买卖。其实,我还是低估了他的盘算,他的盘算没边的哪!接下来,就发生了你爹的巧事。本来,黄院长的老公不是个拖泥带水的,你爹已病得要死,他只不过帮着来个痛快的。我认出你爹,求他手下留情,他算是给了我一个大情面。

"你问舅舅我是谁,这很好,说明你看事情不光单看一个人一个点。表舅是个小角色,自从你爹到了金鹤,黄院长和她老公要我收了丝绸生意,帮他们去管养老院。你明白我推脱不了的,这是救你爹的代价。

"我管了金鹤这些年,其实我只是个大跑腿的。黄院长夫妻为啥开金鹤这养老院?你也许不明白,我可是看清楚了。那医院,才是黄院长天天上班来盯着的东西哪!

"我就是这么个老家伙了。我有个盼头:哪天老天爷许我回山去,和老婆孩子过几年安稳日子。山外头的世界,我老婆我孩子还是不要出来认识的好!"

我咂摸表舅的话,心里又亮堂些。我再问:"表舅,院里到底谁是你的人呀?"

表舅咧嘴笑了,脸上亮了一亮:"驾牛,你越问,我越觉得你有出息。我别的没有,人缘还有一些。这么说吧,你认为是我的人的那些人,肯定都是我的人。你拿不准的,你现在可以问我!"

"有人说施教练和表舅是一伙儿?"我有点好笑,就笑了。

表舅也是一笑:"不能那么说。他是养老院的主顾。不过,他服帖我,不和我过不去。"

"廖老头应该不是?"我问。

"当然。那是个退休官儿。"表舅摇摇头。

"表舅,有个罗锅……"我问。

表舅皱起了眉头:"正要提醒你呐! 这个罗锅鬼我也有点疑心,到底是什么家伙?进院来是正正常常的,有小辈送,有家庭联系。不过,我也觉得这人古怪。这样子的怪人以前还有,后来有的出院回家了。总之,有这么些小鬼,在院里鬼混……"

我点点头,还想问呢,表舅说:"黄院长只知道钱钱钱,在钱眼里翻筋斗,笼络人心她是不擅长的。不过,我们要那些不地道的家伙也没啥用,我们不和黄院长争啥,只求个太平而已。"

看得出表舅疲了,我逮住最后机会,问了一问:"表舅,医院丢的那些孩子,到底是什么来头?"

表舅一惊,他站起身,打开门窗,到处张望了一番。关上门窗,他低声说:"这件事千万不要乱讲! 这些小孩,连我也不打听,能躲多远躲多远。"

一夜再无话,第二天一大早,我吃了面饼稀粥,告辞了我爹,就悄悄往金鹤院里去。表舅昨晚累了,还在睡觉。

我心里没事,我根本不着急啥,我觉得怪了:我像是金鹤的局外人了,走进来,心里就想看个热闹;任他发生啥事,对我,都是看戏。我有了看戏的心,眼珠子看出来的就不一样。

才跑出去一两天,春天就像一个贼,冷不防溜进了金鹤院子。鸡笼子楼门口不起眼的一排玉兰树突然开了花,光秃秃的树枝上暴出一羽羽白鸽,那是白玉兰;白玉兰左右绽放一排排"紫拳头",那是紫玉兰……老鹤们还没吃早饭,都是睡不着觉的早鸟,跟拖着翅膀的鸡似的,在院心里绕圈……我打量这满地满世界的老家伙们,难道黄院长真能从这些老肉渣渣里榨出金子?

我看见孙得一拉开厨房滑腻腻的小门往里探头,忽然记起我就是要找这老滑头。我慢慢从他身背后靠近他。厨房小门打开,王大厨耷拉着脸,往孙得一手里塞了一副大饼油条,门"嘭"地关上了。我借着撞门声跳到老孙头背后,伸手轻轻巧巧夺过了他的额外早饭。

"妈拉个巴子!"老孙头气急败坏转过身,一只油手鹰爪般来夺食。看见是我,他愣住了:"小哑巴?你抢我早饭干啥?"

"过来。"我一歪脖子,自己猛然发现自己气焰陡升,完全不像以前的小哑巴。老孙头眼巴巴望着我,乖乖跟在我背后走,一直走来几株松树底下。

"孙得一。"我喊他的大名,却不说什么。

"嗯?"老孙头看我的眼色有点怵了。

"黄院长丢了东西。你知道,不过你不说。"我点点头,"现在黄院长吩咐我查查,你告诉我呢,还是不告诉我?"

"我?……"老孙头瞪着我,下巴颏儿抖着,用劲想,脑子不够用。

"你也不告诉我表舅。"我再点点头,"有你的,夜里大门落在你手里。你厉害!"

老孙头直跳过来,伸手捂我的嘴:"不敢瞎说!不敢瞎说!"

我没让他那脏手碰到我,跳开了:"要么现在我就回黄院长话去?"

老孙头急得围着松树干赶我:"小哑巴,小哑巴,你等等!"

我立定了,当胸一把揪住他:"三个贼,推着板车,大摇大摆偷了黄院长东西,从院门口走出去。给了你啥好处,你里应外合?"

"啊!啊!啊!"老孙头急得乱叫,"哪有什么板车?我没看见贼!怪不得我!怪不得我!我半夜三更不睡觉干啥?那是有人吩咐我夜里到处看看的!"

"谁吩咐你了?"我拉近他。

他"啊、啊、啊"地乱叫,口臭乱喷,摇晃着脑袋,就是不肯说。

我凑近他耳朵:"孙得一,你听好了,我也是要交差的。我要么把你交给黄院长,要么把你交给我舅……你倒是要哪一个?"

"你、你、你,小哑巴,行行好,你还是把我交给……"他吐出一个名来,我刹那间听糊涂了。

他?

老孙头为啥选他?他是吩咐老孙头半夜守门放贼的那个人吗?

四

钱不是拿来乱花的,没人不心疼自己的钱。黄院长给我那包钱的时候正方寸大乱,后来几天,她大概越想越后悔,肉疼把这么多钱给了我这乡巴佬。

钱给乡巴佬有啥用呢?乡巴佬还是乡巴佬,成不了事。她和老公一起来了金鹤,表舅下午派了过妈妈到小阁楼召我:黄院长要乡巴佬去她办公室"树枝"。什么"树枝"? 我听都听不懂!

　　我不懂我身上的变化:我听到黄院长和她那老公,心里像毛毛虫在刺;我又很想看见他们,仿佛看见他们就能弄明白什么要紧关窍;我想到表舅,他不像往常那样如同一座硬硬的靠山,而我却从上往下看着表舅的头顶,看见他掉落了不少头发的脑袋;我跟在过妈妈后头走去鸡笼子楼,过妈妈不停对我说着话,我一句没听真,我觉得她是一只老母鸡,还以为我是黄翅膀的小雏鸡呢!

　　房间里只有三个人:黄院长夫妻和我表舅。表舅看我进门,挥手示意我把门关严。他对黄院长的老公说:"驾牛比我合适多了。我老了,他正当年。他比我年轻时老成! "

　　黄院长的脸瘦了一圈,她那惯常的嗤笑从脸上蒸发,她耷拉着有老人斑的疲惫的脸,放在桌面上的手明显抖动,她问我:"驾牛,我丢的东西,你打听得怎样? "

　　"是三个贼,拖着板车,从医院拉出去的。"我呆头呆脑地说。

　　"啥?"黄院长跳了起来,手撑在老板台上看着我。她那老公吼了一嗓子:"牛啊! 驾牛小兄弟! "

　　"不过,没人知道谁是那三个贼。也没人知道贼跑去哪里。"我平声静气把话说完。

　　"你说得仔细点,驾牛! "黄院长的老公精力不济了,口气还是很大,"我们来分析。"

黄院长圆睁大眼瞪住我:"驾牛,执勤的门卫为啥不报告你舅?"

我没有说话,我管住自己的舌头:"不能多说。我答应了人家。"

黄院长夫妻面面相觑,老孙头忽然埋怨黄院长:"叫你满院子装上监控!你省那种钱?!现在可好!老外天天想给我最后通牒呢!"

我低下头,喃喃说:"我把知道的全告诉你们吧?我要回山里去看娘!"

表舅一直没吱声,过了好一会儿,他对黄院长说:"你让我去查,什么也别想查到。驾牛是个福将,提防他的人少。"

他们凑到一起交头接耳了一番,黄院长清清嗓子,笑了,假装甜甜对我说:"驾牛,娘要看,院里的事先要办。你把我的事办好了,回头我同你一起进山,趁此机会把你娘接到院里头来,住一号楼,一起享福!"

我不言语,他们看着我,我说:"不是不要娘享福。我办不了院长交代的事,这里,我一个山里人,谁也看不上我。"

表舅一拍一挡说:"哦,这小子在开条件呢!"

黄院长的老公点头:"有啥条件?驾牛,你一五一十开上来!"

黄院长也点头:"驾牛,能答应的我都答应你。只要赶紧找到那些小孩子。"

我不会说话,我就说:"别人也不欠我。他们要是跟我开条件,我掂量着,总得给些甜头。好比砍了根甘蔗,老根也得让让人,多少甜甜嘴。"

黄院长夫妻打个哈哈:"说得是。驾牛你掂量吧。只要不是狮子大开口,我们都认。"

黄院长有点不放心,指着我舅:"老李多给把把关!"

我表舅摇头:"不关我事,不关我事。我老了,我放权。"

我又说:"还有些事,得许我办。"

"啥事?"黄院长扬起眉毛,斜睨我。

"譬如:廖老头要我约施老头见面喝茶。"我瞧着黄院长。

"啊?"她晕了,看她老公。

黄院长的老公打个哈哈:"不打架了?谈和?驾牛,这种小事你就自己瞧着办吧!"

黄院长手心抹抹脸,轻轻扑哧了一声,问:"老廖他啥意思?"

她的老公鼻子里嗤一声:"你管他?找丢的东西要紧!"他知道找的是小孩子,可还是说成"东西"。

表舅站起身,对我说:"懂事点!黄院长把你当了自己心腹,这种信任你乡下人也懂的!不用舅说了。找东西的事,绝对不要让警察瞎掺和!"

黄院长夫妻一起点头:"这是我们的私事,私事不要让外人知道。"

我,小哑巴,不算外人了?

过强蹲在我阁楼门外抽烟,看见我上楼,他啐了声:"狗驾牛!跑哪里去了?一个人挣赏金?天打雷劈的!"

我扑哧一笑:"难道你找到了丢的东西?"

"看不起我?"他拧着脖子。

我打开门,让他进来。过强还是老样子,坐到椅子里,把脏鞋子满不在乎地搁到我床单上。我手一拂，他脚掉下去，人在椅子里一蹲。

"听好了！从今往后，别把烂鞋架我床上！"我竟然伸出一根手指，朝这家伙鼻子上一戳。

"哦?"过强愣在那里。我往床上一躺，枕头竖起来，垫在背后，两只手枕到脑后。我用脚点点他："说吧。什么鸟事？你能发现个啥？"

他惊呼了几句，我不搭理。这鸟人很快适应了新情况，说："行啊！你老大吧！我是想告诉你……喂，乡巴佬！你知道什么叫克隆不？"

他凑上来："乡巴佬，你要当老大我随你，这还不容易?我替你拎鞋子好了。不过，钱上头你不要含糊！挣到了钱，你永远是老大。挣不到，你别硬撑着。其实，这件事太邪乎，我们要是找别的路子，我看也能挣钱！"

我瞪他一眼："想钱想疯了？"

"谁不是为钱发疯?"过强嗤笑，"黄院长那肥婆子不为钱？你表舅不要钱？你不想钱？这老人院就是个浑水塘子，捞得到钱，否则早荒废了。你也不想想，哪个正正经经的养老院是挣钱的？都亏本！"

不等我想明白回答他，过强凑到我跟前，压低嗓子："你自己掂量，弄得到黄院长那三十万，你弄，分我一点。弄不到，早说，我们把这怕人知道的丑事，也能卖个价，透给记者！"

"过妈妈不揍死你?!"我推开他。

过强怪声怪气："她是她，我是我。有了钱，我远走高飞，跟你们谁都不沾边。哼！"

"你倒卖老头老太的古董没挣到钱？"我笑他。

"能有什么真古董？" 过强也笑了，"那个独眼婆去黄院长那里告我,你舅差点把我赶出院去。如今,没得生意做了!"

"独眼婆有这么大能耐?"我有点吃惊。

"哼!她是黄婆子的眼线、亲戚。否则,能开这么个黑铺子?"过强并不十分恨独眼唐,他还在她那里买廉价烟酒。

"反正,跟三十万赏金比,那些鸟古董,不收也罢!"过强逛荡出门,肩膀把我的木门一顶,门哐当砸墙头上。

我关上门,歪在床上就睡着了。

梦境马上把我拖进了一幅奇怪的幻象:

漫山遍野都是野猴子,野猴子哭叫着、跳着脚,拉着树枝在密叶里飞,发出哩哩声。我爹举着猎枪,跪在草堆里……我娘哀哀地哭泣,在草房的竹床上不能动弹,她手里在纳鞋底,这是要给我爹穿了去打猎的……我搂着吴三妹,吴三妹光溜溜的啥也没穿,不过,她一点不发情,她趴在我肩上,使劲往窗外看,不知道看些什么……我?我放下吴三妹,光着身子跑了出去,心里很烦很烦……

我爹拖着一只大个子的死猴子拼命往家里赶,那只死猴子身体发硬,在草径上慢慢移动,可是它的黄毛斑斓的手掌却捏住我爹的手,紧紧捏着,好像是活的手呢!我娘挪到草房外面,在木桶里撩出山泉水来,磨利一把尖刀……我打开其实不存在的草房二楼的窗户,俯瞰我爹对死猴子开膛破肚,粉红色和灰色的肠子溜溜地滑了一地,猴子咧着厚嘴唇,似乎在它的梦里笑出了声……

我看见表舅远远背着手从石桥上走过,他看着我们一家子,露出

225

一丝不以为然的笑。"表舅！表舅！"我在梦里唤他。表舅没理睬我随风飘去的喊声，他停在桥的西侧，脱掉了身上的丝绸衣服，我不敢相信自己的眼睛，他的肩膀越变越宽，就像电视里练健美的犍子男人了；他回头看我们一眼，就从桥上跳下去，落在溪涧里，他划手划脚扑腾几下，以优美的姿势顺流游泳，拐弯转角，消失在一片青葱之中……

我娘摇醒在窗框上伏着睡白日觉的我，急慌慌对我说："你爹找不到了！"

我凄惨惨跑在山路上，山路已经一圈圈变得不认识，地上飞快长出一棵棵灌木，湮灭了我的来路，我迷路了……渐渐，娘的叫声淡落下去，天暗下来，我惊恐地看见树林里浮出一只只大猴子的身影，缓慢地包围了我，一圈圈收紧它们和我之间的距离……

我惊跳起来，从床上滚落地上，醒了。还是下午，大太阳照在五号楼，五号楼一片金黄。我洗洗脸，无事可做。身上一点动力都没有，最好忘掉自己在哪里，仍旧盖上被子，再睡一个无梦之觉。

楼下一片喧闹，听见各种各样老鹤的寒暄，是施教练和施教练的男老婆出院回来了。

我想把找到爹认了爹的事告诉吴三妹。

去一趟她所在的大城实在太远，可我从来没用过金鹤院里的电话机，我也不想在看不见三妹的电话机里告诉她这消息。眼下我不能把这事告诉娘，这是断然不行的。

要让爹和娘重新在一起，回山里不可能，只有把娘也从山里接出来。可是，这么一来，我们和大山的缘分就断了！

　　这些事一时间根本想不清楚、消化不了！

　　我慢慢想着吴三妹。梦里她赤着身却望着窗外的模样很伤我的心。这些天来我沉浸在重新把她拥在怀里的幸福里，忘了她曾瞒着我和老任一起下山。老任，这个总戴着墨镜穿着大衣服的山外来客，我从没正眼看仔细过，他就像一个符号、一团墨汁那样抽象。不过，老任存在过，肯定存在过，并且还继续存在于我们呼吸着的空气里……

　　我和吴三妹就这么混下去？没挣够钱是她维持现状的理由。没挣够钱，我和她就永远是虚空里翻滚的一对蝴蝶？一阵骤雨就打散了？

　　啥时候她才能挣够钱跟我回山去呢？在山里，我们又用不到多少钱：山里日头长，吃的也有，用的也有，玩的也不少。哪里见我们先人在山里头过不下去的呢？山里是穷，可是，金鹤这些城里人的日子，又有什么好过？

　　爹虽说被误认为死了很多年，乍一见，还是原原本本的爹，不过老得皱缩了，烟瘾还更大些。可我怎么越来越觉得三妹不是原来那个三妹呢？她模样儿没变，精气神不一样了。她成了城里人的缘故吧？山里人那层山岚蒸的湿气干了，多了涂粉抹胭脂的嫩相；干体力活晒日头的黑皮肤换了，风风火火的劲头没了，多了城里人那种爱琢磨你的神情、凡事想一想才做的派头……我和她还在亲热，可亲热的滋味变了：原来我们是老柳杉树上的两只绿松鼠，得了机会，吱吱叫搂在一起打滚，快活得咬人；现在我还是松鼠，离了树林，趴在城市水泥电线杆上，而三妹,从马路上幽幽然走过来,穿了漂亮衣服,只露出一张涂过脂粉的松鼠脸。她同我亲热的时候,依旧像松鼠那么叫唤,不过,我一点点意识到,她仿佛还快活地扇动翅膀,这可不是真松鼠能有的东西……

她,也许是见过世面了? 我,在金鹤一天天变老……

想着想着,我又睡着了。又开始做梦的时候,我惊奇地在梦里瞪大了眼睛:迎面走过来巡视金鹤的不是表舅,也不是黄院长,竟然是小哑巴臭驾牛!

五

廖老头和施教练的郑重会面没能安排在一号楼,因为施教练昂起粗脖子,说:"不去贼窝!"

也没能安排到施教练在四号楼的"流亡"套间,廖老头低着脑袋在书房沉吟了一番,摇摇头说:"也不合适。"

他央求我陪他去见施教练,却没办法找到好的会面地点。

最后还是我说:"不如去池塘吧?您在这边钓鱼,他在那边钓鱼。他的人马和您的人马把住池塘周围不让闲人进,我给您两位当和事佬?"

廖老头想想,笑了:"好地方! 好主意! 不过,我不是去同施教练吵架,和事佬驾牛你当不成。"

我反对,我摇摇头:"廖老,您是文明人。害人之心不可有,防人之意不可无。施教练身体好,脾气暴,万一冷不防把您扔进池塘怎么办?

我还得拦住他！"

廖老头打了个寒噤，怕了，点点头："对！我也不能太一厢情愿。"

选的好日子，是周六一大早。周六，没特别重要的事黄院长从不来金鹤；我表舅也休周末，不进院子；即便进院子，也在午饭之后。至于那些到处乱逛的老鹤，周六晚一小时开早饭，池塘边九点前也很少有人来。

我作为被双方赋予了江湖地位的中间人，早早就到了池塘边。一号楼里学来的古诗怎么说的？莫道春来早？……莫道春来早，春寒吃不消？……哈哈，就这情况。鸟在树上跳，我在树下绕……

廖老头带着一号楼所有的老头老太提早十五分钟到达池塘，他选了莉莉老太太陪同钓鱼。乐老头和其他人围着池塘巡逻，赶开闲人。廖老头一边支起遮阳伞，往鱼钩上挂面包虫，一边同我搭讪："我约的人，我先到，讲礼貌。"

礼貌的人往往等到心焦。施教练比约定时间迟了十五分钟才大摇大摆来池塘，他把老太太们留在池塘外头，自己和男老婆大模大样往廖老头对岸的塘边一站，连钓鱼竿也没带。他们自言自语说："怕就怕流氓有文化！有话说么有屁放！装模作样想怎样？"

廖老头涵养好，低着头和莉莉亲亲热热说体己话，好像没听到施教练。猛一抬头，他满面孔惊喜："哎呀！施教练两位，好久不见，身体好呀？"

没等那两个尴尬人回出啥难听话，莉莉也叽叽喳喳高兴起来："两个老哥容光焕发，一定是身体健康！好久没见，真该请你们喝茶吃饭呢！"

施教练打一个哈哈,皮笑肉不笑。还是他男老婆接了口:"两位身体好? 不要客套,你们时间宝贵。找我们来有何指教?"

廖老头"唰"地甩出一竿:"好的。谢谢两位应邀前来一会! 以前我们之间有些恩怨,都已经过去了。是不是有人从中挑拨,加深我们彼此的误会,我也无凭无据。所以,从前的事,今天不谈。今天的要紧话,是关于今后……"

施教练和男老婆闭紧嘴巴,听廖老头讲。

廖老头摸摸脸:"最近我听见些不好的风声,这种风声出乎你我这般凡人的意料了。这提醒了我,我怕自己被人耍了。和两位老兄之间的过节,说不定也是让人利用呢! 所以,一来想趁今天这机会跟两位老兄拉拉手。二来,万一今后有什么事情闹出来,请你们想到我今天说的话:我们都蒙在鼓里。到时候别互相猜忌,反而很可能要互相扶一把!"

他说了话,钓竿纹丝不动。

"别打哑谜。"施教练说,"什么不好的风声? 说出来大家听听。"

廖老头哈哈一笑:"施兄快人快语,我很欣赏。不过,风声这种东西,是说不清的,恕我不能细剖! 这么说吧,就请你相信我廖老头绝对没有背后害人的心肠。我怕被人利用,被人连累,所以先来打招呼。"

施教练的男老婆拦住施教练伸喉咙要说的话,他低沉沉的嗓音婉转道:"无论如何,先谢谢廖兄好意。不过,让我们丈二和尚摸不到头脑也不是好事,就请指点一下方向,叫我们知道风从何来吧。在此先谢过!"他向廖老头拱了拱手。

廖老头微微点点头。我见他手肘极其轻微地捅了捅莉莉老太太的胳膊。莉莉清清嗓子,四川口音唱歌一般:"两位老哥哟,你们为啥看病不在院里看?担心的是啥哟?要真有人在你们老胳膊老身上打主意,别忘了我们也是老糊涂的人!别人也会打我们主意的呢!我们互相间,千万别再斗,看笑掉人家大牙!"

施教练的男老婆点点头:"原来如此!"

施教练和男老婆转过身去,低低压着嗓子商量。他们回过身来的时候,施教练拱拱手:"今天受教了,廖兄,后会有期。"男老婆等施教练交代完,对着莉莉老太说:"阿姐啊,有件事还是告诉你:有人在我们身上搞的鬼,的确也在你身上搞了!你也许还不知道!"

莉莉老太太哎呀一声,从小帆布凳上滑下来,跌坐在草地上。两个老头转身去得远了,莉莉紧张兮兮地拉住廖老头袖子:"老廖,怪不得我最近浑身不舒服。"

我也转身离去。我先去了过妈妈那里吃早饭。好几天没见过妈妈,一见我又吓一跳:她怎么瘦了老大一圈,身材倒显得高挑些;也不穿红着绿了,一身黑绸布衣服,做着小腰身。

她拿手里勺子敲我肩膀,"想吃什么?"

"吃不下。"我看看周围没人,"黄院长丢了东西,她和我舅着落在我身上去找贼,我一个乡巴佬,哪里去打听?"

"哎哟,这不为难死你这小孩?"过妈妈啐一声,"老李这只缩头乌龟,自己没本事,倒要小孩子做挡箭牌!姓黄的婆娘又做婊子又要立牌坊,今天闹出事,老天有眼嘛!"

我觉得摆在我面前的问号就像一张软塌塌落在地上的大画,我得勤快些到处跑,到处扯起来看一看,慢慢才能看全,在心里拼出个答案来。

　　我追着心里头的画意跑到施教练套房门口,在上头敲了几敲。细长眼睛的老太太开了门,往里头喊道:"说着曹操,曹操就到!"

　　施教练和他男老婆从沙发里站起来,怪热情地招呼我:"驾牛,来,有好东西给你吃。"

　　老头老太太的好吃东西你得有个思想准备,他们牙口不好,原来不过是西湖边大城带回来的藕粉。我装模作样吃了一小碗,抹嘴问:"叔的病治好了?"

　　他俩哦哦,我冷不丁又问:"五号楼给叔们下了什么药? 叔们大老远去城里治病。怎么莉莉老太也吃了五号楼同样的药?"

　　"这个……驾牛……"施教练吞吞吐吐,不肯和我交底。

　　"那些五号楼的小孩子……"我也吞吞吐吐起来。

　　老头老太太们交换着眼神,男老婆问:"驾牛,你知道些什么?"

　　我是个实诚的人,我只能说我亲眼见到的事:"我见过那些小孩……五号楼的晚上,护士在给小孩子洗澡……不过,我不明白,为啥小孩子的小床后头,挂着两位叔的照片?"

　　话音才落,施教练瑟瑟地发起抖来:"我、我、我猜得没错吧!"

　　男老婆眼里闪出火色光,他站起来,在房间里走:"驾牛,你想知道这些事是为啥?"

为啥?

为了办成黄院长交代我的事?把这些怪小孩找回来?挣到黄院长答应的三十万元?

不为了这个,我在这诡秘的地方折腾啥?有了钱,吴三妹和我爹就能跟我走。对了,就算不住本乡本土,山大着呢,哪里不能起大瓦房、开几亩薄地?三十万元,在山里等于是一辈子的花销,我们的日子怎样也和和美美了!

我回答:"我要把孩子找回来。挣到赏钱,我就回山里。"

"你能找到小孩?"细长眼的老太太问。

"有三个贼,用平板车推走的。"我说。

"这些小孩子跟我们关系大着呢!"施教练恨恨地说。

"是用你们的汗毛变出来的。"我说,"就和孙悟空那样。"

"我们也想把孩子找回来。"男老婆浑厚地发出胸音。

"告诉我到底是怎么一回事?"我对那男老婆说。

下午我到一号楼去的时候,我已经听完了施教练和他男老婆的五号楼故事。

故事本身没有惊奇,只有细节。不过,让我心颤的是施教练和男老婆讲故事时涌动的血性。他们没多说什么,不过,我感觉到一场祸事就在眼前了。

我听这两个老头讲故事的时候,心里有种熟悉的不安,正如我爬在柳杉树上,看见壮青他娘背着竹篓子被猴群拦住……

我确信金鹤这装满老鹤的大院到了某个命里注定的时刻,就像山里有些百年老树会在你意料不到的时候被雷劈中,熊熊燃烧,只剩下乌黑焦炭。这种时刻,人可以感觉,却无力阻止⋯⋯

　　廖老头、莉莉和乐老头早就在一号楼门口候着我,我一进他们视线,他们就齐齐向我挥手。书房里安安静静,外头下起春天的毛毛雨,没阳光。我又喝上了苦热水,苦热水香香的,现在我竟然喜欢喝,甚至惦念着了。

　　我说我喜欢苦热水,廖老头笑了:"你还是山里人吗? "

　　他细细打量我,莉莉老太和乐老头也是如此,廖老头说:"年轻人不可限量,驾牛让我开了眼界。你舅告诉我了,你在帮院里寻找丢失的小孩。"

　　"不知道去哪里找。"我呷着苦热水,苦笑。

　　"本来,我要采取我的措施的。"廖老头说,"不过,你舅分析得对。假如你先找到那些孩子,我可以等等。"

　　"我不知道。"我摇摇头。

　　"驾牛,这个养老院是我跑来的执照,就是说,是我的老面子争取来的。出了丑事,哪怕有人去坐牢,我的脸面也丢尽,我的名气也坏掉了!"廖老头叹口气,"能自己私了,那是最好不过。所以,真就指望你能找到小孩子。你看上去木头,实际上比我们都厉害! "

　　我对着廖老头摇头,不知道他这样给我戴高帽子,是为啥。

　　"你在我们一号楼学了点文化,有些基础了,这样吧,"廖老头看看乐老头和莉莉,停顿了一会儿,像是给他俩机会,要他们拦住他的话,

"我们没啥其他东西报答你,驾牛,你若是帮院里找回小孩子,保住金鹤名誉,我们就合力送你去读中学,然后考大学,当大学生!"

我在苦热水的热雾中一阵晕眩:我,读大学?当大学生?多美的许诺,多美的梦啊!

本来我还觉得那些小孩子就在什么地方的院子里待着,只要我愿意出力气跑腿,早晚总能找到的。被廖老头这么郑重其事一许诺,我心里咯噔一下,怀疑孩子是找不回来的了!

天下哪有这么好的好事?找到几个破孩子,我这乡巴佬就能当大学生?蛾子蛋里出燕子,那是白指望!

院子里恐怕也问不出啥来了。孙得一要我把他交给廖老头处置,我原以为廖老头就是背后主使,可以跟他要小孩。现在这么一来,就算孩子在他那里,他也没准备认啊。

廖老头挥挥手,说:"驾牛,好马给好料。尽管院里供应着你,不过,要是我能帮上什么忙,或者就是让你自己得个方便的事,你尽管开口,算我一点心意。"

我听了,品品他的话,眼睛一亮:"廖局,我得到东边那个大城问点事,你啥时候回去,捎上我呗!"

"早说!"廖老头哈哈一笑,"怎样?收拾收拾就走,我今天正要回去!"

我渴望着见到吴三妹,哪怕我嘴里不承认。你看,突如其来,我就舰着脸,搭人家的车找过去啦!

谁都会笑我,说我这个年纪,一心恋着女人的身子。话虽然没错,可那也不是我心里的一切。我说过很多次，我是山里出来的一个乡巴佬，难道你真把我当侦探了？我没人说话，我就想好好说说话。世上只有吴三妹她会认真听我说，把我自己都不明白的意思从我话里听出来。除了她，我也不能对其他人交心。除非马上见到她，我都快被心里起起伏伏的疑问弄疯掉了。

廖老头的司机不是院里的，车也是他自己安排的。他让我坐他身边，一路上同我扯金鹤的旧事。他的话我似懂非懂。

"以前，老人院都叫福利院，就是社会福利的一部分嘛！那时候，老人院不复杂，就是条件比较差。现在让给私人经营了，叫成什么养老会所，听上去是高级了，条件当然也好不少，但是从贴钱的福利变成了挣钱的买卖，这就是万恶之源：钱作怪！"廖老头拿布条擦眼镜片，对着我耳朵眼嚷。

"我当过官，那不假，那不假！"他在我耳朵边吼叫，"可我不是贪官！我不是贪官！我要是捞了钱，还会住到金鹤这种地方？我糊涂就糊涂在喝了那位女同学的迷魂汤，帮她跑下来这个老人院的执照。那时候难办啊！还是社会福利的概念么，谁让你开以赢利为目的的老人院呀？她拿了第一家，本来多好的事，就是只顾想着钱、钱、钱！万恶之源啊，钱！"

我忍受廖老头震耳欲聋的倾吐。小车在光滑的大道上飞驰：我马上就能见到三妹。

"我不过就犯了个小错误啊！"廖老头还在喊，"我为自己的晚年留了点小算盘，是想在金鹤有吃有穿享享福么！唉！可惜可惜，人家怎能容你舒服？人家是精算师,我这点小算盘可笑了,可笑了!样样地方,都被她利用透了!油水榨到干了!她还要怎样?唉!老骨头就怕被她拖下水哟!"

"您歇歇。"我不得不劝劝他,"有人看见三个贼偷了孩子出大门,这人本该报告,却放了贼走。您说,这人是不是该审他一审?"

"谁?是谁?"廖老头说,"你同院里汇报了吗?赶紧审!"

"可是,"我故意等了一等,"那家伙求我别告诉我舅,也别告诉黄院长,要交,就把他交到您手里!"

"哦?"廖老头没声音,沉默。

我也不知道说什么好,我也不讲话了。

很久,廖老头才把嘴凑到我耳旁:"如果是老孙头,那他的确是在帮我办事。我怀疑有人在院里头搞鬼,就让老孙头半夜里留眼睛。我说的那家伙老是半夜不在自己房里,所以……这和偷孩子的事没关系。老孙头很怕被人知道,他不会查贼的。他又不是门卫。"

我醒悟道:"你在监视施教练?!"

廖老头还有一点点廉耻,他没回答我,他扭过脸去看窗外,只是伸出右手,在我左手背上轻轻拍了拍。

"进城了。老李,先把这位小哥送到南京西路。"

六

我等在苦热水店里。现在我爱上了苦热水,拿出三十多块钱,买了一大纸罐,热热地坐着喝,等吴三妹下班从楼里出来。天快黑了,我就不打电话她了,免得她着急。

我想告诉她我爹没死,找着了!我想告诉她关于小孩子的谣言,找到丢失的这些小孩,我就可以拿到用不完的钱!我想告诉她我不能再在城里待了,这人多的地方坏多,我必须要回转山里去!

可是,我心里怦怦直跳,虚慌得不行。吴三妹,她愿意和我一起回山里过日子吗?她软软滑滑地在这附近大街上走,走得比在山路上更像个女人;她皮肤白了、脸光了、眉毛也拔过了,她看上去就是一个城里女人……要说我对她有什么不满,就数拔眉毛这事!我恍然大悟,她之所以神态里不像她了,主要就是拔了眉毛!拔过眉毛的女人就像捋过舌头的八哥鸟,越来越伶俐,会讨巧,会逗人,但就是和过去不一样,找不着过去那种浓浓的味了。吴三妹,没跟我打声招呼就跟老任下山,这我不想去恨她;可没跟我打声招呼就拔了眉毛,拔掉的长不出来,这真叫我恼恨!……

这次等得有点狠,我都担心吴三妹不在楼里,想找个公用电话打给她,又担心跑开去,同她正好错过。我杯子里剩下的苦热水已经成了苦冷水,我终于看见她下楼来。

看见我,吴三妹愣了一下,结果还是高高兴兴地笑了。她挽起我的胳膊:"老在下面猫着我,也不打个电话?"

"院长给过手机,没要。我不会用。"我笑嘻嘻。

"你来得正好,有件喜事要告诉你。"三妹说。

"啥喜事?"

"急啥？我给你庆祝庆祝！"她扯着我到路边等小汽车，"你来了这几回，还没见识见识这大城呢！"

大城的天已经暗了，到处闪烁晶晶亮的彩光牌。吴三妹喊了出租汽车，带我滑过车山车海，到城隍庙耍。九曲木桥，红格子古楼，排队吃小笼包，弄出一身热汗……她说："不到江边看看可不行，看过外滩，你也算半个城里人，人家就不能瞧不起你。"

还是喊了出租汽车，这次是在高架路上开车，像山里人顺着小溪漂流，周围灯山楼海，普通人家都生火做饭了吧？吴三妹喊我下车，我抬头看见好长一片让我眼花的洋楼，被灯火映得明晃晃；路上好多外国人，手外头一边，就是大江。

靠在石头防波堤上，吴三妹的头发吹在风里流，她说："驾牛，大山漂亮还是大城漂亮？"

"大山。"我回答。

"大山日子舒心还是城里日子舒心？"她的声音低了下去。

"三妹，我找到爹了！"我握住她手，"爹没死！"

三妹浑身一震，看我的那双眼哆嗦起来，泪水一下子盈了眼眶："驾牛，我知道有这么一天！你们一家团圆……"

"我们一家团圆。"我顾不得周围很多城里人，抱住三妹的肩膀。她的身子总是又柔软又暖热，她是我山里人家不熄的家火。

她推开我："驾牛，我挣到钱了！我无意中帮公司办了件大事，其实也有你的功劳在里头。公司奖励我一笔钱。我没想到你今天回来，所以昨天拿你名字存了银行。"

我们像城里人那样跑进防波堤上气象楼里的苦热水店,三妹买了苦热水端过来,我们在角落里偎在一起。她把存单悄悄拿出来给我一看,惊得我半天喘不上气:什么大功劳能得这么多钱?

　　"驾牛,存单你拿着。"她把存单塞给我,"是你的名字,留的也是你的身份证号。"

　　我刚想推脱,忽然发现她满脸的泪水。我慌了神:"怎么了?你伤心个啥?"

　　三妹把头一下子扎在我胸口,我闻到她头发上城里人的发香,我犹豫了一下,搂住她。三妹无声地抽泣了一会儿,平静下来。

　　"有谁欺负你么?"我问。

　　"没有,"她抬起头,"我只是想起了娘,想起了没有你爹、没有你,也没有我在身边的娘,她一个人真不容易!"

　　一滴泪,从我眼眶掉下来,落在吴三妹手背上。她的话扎了我的心:"现在好了!我们找到了爹,又有了钱。总有办法把娘接到身边过的。"

　　吴三妹怕冷那样哆嗦着:"是啊!是啊!见了娘,告诉她三妹天天想她,三妹不是没良心的⋯⋯"

　　"你自己同她说嘛!"我笑笑,抚摩她头发,"我们一起回山里去告诉她。"

　　"不行!"吴三妹摇摇头,推开我,"我回不得山。我要出差到外国去。已经通知我啦!"

　　这个夜晚,深深留在我记忆里:吴三妹好像仙女一般温柔;我仿佛在梦里,同一位知情解意的好女人过着极乐时光……

一大早,她去上班,我离开她的小屋回金鹤去,胸口衣兜里揣着她挣来的钱……

如果知道那是和她最后一次亲热、最后一次相聚,我哪会如此一般般地挥手离开,连头也没回……

黄院长并不是不在乎自己的钱包,当场扣了杨医生一年的工资福利。她当着我舅和我的面把杨医生喊办公室来,骂了个狗血喷头。

"那几个丢了的东西,你赔都赔不起!五号楼交在你手里,你是个死人?"她口角泛起白沫,气得满面孔通红。我偷眼看黄院长,她这些日子老态重了,皱纹像泡胀的面条,从浮肿的脸上挂下来……

杨医生低头挨骂,等黄院长骂累了,他不声不响地从白大褂胸口口袋掏出一个小小信封,放她桌上:"今天一早在我办公桌上放着的。"

这是一封没有邮戳的信,上面的字也不是手写的,是剪下报纸来,凑在一起大大小小的字。表舅和黄院长一起看信,黄院长面孔煞白,手指在抖,抖得表舅没法读信。黄院长瘫进自己的老板椅里,手指疯狂捋着脸,捋得眼皮翻红……

表舅阴沉着脸,问杨医生:"医院有内贼吧?信怎么到你桌上?"

杨医生也不接嘴,低着头等他们给话。

表舅看看我,仰起脸,看天花板。黄院长抹完了脸,声音变得很尖细,带着菜铲擦过锅底的啸音:"赎金太高了,我们付不起!"

这些日子我不常回去我的阁楼,梅姐不知道为啥,常在我房里待着。她是苦人,我别的帮不了她,就把房间让给她躲躲。我凭着在一号楼学文化,借着廖老头答应过,就在他们的一间客房里过夜。

廖老头现在对我和以前不同,他仿佛从我身上嗅到了什么特别气味,把我当成未来的大人物看待。

他总是等莉莉和乐老头教完我功课,端着两杯加牛奶的苦热水找我聊天。聊天的内容倒永远不变,就是关于现在这世界变得如何有罪,再也不是他廖老头认识的那个美好人间!

廖老头推心置腹地对我说:"驾牛,人心真的变了!我跟你这般年轻时候,没多少坏人,好好的人还常常要做自我检查。那时候,简直没细菌,哪来病人?"

廖老头其实就是在数落老同学黄院长,只不能够点名道姓。他忧虑得睡不着:"驾牛,我看早晚要出大事!现在都闹到出人命的地步了,纸头终究包不住火。这个养老院和我干系深呀,本想老来有个寄身地,最后不要落到陪人家去坐班房!唉!"

我能对廖老头说啥?我一个劲儿喝苦热水,其实不放牛奶更香。

廖老头像是问我,更像问着自己:"该不该采取断然措施?你们不仁,不要怪我不义呀!我一采取措施,故事就大结局了。肯定有人要把我恨死,我也不想这么绝情……"

我不懂得他到底要做啥,也不知道他为啥念经一样反复同我念叨这些。廖老头是那种心思很重的人,真的跟山里供销社的臭张长相脾气都很像。他们这种人,老在患得患失,颠过来倒过去,永远没个心里头踏实的时候……也许,正因为这样,廖老头能在城里当官,而臭张霸得山里供销社的美差?

我也不知道怎么一回事,我现在回答廖老头的话也和以前不一样了。我啊啊苦热水,打断廖老头滔滔不绝的诉说:"廖局,你要采取措施,事先跟我驾牛打个招呼啊!"

我是什么东西?廖老头要同我先打招呼?我一边觉得心亏脸红,一边却油然有种长大成人的喜悦。

这个金鹤院里的老鹤们,包括表舅、黄院长、廖老头和施教练,现在再不把驾牛当成放牛的小乡巴佬啦!

七

表舅病病歪歪,一下子老了很多。他不但握着拳头拼命咳嗽,而且他的"前列县"也有了故事,说三句话就要拿眼珠子找厕所。

他拍着我的肩膀叹气:"年轻就是资本啊!你看你,驾牛,这是多精神的年龄!"

无独有偶,黄院长也和表舅一样垮了。她还是每天来金鹤,不过她已经很久没在院里逛圈了,她叫司机扶着,慢慢走进鸡笼子楼里,一直窝在办公室。每天傍晚,她把我叫到办公室去,表舅也必定在那里,两个人有气无力说着淡话,听我报告一天的见闻。

我没找到他们要的小孩子，多少有些意外的小事在院里发生，我照着他们给我的权限自行处理了：过强和独眼唐打了一架，独眼唐是个很厉害的女人，她拿一根据说是古董的楠木拐杖打了过强曾经断过的腿，说要把他再次打瘸；过强砸了独眼唐的小黑铺子，拿着抢到手的烟酒跑走了。我没照独眼唐的要求收拾过强，过强抢的东西，我拿自己的钱赔给了独眼唐。这女人还要讨砸坏铺子的钱，我问她谁允许开黑铺子还卖电炉子，把她气愤愤地打发走了。五号楼的保安深夜里逮到钻进医院三楼的罗锅鬼，他们把罗锅鬼五花大绑抬到表舅眼前讨个说法，表舅抹掉淌到下巴尖的鼻涕，把罗锅鬼交给我处理。我三下五除二解了罗锅鬼背上绳子，借着罗锅鬼的托词，问保安："一个老汉，半夜犯了老病，到医院想弄点药，你们不给治，还把人捆了？天理良心有没有？"放了罗锅鬼，我在池塘边放下松枝，半夜问他去医院探啥？罗锅鬼倒是爽快："我去看看还有啥鬼！"……

　　这个院子，老鹤成群，鸟事少不了。黄院长和表舅把院子里事情交给我这个乡巴佬，想必是没得更好办法。

　　不过，乡下佬有乡下佬的路数，我可不是前怕狼后怕虎的孬种，我由着自己性子办事情。

　　黄院长圆圆面孔瘦得变成长长鞋底，溜溜光的眼珠子现在没了精神，成天举起生了密麻老人斑的手，一圈圈抹脸；一说话，发瘪的嘴里就散出酸腐气。她对我处理院务不作任何教训，她每天只是可怜巴巴问："小孩子还找得到吗？"问来问去，我心里像挂了石头一样重，倒像我欠了她呢！

春已深了，院里的老鹤前不久闹了好几次要吃时鲜菜，过妈妈不问表舅来问我。我指着王大厨，要他亲自跟我去院子外田野上挑野菜。王大厨摆谱说小放牛的你开什么玩笑，我说既然我舅和黄院长要我当一阵子家，我就能管着你，叫你挑野菜就挑野菜，若半点不服，还叫你洗碗，信不？王大厨牛眼瞪了我好几秒，喷口气说："小杂种，你看我不顺眼呢！"

　　说多可笑有多可笑，王大厨绷着个西瓜肚子，手臂上挎个竹篾大菜筐，跟只鹅一样左摇右摆，傍着小放牛的去挖野菜。野地里，荠菜有些老了，不过还能吃；马兰头一簇簇，颜色发黑；豌豆尖一绕绕，长得正旺；有几棵野香椿，倒满枝嫩芽……我眼尖，到处看见野菜，蹲地上挑个不停，王大厨怕弯腰，只站在香椿树下摘点嫩叶子……

　　"你疑心得不错，我是叫你出来问你话呢。"我把半筐野菜推给王大厨，"你半夜三更递东西给施教练，我觉得这当中总有些狐怪。"

　　"嘁！这算啥？"王大厨才不买小放牛的账，"我跟他买点东西，给钱而已。"

　　"买啥要偷偷摸摸？"我不罢休。

　　"偷偷摸摸买的东西多了去了，你管那么多！"王大厨一白眼，"你舅就是个大人物，晓得不掺和这种事；你个放牛的，没啥见识，喊你顶几天班，给金鹤院里擦擦急屁股，你就嘚瑟，闹得不知道自己谁了！"

　　"那么，你有车用。只有你才能把黄院长丢的东西运到外头去！"

　　"啥？"王大厨怒了，"你当我是贼？!"他"嘭"一声把野菜筐墩在地上，几棵荠菜溅出来，落在蒲公英的淡黄花上。"她丢的可是活东西，我

245

只有把活东西买来宰了给你们吃,哪有把活物往外头拉的!"

王大厨解开衬衣,露出头颈里粗得像麻绳的金链子:"驾牛你给我听好了,在金鹤,我们是跟着你舅混饭吃。我做的啥事他都清楚,你疑心我,就去问他。你不知道我们都是听人使唤的?你不是想跟我单挑、要做我规矩吧?"

他手塞到紧巴巴的牛仔裤口袋里掏呀掏,掏出几张粉红票子:"小放牛的你先拿去用,改天我再孝敬你,跟孝敬你舅不差样子!"

"我不缺钱。"我推开他手,"我就是纳闷,黄院长丢的东西怎么静悄悄就弄出院子去了呢?"我蹲到地上,飞快挑出几把马兰头。

"这个、这个……照道理你该知道呀!"王大厨困惑得变了声音,我一抬头,看见他搔头皮,白花花的头屑太阳下乱飞。

"这么说,你知道?"我问。

"我?不该我知道!"他气呼呼地说,扭过身,背对着我,不理睬我了。

把野菜和王大厨都送回厨房,我心里有种明白了什么的奇怪感觉,这感觉叫我透过几口长气来,轻松一点。不过,正所谓是奇怪的感觉,其实我什么都还不明白。

半夜我攀上三号楼外墙:真正是造了反了!黄院长这才没心思几天,这帮老鹤就像三月里的野草,旺发了势头!三号楼半夜里简直成了吃夜宵的酒楼,上上下下个个楼层都摆开了方桌,一只只电炉子煮得那个旺火!

还是打边炉吃火锅,这会儿跟以前摸田鸡涮知了不同了,不知道他们哪里找到了路子，竟然搞来了正儿八经的鸡鸭鱼肉和蔬菜木耳，锅子也换成了不锈钢的鸳鸯锅，一个个不亦乐乎，嘴里的蒜臭包紧了三号楼，我趴在外墙上，让老鹤们熏得差点一个跟斗栽下去……

吃夜宵的老鹤人数增加了差不多一倍，现在几乎都打着饱嗝，在那里划拳痴笑；一群犯了烟瘾的老枪怕跑出楼露了形迹，都聚在三楼楼梯拐角侧窗边吞云吐雾，没一个打算到床上去好好挺尸……

我摇头叹息离开三号楼，往四号楼墙上去。四号楼不比三号楼好到哪里去，烟雾缭绕，牌桌连成线……我看见施教练的男老婆背着手在走廊里溜达，没看见老施；我朝罗锅鬼房间里看，他竟然不在！我找了几圈，上下走廊里、厕所里都没看见这罗锅，怕又是去了五号楼？这么一想，我兴奋起来，马上顺落水管下来，到五号楼去看看！

五号楼比以前暗沉许多，好像很多房间都熄了灯，以前每夜可都是灯火通明的呀！我攀上外墙，发现真的不对了：五号楼一幅人去楼空的景象！

一楼大厅里所有的床位都空了，给人一种金鹤院里老人全部恢复健康也没发烧感冒的印象；三楼本来每夜都有很多医生护士走来走去喝苦热水聊天，现在只有几个护士模样的女人，戴着口罩，有气无力窝在桌子边，那老外也不在。原先放小孩子床的那隔间被拆掉了，成了大楼层的一部分，原先放小床的地方，现在面对面放着两排黄色塑料椅子；二楼整个楼层都熄了灯，一片寂静。我没看见罗锅鬼在五号楼周围，我找到地面那个通气孔，凑上去往下一看，地下室的病床也空空如也，没病人在上头了……

我若有所失地离开五号楼,眺望了一会儿还没封顶的六号楼和七号楼,工地上传来尘土和水泥味。我信步朝四号楼楼门走过去,踏上楼梯,竟然和一个跑下来的人撞了个满怀。我抬头一看,施教练夜半乱跑个啥?他朝我耸耸肩,啥也不说,就往下跑。他的脸给我很深的印象,像哭过,连脸颊上泪痕都没来得及擦!施教练?方头老儿?他也会哭?为啥伤心了?

我忍不住又壁虎上墙壁,往上攀到自己小阁楼外面,小阁楼的灯亮着,老虎窗开着,我附上去往里张望一下:房里空空,梅姐不在。

我思量片刻,还是顺着落水管下了楼,去一号楼睡觉。我一路回去,一路有点纳闷,觉得方才在哪里恍惚听见一两声小孩的啼哭,仔细回想,却恍如幻觉,怎么也想不起在哪里。

黄院长不再问我小孩子找到找不到,她仿佛已接受了找不到的现实,她成天坐着不干事,两只手轮流在脸上抹。她脸变尖了,瘦了黑了,气色并不在春天,倒已进了晚秋。她也无心同我聊天,常把我喊去,却望着我,说不出什么,心不在焉提几件让我莫名其妙的事由,我接不上口,她也不追究我……

表舅常来和黄院长商量,他们让我站着,一个在办公桌后面沉默无语,一个把手在嘴上握成圈圈,"呃噱呃噱"地咳嗽……

我最后一次见黄院长好好儿站着,是院里丁香花开得最旺的那天。黄院长一只手撑着大办公台,一只手支在腰后,我表舅低着脑袋,伤心地看办公室的地板。

"驾牛，"黄院长蚊子叫那样低低喊我一声，"那些小孩子要送回来了！"

"啊？"我大叫一声，笑着看她。

黄院长却悲从中来，瘪下去的脸上突然冒出了很多粒眼泪："小孩子要回来了，驾牛！我花了很多很多钱，多得你做梦都想不到的钱，把小孩子们赎回来了！"

"小孩子呢？"我不知道怎么回答她，只好问这么一声。

表舅抬起脸，他一脸疲劳，脸色发灰。表舅对我挥挥手："孩子有人送回来，你别管这个。你给黄院长看好院子，照顾好那些老头老太太，别再添乱子，就好。"

我答应一声。黄院长抹掉眼泪，长得让我不敢喘气地叹息一声："我被敲诈那么多钱，一辈子都白干了！"

表舅也叹口气，他慢吞吞，像安慰黄院长，也像不以为然地说："阿黄，不要这么说。钱是身外之物，来来去去没有一定。它当初来得容易，如今去得仓促，不是你的，就别多想了，身体才要紧！"

黄院长的脸一下子红又一下子灰，脸颊肉一下子动起来，又一下子垂下去，她手在脸上乱抹一气，终于忍不住，对我表舅发起脾气来："你又帮不了我，瞎说什么？钱哪里来得容易了？我知道，你们常在背后骂我贪财，我喜欢赚钱碍着你们吗？我小时候，家里穷得没菜下饭，没下饭菜，算什么日子？要不是我眼睛瞪着，手脚快着，巴巴结结，到处给人笑脸，能有这金鹤？就算我赚钱不挑生意，生意总是生意呀！我快破产了，你们还说这种风凉话！"

"那怎么弄出些小孩来呢？施教练和他男老婆都有了副本啦！"表舅敲敲椅子扶手，"做女人要动动脑筋，别成天凭什么直觉办事。你的直觉好？从前你老爱跟我吹嘘你天生闻得到钱的本事，现在闻错了吧？亏点钱小事，好歹人家把小孩子还了你，否则把柄在外头，你完蛋了！"

黄院长不服气地摇着头，干干的白发丝在耳朵边翘起，她说："老外真狡猾，我提出跟他们分摊赎金，好些天才给了我一点点！十万火急的，哪来得及等？我只好自己填上窟窿！"

"他们会还你吗？"表舅问。

"这不正在担心嘛！"黄院长又一脸哭相，"要是不给我，我真的连棺材本都输了！"

"你别急，让你老公和老外谈，老外不都是他介绍来的？他们是老朋友。"表舅安慰她。

黄院长真哭了，呜呜呜地："他？能指望他就好了！他都急得中风了，人在医院，半边身子动不了！"

"这事真闹到这么严重？"表舅脸上泛起深红，他看着不像了黄院长的黄院长，手指哆嗦起来，"阿黄，你保重啊！车到山前总有路，不要想不开！"

表舅没忘记关照我："驾牛，眼睛睁大些，这几天，有谁送东西来，运货物来，你好好留意，不一定小孩出现在啥地方呢！"

"真会还孩子吗？"我怯生生地问。

"会！"黄院长一边往手绢里擤鼻涕，一边抢着答我，"孩子到了，一个个好好儿的，他们才拿得到我的赎金！"

"要是看见孩子,我该送哪里去?是送到院长办公室来?"我问。

"不要不要!我不可能老在这里,"黄院长难受地摇摇手,"直接送到五号楼交给杨医生,然后告诉你舅。"

表舅慢吞吞从沙发里挣出身子,他拄了根木头拐杖,背不再如旗杆一样直,他点点头:"驾牛,这两天少睡点觉,黄院长的事就是你和我自己的事,千万别再出啥乱子!"

我俩告辞出来,表舅走到鸡笼子楼外头,对我叹气:"驾牛啊,看见了没?世上没什么百日红千日好的事,发财到头也是一场空!你年轻,做人要想得开。天给你的,别人抢不掉你;抢掉你的,本就不属于你,老天成全的是别人。明白不?"

"我明白,舅。"我用力点点头,这黄院长放在面前,我能不明白这个理?

表舅满意地点点头,转身走了。我回去阁楼拿些东西,没几步,一回头,表舅已经不见了……

八

大白天,梅姐不在我阁楼房间里,房间整理得干干净净,比我自己住的时候不知道干净多少倍。我看见窗户关了,把窗户打开,猛然间又听见一声小孩子的啼声,倏然又没有了。我四处张望,哪有什么小孩?恐怕是远处的斑鸠吧?或是树丛里野猫?我摇摇头,又把窗户关严实。这些天,自从我找到爹,我硬撑着当一个拿主意的大人,把我自己耗得疲劳不堪,耳朵也幻听了。

我躺在床上,望春天的白云。吴三妹去了哪里的外国出差呢?我没问她去哪里,也没问她啥时候回来。

我奇怪自己,为什么忘记问她?

我望着云,就忍不住想念吴三妹,想念的首先是她那让我一闻见就心跳的气味,然后是她柔软又活络的身子,我也想念她带一点安慰的抚摸,她常摸我的前额和头发,像一个女人摸着她的小孩,这让我既害羞又迷恋……

那么说来,她也坐上了飞机,吼吼吼的一大块铁,肚子里装那么多大活人冲到天上去?吴三妹肯定不会害怕,她不是会害怕的性子!小时候我和我娘去林子里找她,那么多头狼围着,她像没看见似的……

我低头到床底下去撩大蛋的皮,大蛋的皮好好搁在一大块布上,有点小灰,不过不脏。我准备把它放到一号楼的床上去当我的毯子。我看看大蛋皮拿出来后,布上还有样东西,伸手一捞,原来是一袋子奶粉。奶粉袋子已经剪开了,用木夹夹着,发出一股淡淡奶香。我把奶粉放回去,一起身,打开门,走了。

快到一号楼前,远远望见过强。过强靠着池塘前头一棵大枫树的树干,穿淡蓝夹克深蓝牛仔裤,腰里皮带的铜带头闪闪发亮。他目不转睛盯着我看,我朝他招招手,他却一下子转到枫树背后去了……

接下来发生的事全不容我来得及动脑筋,不是这些事有多复杂,只是像平地里起阵怪风,风里跳出孙猴子、猪八戒和白骨精,七拐八舞地把我也旋到风里头,滴溜溜地转……可怜我只是个山里放牛的,晕得立不住……

我看见过强,回过头,看见廖老头,廖老头站在一号楼门口,激动得两只手向我招呼。我跑过去,廖老头一把将我扯进门:"孩子!小孩子!"

底楼客厅成了个幼稚园,团花红地毯上爬着一堆小人儿,一个个咿咿呀呀张牙舞爪。莉莉呆呆地站在那里,手里捏一只淡黄色蛋糕,低头看小人儿……

"一大早听见声音起来,这些小孩子就在客厅到处爬,不知道哪里来的。"廖老头说,"你来看看,是不是阿黄丢的那些孩子?"

莉莉呜呜哭起来,她可怜巴巴看我一眼:"驾牛,吓死我老婆子了!你看看!"

她大腿上挂着一个抱住她不放的小女孩,小女孩穿的是粉红小褂子,门牙才出了一点点,皮肤白得像豆腐,扁鼻子挂两道鼻涕,眼里全是傻乎乎的高兴……

莉莉指指女孩子头颈,上面围着一根棕色皮绳,皮绳上挂一个牌牌,上头写了莉莉名字,还有莉莉的一张报名照。

我立马去找男孩子。逮住一个有点方脑袋的小黑皮,颈窝里扯住皮绳,翻开牌牌看,果不其然,是施教练的名字和照片……

廖老头朝围坐在沙发上的同伴们看看,对我说:"驾牛,劳驾你跑一趟,把施教练和他那个形影不离的朋友找来!"

我才要走,一个小孩凌空后翻,倒在地上,两只小眼睛翻白,嘴巴上全是白沫,手伸直,腿扭歪,在地上抽起筋来。

"哎呀呀,发羊癫风哩!"乐老头滚地而过,捏住孩子脸颊,不让牙齿咬住嫩嫩的红舌头……

我一阵跑,敲开施教练套房的门,细长眼睛的老太太看着我,不冷不热的样子。

"施教练在吗?"我抹掉额头上汗珠子,"还有那位叔、叔,廖老请他们俩去一下一号楼。"

"姓廖的?"老太太冷冷一笑,"恐怕老施是不会去一号楼玩的。"

"不是,不是。"我噎住了,不知道该怎么说,"是冒出来几个小孩儿,其、其中有一个方、方头,还皮肤黑……"

细长眼老太太从门边让开,打开了门,让我进去。我跨了几步,就看见施教练和他男老婆都钻在被子里,大白天睡觉。

施教练睁开眼睛,挺精神地看着我:"小放牛,我和我兄弟都病了,哪里都去不了。回去跟廖老头说,啥事不用同我们商量,他掂量着办就行!"

我尴尬了半天,红着脸说:"是这么回事,有人把五号楼丢的小孩送到了一号楼!"

施教练愣在被子里,他男老婆拉开蒙脸的被子,对我说:"驾牛,咱们不掺和这事,你让廖老头自己处理好了。"

我怪没趣地从四号楼出来,一头撞在过妈妈身上。过妈妈拉住我:"快点,你舅有点罩不住事了,找你呢!"

我跟着过妈妈一路小跑,连话都说不上,跑进鸡笼子楼,直接往黄院长办公室去。

表舅神定气闲坐在那个他常坐的沙发里,我进门吓了一大跳,黄院长歪在老板椅上,舌头在嘴巴外头。她看着我,挤眉弄眼,哼哼唧唧……

表舅说:"黄院长刚刚接到电话,小孩子们送回来了,她的赎金已全部付清了。"

黄院长才听见中间人代表她全额付清了赎金,话一句没说出口,就歪在老板椅里,成了这个样子。表舅要我赶紧叫救护车,陪黄院长上西湖边大城里最大的医院去急诊。

我飞跑下去,先让门卫打 120 电话,接着跑去一号楼。

我抓住抱着一个小孩的廖老头胳膊,告知他:"黄院长出事了,我要送她去医院;施教练和他男老婆不管小孩子的事,让您自己处理;黄院长和我舅要我把孩子交给五号楼的杨医生!"

黄院长嫌急救车颠,但又不要救护员碰她。我看她头不停撞着担架垫子,就扶起她一点,坐下去,让她头仰在我大腿上。黄院长抬眼睛看我,我把一团白纱布塞到她牙齿和舌头之间。

黄院长哭了,没声音的哭,眼泪水哗哗流下来,打湿了我的牛仔裤。我看不得老太太哭,扭过头去。只闻到她张开的嘴巴里散发酸酸的胃气,又湿又热……

针药下去后,黄院长缓过来,把舌头缩回去了,说话还有点大,不过,医生说不碍事:"第一次中风,不算严重,以后要注意了。"

我问老太太要不要给她家里打电话,黄院长摇摇头,眼睛又湿了:"老头子瘫在家里,告诉他我也中了风? 不要了!"

我一出门就是三天，三天里，没日没夜守在黄院长床边。也不管啥男女了，喂饭喂水，也给她端屎端尿。三天一过，她大好了，下床走地，稍稍有点拖脚，口齿已经清楚了。

院里来过好几拨人看望她，她不要独眼唐替换我，说："就出院回家了，马上就回。医院我住不起，要面对现实！"

独眼唐附在她耳朵边说悄悄话，我站到窗边去看风景。出院的手续是我去办的，黄院长从枕头底下摸出现金让我去付。为了稳妥，回家还是叫了120，她可以躺着回去，院里给她带来了好几个枕头，代替我让她免震。黄院长叫其他人都坐院里的车，她只要我一个人在急救车上服侍。

"驾牛，"路上她问我，"你舅身体也不行了，你来管这金鹤吧？"

我摇摇头："我想我娘，我要回山里。"

"我给你股份。你把娘接来享福。"她说，"真的，你可以过上好日子。"

我忽然听见了山涧溪水的哗哗声，听见了相思鸟在唱歌，看见猕猴在树枝间跳跃，闻到了柳杉树的香味……我朝黄院长笑笑："您身体马上会好的。我是乡下人，只有种地打猎才是我的命。"

"是啊！人犟不过命！"她点点头，苦恼了，"中风，就像是天老爷给你后脑勺来了一巴掌，人再怎样，怎么强得过他？"

我看看窗外长长的路途，同她说："那些孩子找回来了，院长，你身体也好了。我，这就回山里看看娘去！"

她慢慢点点她下巴："去吧，驾牛！"

救护车送黄院长回家，她住在离开金鹤不太远的一个别墅区，她家那栋别墅很大，院子里有棵从山里弄来的百年老树，在房子后头，像一个大火炬。树伤了根，叶子稀稀的。她家的院门是用金红色毛石打的，跟个寨子似的，很蛮气。

我扶着她上楼，她家真是啥都金的，金天金地，不枉了她姓黄。黄院长的老头坐在一架金轮椅里头，须发灰白，正在喝茶，那茶杯，嫩白嫩白的瓷，好看。

黄院长见到老公，长叹了一声，长得好像喉咙里滑出一条草青蛇，她说："完了！"

"没有完！"老老头儿大吼一声，握住拳头，"出来混，还掉一点是常有的！我们还有生意在手里！"

他看也不看我一眼，好像没我驾牛这个人，他对着黄院长大叫："现在开始，当断则断，再也不要心软！"

我悄悄退出来，跟院里的车回去。回到院里，我去洗了个澡，打开小阁楼，倒在床上，立刻腾云驾雾。陪黄院长看病，太累太累了！

我梦见地震山摇，我梦见人喊马嘶，我梦见了一大群流星从青黑天幕滑过，落在远处平原，腾起火球……

我从床上跳起来，阁楼木门几乎要被人撞开，拍门拍得我心里怦怦跳！

我打开门，过强慌张得像只被逼急的山兔子，满地打转："驾牛，快、快，出事啦！施教练占了五号楼，要放火烧楼！"

我原来还是在梦里！我咬咬嘴唇，觉得自己困乏得不行。过强嘭一

257

声推开木窗,外头一股声浪和着凉风扑到我脸上,我才真醒了。

翻到老虎窗外往下看,黑色和白色的人头蠕动,院里老鹤们全出动了,把个五号楼围得水泄不通。表舅站在五号楼门口的台阶上,五号楼的玻璃门紧紧关闭。

过强带我到表舅跟前,自己一转身跑了。表舅佝偻着身子,看看我:"回来了?"

我点点头:"黄院长没事,回家了。"

他点点头:"现在她又有事了。施教练造反了!"

"怎么了?"我想起那方头老儿,一阵头痛。

"跟那些小孩子有关,小孩子都在五号楼里。"表舅点点头,"事情闹大了,对谁都不好!"

"施教练要干啥?"我问。

表舅没有回答我的话,他自言自语说:"等不及黄院长来,驾牛,你和我一起进去,跟施教练谈判!"

过强忽然鬼头鬼脑地跑过来:"李总管,刚刚有辆车被门卫拦下来,是城里电视台的记者!"我莫名其妙看着过强,表舅哆嗦了好几下,咳嗽起来。过强瞄着我的眼睛忽然对我挤了一挤……

表舅扯了我袖管,跑到五号楼门口,门里头站着施教练的男老婆,他看见表舅和我,一把打开了门,让我们进去。

表舅跟跄了一下,我扶住他,他对施教练的男老婆说:"谈条件吧!你不是傻瓜!"

我们一起往楼上跑,施教练的男老婆眼睛亮得像两只桂圆核,他边跑边说:"阿黄人呢？要谈条件得和阿黄谈！"

"你们还算老同学吗？她中风才出院，要逼死她？"表舅冷冷说。

"同老施说吧！"施教练的男老婆很响亮地哼了一声。

人都在三楼。五号楼如今已是空荡荡,一副人去楼空模样。除了施教练和他那几个人,就只见杨医生和几个护士,不过,那外国医生今天也在,玻璃眼镜架在高鼻子上,手插在白褂子口袋里,头颈里挂着听诊器……施教练的人围着两个小娃娃,其他小娃娃没在。

"没有时间了！"表舅对着施教练喊,"老施,适可而止！不要过分！"

方头老儿慢慢抬起头,他鳌黑的脸盘上很多眼泪:"过分？是谁过了分？现在你告诉我,这个到底是我不是我？"他手一揽,把个男孩子推在身前。小孩子低头玩着一只魔方,一脸傻笑,方头方面孔……

"老施,这只是一个梦！"表舅张开双臂,府绸衣服华美,袖子雪白,"你现在是在梦里。"

施教练伸手,慈爱地放在小孩子头上,他抚摩着小孩的硬发:"梦？多么逼真！"

"谈条件吧！你们都是明白人！电视台的记者就在院门口啦！要当新闻人物还是要发财？自己选吧！我代表黄院长！"

表舅的病态消失无影,现在他简直是一个敏捷的战士,他手指飞舞拨通了电话:"黄院长,我已经在五号楼了！不知道谁通知了电视台。对,记者已经在院门口。现在还来得及,施教练要谈条件……"

表舅放下电话,一字字地对施教练和他的人马说:"开条件吧。十五分钟内有效。阿黄在线上！"

施教练捂住了脸，指缝里湿润了，泪水淌下来。他的男老婆冷笑着，脸色发白。

施教练颤声对男老婆说："你说吧。你代表我们。我，我糊涂了。"

表舅转过眼睛看施教练的男老婆，那人很镇定很高远地回看表舅，一直看得表舅转过了面孔。

表舅看看手表："没时间了。"

施教练的男老婆清清楚楚地说："金鹤。金鹤养老会所。"

表舅鼻子里哼了一声："狮子大开口。"

"我们是合情合理的，可以给阿黄留下点股份，保证她有收入，不过，院里所有的老人加一起要无偿获得控股权，可以自主养老院的未来。她让出股份，我们就罢手，不肯，记者就在楼下。这可是难得的大新闻！"施教练的男老婆冷冰冰地说。

"其实，我希望阿黄不要答应。"他又加了一句。

表舅摆摆手，跑到墙根前捂着嘴打电话。杨医生往前跑了几步，那肥肥的肉膘脸上淌着油光，满脸暗红……

"弄个书面的吧，"表舅捂着手机跑过来对施教练的男老婆说，"我签字，代表黄院长。"

过强忽然从楼下跑了上来："李总管，电视台的人不听话，架着摄像机冲进院里了。"

表舅一把扯过施教练："别把所有人都推火坑里去！做梦一场，你亏不了啥！金鹤是你们的了！"

施教练像块豆腐，竟然被表舅一推，软倒在地上，他扯着那做鬼脸啐人的小男孩,啊啊地喊叫……

施教练的男老婆和表舅在一张钢笔写满字的白纸上互相签了字,表舅猛地一口咬了手指,血涂了大拇指,摁在白纸上。他跳起来,发疯地喊:"杨医生,快点,快点!"

杨医生一手一个,从施教练怀里拖走两个小孩,小孩挥着手舞着脚,咿咿呀呀地学鬼叫,过强帮着杨医生拉小孩,带着护士跑了出去……外国医生一张脸如泥雕木塑,站着一动不动……

施教练趴到地上,放声大哭起来,他的人马,阴着脸,低着头,一个个也难过得不行。我不懂表舅和他们到底在做什么,我咬咬嘴唇,想再一次确认这不是一个新的梦境……

走出五号楼的时候,空气里仿佛有一股子焦煳味儿,电视台的人扑上来哇啦哇啦对着表舅问问题,表舅很威严地推开镜头,声音结了冰:"不要听信谣言!这里是全天下最好的养老院!对于造谣者,我代表院方宣布保留依法追索权!"

施教练那伙人,趁着这当口,踉踉跄跄朝一边儿溜走了……

九

再怎么说,我得承认自己是山里人,弄不懂山外头那些人的心肠。住在山里,就有四季,四季一年轮一年。我们记老话,明节气,就能干农活、猎野物,过日子,万事明摆在那里,只恨力气不够用。至于脑子,那总是闲着的:看云,游湖,要动啥歪脑筋?

黄院长跌跌撞撞赶到院里来,她圆脸变长脸,灰了一多半。她不肯认表舅签的字,施教练和他男老婆逼着表舅,表舅拉上我当和事佬,我们几个就在黄院长鸡笼子楼的办公室里耗上了……

　　看上去,这几个人个个都病了:黄院长用手掌揉面孔的老习惯都停了,她几乎已是个瘫子,嘴歪着,往外掉口水,手托条手绢,接在嘴角上;她原来贼亮贼亮的眼,现在好半天才转动一下,发出死鱼的暗光;我表舅拄着拐杖,哼哼唧唧不太爱说话;施教练新近软趴许多,脸上长出了哭相;倒是他男老婆,苍老些,不过声音还浑厚,像是个有主意的……

　　黄院长抽泣了好半天,摇着颤巍巍脑袋上的乱发:"养老会所是我的,我夫妻俩靠它养老……"她大舌头,大家得仔细听,才听清她咕哝:"没钱了!没钱了!一辈子的辛苦,让强盗抢了!"

　　施教练哼了一声:"不义之财!"

　　施教练的男老婆接口:"可以说还谋财害命,有命案在身!"

　　黄院长半天没言语,突然"哇"一声号啕大哭:"都是发小,这样子抢劫我!"

　　表舅咳嗽起来,弯下腰,右手转到背后,捶自己腰眼。

　　施教练站起来,伸出两只拳头,凶得像只老熊:"都是发小?你拿我们当畜生育种呢?"

　　黄院长忘记了自己才中过风,她支起身子,满眼虚火:"说啥呢?你有证据?拿证据给我看看?"

　　表舅难过地叹息一声,手撑着额头,低下脸去。

施教练的男老婆低沉地叹口气:"知道你坏事干尽要赖账,我们还是留了点证据的。"他伸出手,把一个信封放茶几上。

表舅喉咙喀喇一声:"驾牛,黄院长手脚不方便,你打开看看!"

我打开信封,原来是那些小孩子的照片,头颈上挂着标牌,特意拍了上头的名字。

我递给黄院长,她瞥了一眼:"想把我榨干榨死呀你们! 这算什么证据?"

"这些小孩子到哪里去了?"施教练哑着喉咙喊。

"问你呀?我又不知道这些小东西是谁!"黄院长露出一个笑,狰狞得像山里母山魈。

"啊?"施教练大喝一声,"要赖光是吧?"

他手哆嗦着,从胸口口袋又摸出几张照片,原来是那些孩子在五号楼里小床上的合照,还有一张,叫我看了一个寒战:王大厨、罗锅鬼、还有梅姐! 这几个一起站在五号楼放小孩的房间里,每人抱着一个孩子……

原来是他们偷了孩子,他们原来是一伙儿!

我把这照片递给表舅,他看了,啪一声反扣在茶几上。

黄院长看明白,冷笑一声:"你们把小孩子弄哪里去了?"

"你?"施教练闷哼一声,"心计原来这么深! 还要嫁祸于人?!"

"哈哈哈……"黄院长像只夜猫子那样狂笑,气喘咳嗽。

表舅清清嗓子:"还是我和驾牛当个和事佬吧! 你们都是老同学,互相体谅爱护,黄院长还是一院之主,让一些股份出来,施教练他们也能有些收益。大家低头不见抬头见,今后好好养老过活。好不好?"

黄院长立马表态:"既然你们都开了口,我也是懂人情的,我拿百分之二十股份出来给你们,另外拿百分之五股份给老廖,今后大家和和美美,过去的就让它过去吧!"

表舅喊:"驾牛,拿纸和笔来!"

施教练的男老婆呵呵笑了:"想得倒是很美!人算不如天算!"

施教练也笑了:"我们就算被你玩得团团转,可恶人自有恶人磨呀!"

黄院长收了脸上微笑:"你们什么意思?"

"你等等。"施教练的男老婆跑出去,"我马上回来。"

我又拿起施教练他们甩出来的照片,里头有一张吸引了我的眼睛:小孩子们躺在铺了棉被的地上,一个大房间,里头啥也没有,空荡荡的。这是哪里?怎么这么眼熟?

哦!这不是我阁楼外屋顶上的那个斜坡夹层嘛!

梅姐跟我要阁楼钥匙,住在我阁楼里,原来都早有计划!

我吃惊得不得了,心脏扑通扑通……门吱的一声开了,施教练的男老婆跑进来,回头招呼:"你愣啥?快进来!"

后头男人一进门,大家全莫名其妙:过强……他来干啥?

过强先是瞪我一眼,然后垂着头,也不看谁,一脸犟头倔脑。

表舅很不客气:"这臭小子你来干吗?"

施教练的男老婆呵呵一笑:"也不是什么愣小子啦,都讹诈起我们老头来啦!"

黄院长呆呆地看着过强,像看一只动物园跑出来的动物。

过强难受地摇摇头,鼻子猛吸气,说:"你们不要这样子! 难道只有你们可以交易,我不能开个小价钱?"

"去你的,"表舅凶他,"让你妈来,给你个耳刮子! 听什么人调唆呢? 乱跑长辈面前胡说八道!"

"小放牛的未必算是我长辈!"过强一拧脖子,"反正,如果这儿一切照旧我也没说的,要是养老院换老板的话,我也有份!"

我还大糊涂着,还好施教练的男老婆一句话让我恍然大悟。我从来糊涂得可笑了,一直还没明白金鹤这班人到底演着啥戏!

男老婆哈哈一笑,拉长了脸:"这小子不赖,他把五号楼全过程拍下来啦!"

过强发了一阵抖,牙齿都磕响,举起手机,放录影给我舅看。

有人很难听地抽泣起来,是施教练。我心惊肉跳。

过强不看别人,光看我舅:"我不傻,录影有备份,放别人那里啦! 我来,就是做个交易,不是要找死的。"

表舅狠狠瞪他一眼:"院长姓黄! 你看我干吗?"

施教练哈哈笑了:"阿黄啊阿黄,你谈了一辈子生意,这会儿还谈不谈? 不谈,也行,我们也不稀罕!"

表舅和我看着黄院长,黄院长一张脸已经死灰色,没了任何活气。她拼命用两只手轮流撸脸,发出扑哧扑哧的声音。

表舅站起来:"我和驾牛是外人,我们不参加。"

我们朝门口走去,表舅走得很慢很累,到了门口,他回转身,对黄院长说:"黄院长,事到如今,允许我老李告老还乡吧!"

黄院长什么也没说,身体也没动一动,表舅等了片刻,低下头,带着我走出了办公室,一只手,慢慢把门带上……

表舅陪我走回阁楼,他在我阁楼的椅子上无声地坐了几分钟,低着头想心事。我倒了杯热水给他,他抬起头,对我说:"驾牛,你看明白了?这里已经是是非之地,表舅也不留你了,你要回山看娘,就去吧。走之前,去和你爹打声招呼。"

他站起来,从府绸上衣内侧口袋摸出一个布袋子,递给我:"你的钱,舅都给你存了银行,存折在这里头。多出来的数目,那是我给你过日子的。你好好存着,别乱用。"

他推开门,慢慢走下去了。我捏着那只布袋子,知道我在金鹤的日子过到头了……

我整理着行李,慢慢把所有东西分成留下和带走的两部分。我把要带走的放进大蛋的皮,然后我打开老虎窗,翻出去,钻进平顶改坡顶留下的夹层:那里,梅姐已打扫得干干净净,不过,角落里还放着遗留无用的小小被子和衣服……

我本想睡一觉再走,可是,过强踢开了我的阁楼门,他脱下夹克外衣,神气地披在自己拱起的肩膀上,就像土鹰架起了翅膀:"小放牛的,你兄弟发达了,第一个不忘记你!"

"怎么?"

"驾牛,你是个有能耐的,你给我当总管,你舅老了,当不得了。"他往椅子里一坐,脏鞋子又放到了我的被单上。

"你是谁？"我问他。

"我是过院长。"过强回答我，脸色很认真，"驾牛，别担心！只要这几百个老家伙还住在金鹤不走，我们就有机会。"

"驾牛，我们还可以招新的老家伙进院子来。他们就像是庄稼，一茬收割过了，还有新一茬，四季轮流，永远都会让我们有收成的。黄院长和金鹤已经是过去的故事了，现在，我准备把养老院名字改成'过鹤会所'，让它姓过，重新来过！"

"那些老家伙，他们能服你？"我笑了。

"我们刚才把廖老头也叫来，一起谈的生意。"过强得意洋洋地打个哈哈，"人只要不发疯，总愿意做生意的嘛！他们都有了股份，摆平了。我也替你要了，我们哥俩一起干！"

我回山里的路是迂回的：跟我爹辞了行，我先到了吴三妹上班的大城，我打她电话，打不通。我挑着行李，在她上班的大楼下等了她一星期，没见到她人影。那个外国老头第三次看见我在楼门口的时候，不再假装不认识我了，他走过来，用中国话对我说："崔西已经不在这里上班，你走吧！"

"她说去外国出差。我等她回来。"我回答他。

"不！"他摇摇头，"她没出差，她辞职了。"

我在山里从来不迷路，不过，这大城如同一只嗡嗡声四起的蜂巢，我竟然不知道吴三妹住的地方应该怎么去找。以前，都是她叫了汽车，转来转去直接到她家门口，我从没问地址，我叫了汽车，试着找了三次,只好作罢。

我坐了最慢的火车,一个瞌睡连着一个瞌睡,像地球就此停止它的旋转,和我一起进入昏沉之乡。我在山脚县城跳下火车,一大块碧玉般的山势从天上朝我压下来,压得我透不过气。我放开鼻翼,让林子的气息将我全身充满,思乡的泪水满了我眼眶。忽然,我觉得自己一下子长大了,即便没有吴三妹,没有爹娘,我也可以在天地间好好地活着……

柳杉好比大城里的楼柱子,一根根高耸入云。褐色树干毛毛糙糙的,硬硬如针的杉叶密密排列,给我的路遮墨绿色的阴。我闻到了山涧的湿气,闻到了独角仙和甲壳虫在树窝里啃树芯子的气味,闻到了山蚂蟥滚到脚边的阴暗气息……我想到就要见到娘了,心里一阵欣喜,她是不是还躺在床上不能动弹? 她的草屋会不会太潮湿?

我看见竹林边娘的小草屋,腿都软了,真是连滚带爬扑过去,一路跑,一路觉得害怕。跑到门边,我差点昏过去:草房子已经没了顶,里头扔了一地破罐子乱砖,两只肥大的石龙子从地上直蹿到破墙上去,转着发红的眼珠子看我……

娘?!

供销社的臭张第一个在山路上碰见我,我一把拽住臭张,带着哭腔:"我娘呢? "

臭张笑了,暴眼珠毫无礼貌地瞪着我:"驾牛啊! 你这浑小子,不知道老婆在哪里也罢,连老娘都丢了? "

我一点不觉得臭张可恶,他说的就是我这混球啊! 我丢了老婆,不知道怎么丢的。现在竟然跟臭张问我老娘的去向。我丑,我苦,我认了!

"你老娘好福气,住了新盖的楼房啦!"臭张吸了吸鼻子,"有烟没有？"

抽上了烟,臭张不卖关子,告诉我我娘和我表舅家的住在一起了,就在柳杉王后头的山坡上。

我顺着臭张的手指跑上山坡,不敢相信自己的眼睛:起了好大一栋白墙黑瓦的大房,几乎跟金鹤一号楼那般大了!我娘凭什么住在一号楼般漂亮的楼房里？

我有点心虚地跑到楼房门边,往里偷看,一看就看见了我老娘:老娘的腿脚好了!她正弯着腰,在地上放晒新鲜笋干和扁尖的竹匾。白头发好像也少了,脸上皱纹像菊花花瓣,皱纹里顺坎坎流着汗水……

"娘!"我大喊一声。

娘转身过来,喜上眉梢;闻声从堂屋里跑出表舅妈;我抓住两个老太太的手臂,太阳全部照在我一个人背上,火烫火烫的感觉……

没到吃晚饭工夫,我就知道了我该知道的那些事情。我喝着表舅妈热来的米酒,听娘告诉我那些我隐隐约约猜到一半的真相,以及打死我也想不到的其他……

娘大概怕我吃不住,说得吞吞吐吐。凡我一听就明白的,她顺着把事实全告诉我;我要是有点呆头呆脑,她就打住了,借口针头线脑小事,不同我说下去。

有些事情是我马上就弄明白的:

房子是表舅花钱请人造的,眼下刚起完,就住了表舅妈母女和我娘三个,娘知道我爹还在,指望我爹哪天要回了山,也能在这里住。

娘的腿脚，不能动弹已经好多年，是表舅用汽车送来的洋大夫给看好的。我不懂娘说的那些，不过娘告诉我，洋大夫是用了什么时髦的新医术，研究了娘的基因，从基因这头给她治好了。

娘说，表舅和表舅妈离了婚，分开过了。不过，表舅给了表舅妈很多钱，多到她母女俩不知道是伤心好，还是开心好。

娘又告诉我，表舅也给了她钱。表舅说当年我爹出事，跟他带路让人试验猴子有关，良心上过不去，算赔的。娘说，表舅还有钱给我。

说到表舅为啥要给我钱，她跑出去烧水，就不说下去。

十

我回到山里，就像一只受了伤血肉淋漓的胳膊消过毒、细细上了药，暂时不觉得疼痛，提着的心也放下了。我娘来不及杀鸡，用笋干炒了石蛙给我下饭，我放开喉咙吃了三碗饭，天也暖够了，我跳进白亮的山溪里洗了一把，连头带脚，上上下下，真的连裤裆里那家伙的褶皱也洗净了，在娘床上倒头就睡。

醒过来，已经躺了一天一夜，每根骨头从头酥软到根，我懒懒地躺在老钟的滴答声里，像回到了十来岁的日子，爹和娘在外头说话，吴三妹还没到我家呢。三个人的家，大山深处，和外面世界毫不相干。原来，那正是福气的岁月！

我起来，满山坡开遍了红色石蒜和橘黄色金针，山里特别的绿蝉在树林里"空空空"振翅，唱成一张密网。我吸着滚烫的粥，忽然想起了悠远的事,我对我娘说:"小时候,你骗三妹说这树上知了是穷人变的,成天喊着'空空空'……"

娘笑了一下,手里理着蚕茧,我正要告诉她城里见到三妹的事,娘看我一眼,说:"吴三妹回来过,上两天刚走。"

"啊?"我烫了舌头,"她?回来了?刚走?去哪里?"

娘低头弄着蚕茧,好半天不说话,我感到心里越来越暗,闷得透不过气。娘说:"你把她忘了吧!娘已经给你看好一个漂亮女子啦!"

我笑了一笑,这十分可笑。我怎么跟娘讲呢?也许,她还记得吴三妹跟着老任下山,她那时都知道的吧?只把我蒙在鼓里。

我放下热粥,说:"其实,三妹跟我说过,那个老任……"

娘一挥手,打断我的话:"没有什么老任。那时候,她自个儿下的山,我让臭张送她到县城的。"

"没有老任?"我僵在那里,我见过老任呀,老任成天戴着墨镜,两只肩膀,在大衣服里显得鼓鼓的;吴三妹告诉我,是老任帮她找了大城里的公司活,可以挣到钱。

"没有老任。"娘看我发呆,气呼呼好像要把我什么怪毛病治一治,"那个到山里收货的老任不是老任,是……是你表舅扮的!"

老任不是老任,老任是表舅扮的?

我糊涂了。

娘叹了口气,打开衣箱子:吴三妹临走,给我留了一封信。

"你看信就看信,男子汉大丈夫,别看出神经病!娘要靠你养老!"我娘担心地在我头发上揉了一把,"嘭"一声拍在我肩头。

271

我抄起信,跑出楼去。我跑到山溪,把鞋踢飞了,脚泡进冰凉溪水,浑身发了一个抖。

吴三妹的信是这么写的:

驾牛,你终于回家看见娘了!

不要恨我骂我,这个事体本来是天注定,我和你没成亲,好比兄妹一场,跟你在一起的每一天,我都同你亲亲热热。你记着也好,忘了也好,我是真心待你的。

娘知道我,她早知道我是一只不肯卧窝的鸟,所以她就打发我出去找你爹,出去挣钱,反正,她知道我早就一个人跑进林子闯过狼窝子,我比你胆大,我兴许能干点事情。

你表舅是两个人。一个是回来看老婆女儿的生意人,穿漂亮衣服;还有一个是戴黑眼镜,钻在一个衣服架子里的老任,收收山货,其实是打听有没山里人发现他们在山里悄悄做的事。我知道这个老任未必是个好人,不过,我也没办法,我一开始帮他办点事,后来,后来……我是想跟着老任去闯闯山外头的世界,我,我如今也只是比喜欢其他人更喜欢老任一点点……如果我在老任的事情上没同你说实话,那是因为我也不知道该怎么同你说……

驾牛,现在,我和你已经分开了,我虽然一闭上眼睛还能够清清楚楚看见你,但是我和你已经分开了,以后怕也不会见面。你不要担心我,我和老任在一起,不会吃亏。你看到信的时候,我和老任应该都在外国了,他告诉我,已经有了在外国开一家养老院的钱,我们会在自己开的养老院里,该怎么过日子就怎么过以后的日子……

驾牛,亲哥哥,你和爹娘好好过,再娶上一个好媳妇。

我怕把要给你的钱全给你,万一有啥闪失,所以,我把另外一笔钱给了你娘,够你用好一阵子;老任也给了你娘一笔钱,指定是给你娶老婆养孩子的。对于我们给的钱,你不要嫌弃,这是你自己挣的钱,不是我们的施舍。记得你给我的那个竹子的笔筒吗,那是老任苦苦找了很久的。他把我安排在外国人公司里,也是叫我帮他找同样的东西。竹筒里面放着别人存着的证据,有了这些证据,他才挣到了大钱……

驾牛,回想过去的日子,我心里有一座大山,你在山坳里飞奔,这就是我和你的缘分。缘分尽了,以后,你我就都不要去回忆过去了……祝愿你的下半辈子开开心心、子孙满堂吧!

三妹

我看完信,醍醐灌顶,这一下子才从山里人变成了半个城里人,我一下子明白了这段长长的日子中,我在金鹤那个院子里扮演的角色。

表舅的身影模糊起来,在我的脑壳里摇晃:他带着我走进金鹤,在竹林里一个石凳子上坐下,卷起府绸衣袖,教训我学习做个像样的仆从;他带我走进黄院长的办公室,和那个可怜的老太婆一起看我举起水桶喝桶装水,他俩哈哈大笑;他带着我走遍一号楼、二号楼、三号楼和四号楼,叫我观察和窥视那些老鹤;他把生病的我送进五号楼,又让我趴在五号楼墙壁上,看见遮掩着的秘密;他装得病病歪歪,让我见了我爹,又在金鹤当起小当家的,调解金鹤一切隐秘的事情。他既让我从一个什么都不明白的山里人学明白了山外头的人事,又巧妙地把事情从自己肩上卸下来,放到我肩头……要不是半路里杀出一个过强,也许他今天就实现了他计划的每一个部分:把金鹤交给了我,让我给黄院长当总管,天下太太平平;他自己呢,神不知鬼不觉,同吴三妹一起飞到爪哇国去……

还有一件偶然一想就惊出一身冷汗的事:那几个夜里,我在独眼唐窗外看见一闪而过的黑影、五号楼楼顶暗夜出现的脚印,那是谁?也是表舅?他也会飞檐走壁?

一年半以后,我已和娘说的那个漂亮女子成了亲,我老婆很会操持家事。

留下老婆,我带娘离开大山,坐火车去金鹤外头那个大房子里和我爹团聚。爹还住在那儿,表舅临走,把房子留给了他。爹和娘见了面,就像两只分散了一辈子不啼鸣的鸟,一相逢,哭哭笑笑停不下来……

我没正大光明回去金鹤,我还是施展了我飞檐走壁的绝技,趁夜色去拜访了几个故人,因为算不上是朋友,我就不以礼相见了。我赛过一个暗影,出现在他们越变越老的梦境。

我忍不住第一个去的地方还是一号楼。不知道为什么,回到山里什么都好,什么都不想念,单单就馋一号楼的苦热水,这个东西山里真的没有。不但想念苦热水,我还渴望重温莉莉老太和乐老头给我上的文化课。山里的天悠长晴朗,我找到一些明代的话本小说,靠在大柳杉树干上,一回回地读……

天已经黑透了,我小心翼翼从一号楼背阴的一面爬上墙,往里头看,正好能看见有苦热水机的书房。乖乖不得了,施教练那伙人又住回了一号楼!不过,看上去有点奇怪,廖老头、乐老头和莉莉几个混坐在施教练那伙人里头,一起喝苦热水呢!

我慢慢凑近去,听听他们在说些啥。施教练和廖老头又在相骂,这对冤家拆也拆不开的!

只听施教练说:"你个当这么多年官儿的老贼,眼光一点没有,怎么跟我们草民一样让人耍了呢?真正螳螂捕蝉黄雀在后,咬人的狗它不叫唤!"

廖老头端着苦热水,一脸苦笑,他不生气,叹口气:"看人,是要心里安安静静,才看得准的。院子里来了您这么一位,天天从早到晚跟我们胡闹,我哪有心思去琢磨那个老李?"

原来他们说我表舅呢!我竖起耳朵听听。

施教练的男老婆摆摆手:"其实这跟我们无关,是阿黄命里的劫数。阿黄丧尽天良拿我们卖钱,最后老天有眼,钱全让老李拐骗了,哈哈!"

"你说那个傻乎乎的驾牛,"莉莉老太忽然提到我名字,惊得我差点从墙上往下坠,"他和老李一个外甥一个娘舅,怕也是一伙儿的吧?"

我都觉得莉莉老太说得有道理呢!廖老头摇摇头:"才不会!这就是一个乡下小孩,也是让老李玩得团团乱转的。老李的心腹恐怕只有一个,就是跟着老李一起失踪的老罗锅!"

我眼前一花,竟然看见梅姐穿着家常衣服从楼下走上来,笑嘻嘻地偎在施教练身边。

说起老罗锅,梅姐叹口气:"我们几个,都听他的,老罗锅子人很好……"

二号楼从来就是一片安宁,仿佛这里住着整个金鹤最安分守己又与世无争的一伙人,不过今夜仿佛有些嘈杂的喊叫隐隐从里头透出来。我越过二号楼,附上三号楼的墙壁:竟然出乎我的预料,火锅全不见了!楼道里干干净净,房间里老鹤稀稀落落,不知道跑去哪里。四号楼竟然也牌桌全无,几乎是一个空楼!

短短一年多,难道金鹤已经维持不下去,老鹤们都离院而去了吗?

我落到地上,忽然看见一个人晃荡着身子,得意洋洋地从五号楼灯火通明的大厅走出来,是过强!

过强穿了一身和表舅一模一样的府绸中式衣服,袖口翻卷,白白的两截。他开开心心吹着口哨,往院子前头走。我跟在他后面,等他走到池塘边,我轻纵几下,在他肩头一拍。

过强吓了一跳,喔一声转过脸来:"驾牛?是人是鬼?"

池塘边总是金鹤夜晚最僻静之地,既然罗锅鬼已经失踪,就再也不会有人暗夜光降此地。过强喝了不少酒,恐怕不算清醒,他笑了:"叫你跟我一起干,你要回山。现在就是来求我,我也不要你了!我过强有两下子吧,看把这院子整得!"

我没啥好说,就问他:"廖老头和施教练不干架啦,能住到一块

276

儿？"

"干架？"过强咧嘴一笑，一股黄酒气，"这两只老猴子能不干架？成天干呢！不过，不把对家往死里恨啦，就是拌嘴皮！"

"你真行！还能管住这两个！"我不由得佩服。

"不是我行，是股份行！"过强大力拍我肩膀，"除了你这山里傻瓜，谁都服股份！廖老头和施老头都有我们过鹤会所的股份，他俩还斗个啥？呵呵！和气生财！"

"三号楼和四号楼都空空的，老家伙们回家了吗？"我问他。

"啥？"过强跟看傻子那样瞪着我，发出一阵狂笑，"原来你不知道！走，我带你去看看！"

就这么着，黑夜里，我像只还魂的鬼怪，跟着过强走进五号楼，出现在金鹤会所无数夜游老鹤面前。可惜，没人在乎臭驾牛的光临，他们才不认识我呢！

五号楼不再是医院！过强把五号楼彻彻底底改变了！

一楼成了各色小吃齐备的食街，顺着中间窄窄的小道走，右手是排档，香气四溢，左手是一台台四方桌子，老鹤们吃喝不用付现钞，全部记账。都晚上九点半了，一桌桌还客满，食物不多，个个把着酒杯子，欢言笑语。

二楼是雀战之所，噼里啪啦一声声，洗牌的哗哗声比打雷还热闹。我看见孙得一蹲在椅子上，头上顶着盛了水的烟灰缸……

最绝的是三楼，都这么晚了，竟然在举行"老年保健讲座"，那个五号楼的杨医生带着几个护士，拿着话筒讲得口沫横飞，墙壁四周堆满了花花绿绿的保健品礼盒。不玩麻将、不吃酒吹牛的文雅老鹤全部在这里呆呆坐着，不时举手购买杨医生推荐的保健礼盒……

过强带我到三楼尽头他的办公室，泡上本地人喜欢的龙井茶。喝着喝着酒下去些，他恨恨说："你舅这老贼，算计黄老板倒也算了，作孽的是把我妈甩了！听说带个年轻女人去了外国，终有一天我逮他回来！给我妈钱有啥用？你看她气得都瘦成林黛玉啦！"

我呆呆不言语，听他骂表舅，心里麻麻的，不是个滋味。

好半天，我想换个话题："你还留着杨医生？"

"得留着他！"过强笑了，"他是最大的把柄、活证据！他在一天，想复辟的人就老实过一天！"

过强眯缝着眼看我："我有时候琢磨你和你表舅是不是一伙儿的？你知不知道，杨医生其实已经半疯癫的，他花了半辈子工夫，偷偷把五号楼外国医生搞的研究都从电脑里偷下来，把东西用蜡封了，藏在我们洗澡的池塘底下，谁也没告诉，可后来就不见了。奇怪的是，据说黄院长乖乖付赎金，除了那些小孩，就是因为敲诈她的人手里有这东西！我想来想去，你在池塘里捞到过东西，是不是你和你舅都是一样不动声色的人物呀？"

我觉得心流下泪来：我稀里糊涂地把池塘里捞到的东西给了吴三妹，这正是不动声色的表舅盼着的证据，然后他讹到了大钱，带着我的女人远走高飞……

过强打了好几个饱嗝，他说："驾牛啊，既然你半夜三更地来了，想必也是难得！我再带你去看一个人吧！"

我随着他在清凉的夜风里走,正是金秋,金鹤养老会所呈现一片前所未有的井然有序和平安宁定。过强志得意满,浑身散发出一个年轻老板的成功气息。他"呃呃"地伸出指头,指给我看新的建筑和新的绿化,他把金鹤改造成了过鹤,过鹤充满了金鹤没有的朝气,让养老会所有了点青春气息……

我们踏进了二号楼,我心里一惊:原来二号楼担负起了原先五号楼的功能,是一个看上去很时新的私人诊所。护士戴着口罩在前台值班,一两个不舒服了的老鹤正在门诊让医生诊治。

过强摇摇摆摆带我走到二楼尽头的一个房间,这房间如牢房一样关闭着,还加了铁条的防护门。过强对我摇摇头:"对付疯子,只能这样。"

他打开门上的窥视窗,让我往里看。里面灯火通明,有两个人。

我凑上去仔细看,只见黄院长把头发绞了,跟个男人般留着短发,她又胖回来了,两只眼睛晶晶亮,在房间里来回走,不断地号叫:"抓住诈骗犯老李!千刀万剐!"黄院长的老公像风干的一段残木,无声无息嵌在小沙发里,瞅着黄院长微笑……